LES CHIENS
DE RIGA

Hiver 1991, un canot pneumatique s'échoue à Mossby-strand, au large d'Ystad (siège du commissariat de Kurt Wallander). Il contient les corps de deux hommes, torturés et exécutés d'une balle dans le cœur. L'origine du canot est rapidement établie : fabrication yougoslave, utilisé uniquement par les Soviétiques et les pays satellites de la Russie. Les corps sont à leur tour identifiés : criminels lettons d'origine russe, liés à la mafia russe. Un officier de police de Riga est appelé en renfort à Ystad. Le commissaire Wallander se prend d'amitié pour l'étrange major Liepa et commence à entrevoir, à son contact, la complexité du monde où a été commis ce double meurtre.

A peine rentré en Lettonie, le major Liepa est assassiné. A la demande des enquêteurs, Wallander part pour Riga. C'est le début d'une aventure insensée où il va se trouver complètement démuni, privé de tout repère. Seule certitude : le major a été éliminé pour des raisons politiques. Quant à Wallander, il est sans doute manipulé, mais par qui ? Par la veuve du major, la belle Baiba Liepa ? Ou par l'un ou l'autre des deux officiers de police chargés de l'enquête ?

Avec ce roman, Henning Mankell nous offre une plongée vertigineuse dans le monde soviétique totalitaire sur le point de se désintégrer – la Lettonie s'est proclamée indépendante en août 1991 – et dont Wallander ignore tout. Un Wallander réduit à ses seules ressources d'intuition et d'ingéniosité face à des ennemis aussi féroces qu'insaisissables.

Henning Mankell, né en 1948 dans le Härjedalen, vit entre le Mozambique et la Suède. Écrivain multiforme, il est l'un des maîtres incontestés du roman policier suédois. Sa série centrée autour de l'inspecteur Wallander, et pour laquelle l'Académie suédoise lui a décerné le Grand Prix de littérature policière, décrit la vie d'une petite ville de Scanie et les interrogations inquiètes de ses policiers face à une société qui leur échappe.

Henning Mankell

LES CHIENS
DE RIGA

ROMAN

*Traduit du suédois
par Anna Gibson*

Éditions du Seuil

TEXTE INTÉGRAL

TITRE ORIGINAL
Hundarna i Riga
ÉDITEUR ORIGINAL
Ordfront Förlag, Stockholm

ISBN original : 91-7324-638-2
© original : 1992, Henning Mankell

ISBN 2-02-063893-2
(ISBN 2-02-031297-2, 1ᵉ publication)

© Éditions du Seuil, mars 2003
pour la traduction française

Cette traduction est publiée en accord avec Ordfront Förlag, Stockholm
et l'agence littéraire Leonhardt & Høier, Copenhague

www.seuil.com

1

La neige arriva peu après dix heures.

L'homme qui tenait la barre jura à voix basse. S'il n'avait pas été retardé la veille au soir à Hiddensee, il serait déjà en vue d'Ystad. Encore sept milles… En cas de tempête, il serait contraint de couper le moteur et d'attendre que la visibilité revienne.

Il jura à nouveau. J'aurais dû m'occuper de ça à l'automne, comme prévu, échanger mon vieux Decca contre un système radar performant. Les nouveaux modèles américains sont bien, mais moi, j'étais avare. Et je me méfiais des Allemands de l'Est. Sûr qu'ils allaient m'escroquer.

Il avait encore du mal à admettre qu'il n'y avait plus d'Allemagne de l'Est – qu'un pays entier avait brusquement cessé d'exister. En une nuit, l'Histoire avait fait le ménage de ses vieilles frontières. Il ne restait plus que l'Allemagne tout court. Et personne ne savait ce qui se passerait le jour où les deux peuples commenceraient sérieusement à partager le quotidien. Au début, après la chute du Mur, il s'était inquiété. Le grand chambardement allait-il saper les bases de son propre business ? Mais son partenaire est-allemand l'avait rassuré. Rien n'allait changer dans un avenir prévisible. La nouvelle donne créerait peut-être même des possibilités inédites…

Le vent tournait. Sud sud-est. Il alluma une cigarette et remplit de café la tasse en faïence logée dans son emplacement spécial à côté du compas. La chaleur le faisait transpirer. Ça puait le diesel là-dedans. Il jeta un regard à la salle des machines, où le pied de Jakobson dépassait de l'étroite couchette. La chaussette trouée laissait voir son gros orteil.

Je le laisse dormir. Si on doit attendre, il prendra la barre et je me reposerai quelques heures. Il goûta le café tiède en repensant à la veille au soir. Pendant plus de cinq heures, ils avaient attendu dans le petit port à l'abandon à l'ouest de Hiddensee que le camion arrive pour récupérer la marchandise. Weber avait imputé le retard à une panne. C'était bien possible. Un vieux camion de l'armée soviétique bricolé avec des bouts de ficelle… un miracle s'il roulait encore. Pourtant il se méfiait. Même si Weber ne l'avait jamais arnaqué, il avait décidé une fois pour toutes de ne pas lui faire confiance. Simple précaution. A chaque voyage, c'était une cargaison de grande valeur qu'il acheminait vers l'ex-RDA. De vingt à trente équipements informatiques complets, une centaine de téléphones portables et autant de stéréos de voiture. Il y en avait pour des millions, et il était seul responsable. S'il se faisait prendre, la sanction serait lourde. Weber ne volerait pas à son secours. Dans le monde où ils vivaient, c'était chacun pour soi.

Il corrigea le cap ; deux degrés vers le nord. Vitesse constante : huit nœuds. Encore six milles avant d'apercevoir la côte suédoise et de mettre le cap sur Brantevik. Il distinguait encore les vagues ; mais les flocons tombaient de plus en plus serrés.

Plus que cinq trajets. Ensuite ce sera fini. Cinq aller et retour, et je pourrai me tirer avec l'argent. Il sourit en allumant une nouvelle cigarette. Bientôt il aurait atteint son but. Il laisserait tout derrière lui, il ferait le long voyage jusqu'à Porto Santos et il ouvrirait son bar. Il ne serait plus obligé de grelotter dans ce poste de pilotage puant, plein de courants d'air, pendant que

Jakobson ronflait sur la couchette crasseuse de la salle des machines. Il ne savait pas très bien ce qui l'attendait dans sa nouvelle vie. Il aurait voulu y être déjà.

La neige cessa aussi brusquement qu'elle avait commencé. Il n'en crut pas ses yeux. Les flocons ne tourbillonnaient plus de l'autre côté du carreau. J'arriverai peut-être au port avant la tempête. A moins qu'elle se dirige vers le Danemark ?

Il remplit de nouveau sa tasse en sifflotant tout bas. La sacoche contenant l'argent était suspendue au mur de la passerelle. Trente mille couronnes plus près de Porto Santos, la petite île au large de Madère. Le paradis inconnu qui l'attendait…

Ce fut alors qu'il aperçut l'embarcation. Si la neige n'avait pas cessé de façon si abrupte, il ne l'aurait jamais vue. Un canot pneumatique rouge oscillant sur les vagues, cinquante mètres à bâbord. Un canot de sauvetage. Il essuya la buée du carreau avec sa manche. L'embarcation était vide. Il décida de ralentir. Le changement de bruit du moteur réveilla aussitôt Jakobson, dont le visage mal rasé apparut dans l'ouverture de la salle des machines.

– On est arrivés ?

– Il y a un canot à bâbord. On va le charger, il doit bien valoir quelques billets de mille. Tu me relaies à la barre et je prends la gaffe.

Jakobson obéit pendant que Holmgren enfilait son bonnet et quittait la passerelle. Sitôt dehors, le vent lui gifla le visage et il dut s'accrocher au bastingage pour parer les vagues. La gaffe était fixée entre le toit de la cabine et le winch. Ses doigts ankylosés peinaient à défaire les nœuds. Enfin il la dégagea. Le canot n'était plus qu'à quelques mètres de la coque.

Soudain, il tressaillit.

L'embarcation n'était pas vide. Elle contenait deux hommes. Deux hommes morts. Jakobson cria quelques mots de la passerelle. Lui aussi venait de découvrir le contenu du canot.

Ce n'était pas la première fois que Holmgren voyait un cadavre. Un jour, pendant son service militaire, une pièce d'artillerie avait explosé au cours d'une manœuvre, déchiquetant quatre de ses amis. Et sa longue carrière de pêcheur professionnel lui avait plusieurs fois fourni l'occasion de voir des corps échoués ou flottant à la dérive.

Deux hommes. Bizarrement habillés, en costume et cravate. Ce n'étaient pas des pêcheurs, ni des marins. Ils gisaient enchevêtrés, comme s'ils avaient voulu se protéger l'un l'autre. Il tenta d'imaginer ce qui avait pu se produire.

– Et merde, dit Jakobson, surgissant à ses côtés. Qu'est-ce qu'on fait ?

– Rien. Si on les prend à bord, ça donnera lieu à un tas de questions désagréables. On ne les a pas vus. Il neige.

– On les laisse dériver ?

– Oui. Ils sont morts, on ne peut rien faire. Et je ne veux pas qu'on me demande d'où je venais avec ce bateau. Et toi ?

Jakobson secoua la tête. En silence, ils contemplèrent les deux morts. Ils étaient jeunes. Trente ans, pas plus. Le visage blanc, pétrifié. Holmgren frissonna.

– C'est bizarre, dit Jakobson. Il n'y a pas de nom.

Holmgren prit la gaffe et fit pivoter le canot dans l'eau. Jakobson avait raison. Aucun nom. A quel bateau appartenait-il ?

– On est encore loin d'Ystad ?

– Six milles.

– On pourrait les lâcher plus près de la côte. Comme ça ils s'échoueront et quelqu'un les trouvera.

Holmgren réfléchit. C'était évidemment désagréable de laisser ces hommes à leur sort. Mais s'ils prenaient le canot en remorque, un ferry ou un cargo risquait de les repérer. .

Soudain sa décision fut prise. Il défit une amarre et se pencha par-dessus bord. Jakobson remit le cap sur Ystad. Quand le canot se retrouva dix mètres derrière, au-delà du sillage de l'hélice, il l'arrima solidement.

Dès qu'ils furent en vue de la côte suédoise, Holmgren trancha l'amarre. Très vite, le canot disparut. Deux heures plus tard, ils entraient dans le port de Brantevik. Jakobson empocha ses cinq billets de mille, monta dans sa Volvo et prit la route de Svarte, où il habitait. Holmgren ferma le poste de pilotage à clef et déroula le taud sur la cale vide. Le port était désert. Il inspecta méthodiquement les cordages. Puis il prit la sacoche contenant l'argent et rejoignit sa vieille Ford, qui démarra en râlant.

En temps normal, il se serait réfugié dans le rêve de Porto Santos. Mais le canot pneumatique dansait devant ses yeux. Il tenta d'évaluer l'endroit où il s'échouerait. Les courants étaient capricieux, le vent soufflait par rafales imprévisibles ; le canot pouvait se retrouver n'importe où… Pourtant, intuitivement, il pariait sur les environs d'Ystad – à moins qu'il ne soit découvert entre-temps par les passagers ou l'équipage de l'un des nombreux ferries reliant la Suède à la Pologne. Il ne savait pas. Il ne pouvait que deviner.

Le crépuscule tombait lorsqu'il entra dans la ville d'Ystad. Il s'arrêta à un feu rouge devant l'hôtel Continental.

Deux hommes en costume et cravate enlacés dans un canot… Quelque chose clochait. Quoi ? Le feu passa au vert. Au même instant, il comprit. Ce n'était pas un accident, pas un naufrage : les deux hommes étaient déjà morts quand on les avait mis dans le canot. D'où lui venait cette certitude ? Il aurait été incapable de le dire. Les deux hommes avaient été placés dans le canot. Morts.

Au lieu de continuer tout droit, il tourna à droite sur la place centrale et s'arrêta près des cabines téléphoniques devant la librairie. Il réfléchit à ce qu'il allait dire. Puis il composa le numéro de la police. Lorsqu'on lui répondit, il vit par les vitres sales de la cabine qu'il neigeait à nouveau.

On était le 12 février 1991.

2

Le commissaire Kurt Wallander bâillait dans son bureau. Un muscle se contracta. Douleur fulgurante. Il essaya de fermer la bouche, se frappa la mâchoire à coups de poing. Un jeune inspecteur qui venait d'apparaître sur le seuil du bureau s'immobilisa, interdit. La douleur avait lâché, mais Wallander continuait de se triturer la mâchoire. Le collègue fit mine de repartir.

– Entre ! Ça ne t'est jamais arrivé d'avoir une crampe à force de bâiller ?

– Non. Franchement, je me demandais ce que tu fabriquais.

– Maintenant tu le sais. Alors ?

Martinsson s'assit avec une grimace. Il avait apporté son bloc-notes.

– On vient de recevoir un drôle d'appel.

– Des drôles d'appels, on en reçoit tous les jours.

– Je ne sais pas quoi en penser. Un type a téléphoné d'une cabine pour nous annoncer qu'un canot contenant deux cadavres allait bientôt s'échouer sur la côte. Puis il a raccroché. Il n'a laissé aucun nom, aucune précision, rien.

– Qui a pris la communication ?

– Moi. Et il m'a convaincu.

– Pardon ?

– Ce doit être l'habitude. Parfois on sait tout de suite que ce n'est pas sérieux. Mais ce type paraissait sûr de lui.

13

– Deux cadavres dans un canot qui va bientôt s'échouer sur la côte ?

– Oui.

Wallander étouffa un bâillement.

– Que disent les rapports ? Il y a eu des accidents en mer aujourd'hui ?

– Rien.

– Transmets l'info aux districts côtiers. Préviens les Secours en mer. Pour le reste, on attend. On ne peut pas lancer un avis de recherche sur la base d'un coup de fil anonyme.

– Je suis d'accord, dit Martinsson en se levant. Attendons.

Wallander jeta un regard par la fenêtre.

– Ça va être la pagaille, cette nuit. La neige…

– Moi en tout cas, je rentre chez moi. Neige ou pas neige.

Resté seul, Wallander s'étira. Il était fatigué. Deux nuits de suite, il avait été tiré de son lit par des alertes. La première fois, un violeur présumé s'était retranché dans une maison de vacances désertée de Sandskogen. Le type était drogué, on le soupçonnait d'être armé ; ils avaient dû attendre jusqu'à cinq heures du matin qu'il abandonne la partie. Le lendemain, c'était une agression dans le centre-ville, un anniversaire qui avait dégénéré. Le héros de la fête, un homme d'une quarantaine d'années, s'était pris un couteau de cuisine dans la tempe.

Wallander se leva et enfila sa veste. *Il faut que je dorme. Quelqu'un d'autre s'occupera de la tempête.*

Sur le parking, le vent le heurta de plein fouet. Il monta dans sa Peugeot. La neige déposée sur le pare-brise lui donna la sensation d'être enveloppé dans un cocon accueillant. Il mit le contact, glissa une cassette dans la fente et ferma les yeux.

Aussitôt, ses pensées revinrent à Rydberg. Il ne s'était pas écoulé un mois depuis la mort de son collègue et ami. Wallander avait appris la nouvelle de son cancer un an plus tôt, alors qu'ils luttaient ensemble pour résoudre un crime brutal commis à Lenarp. Au cours des derniers mois, quand il fut clair pour chacun – y compris pour Rydberg lui-même – que la fin était proche, Wallander avait tenté d'imaginer ce que ce serait de se rendre au commissariat chaque matin en sachant que Rydberg n'y serait plus. Comment allait-il s'en sortir sans les conseils, la jugeote et l'expérience du vieux ? Il était encore trop tôt pour répondre à cette question ; il n'y avait pas eu de grosses affaires depuis la disparition de Rydberg. Mais la douleur et le manque étaient tangibles.

Il démarra, actionna les essuie-glaces. La ville paraissait abandonnée, comme si les gens se préparaient à subir le siège de la tempête imminente. Il s'arrêta à une station-service sur Österleden pour acheter un journal. Il comptait prendre un bain et se préparer à dîner ; avant de se coucher il appellerait son père. Depuis la nuit, un an plus tôt, où celui-ci était parti de sa maison à pied, vêtu de son seul pyjama et en proie à une confusion aiguë, Wallander avait pris l'habitude de l'appeler tous les soirs. Par sollicitude, mais aussi pour soulager sa mauvaise conscience de lui rendre si rarement visite. Depuis l'incident, son père avait droit à une auxiliaire de vie payée par la commune. Cette femme venait régulièrement, et l'humeur paternelle s'en trouvait nettement améliorée. Pourtant, la mauvaise conscience était là ; il était un fils bien peu présent.

Wallander prit son bain, prépara une omelette et appela son père. Au moment de fermer les rideaux de la chambre, il jeta un regard dans la rue déserte. Le lampadaire oscillait sur son fil ; quelques flocons dansaient dans le faisceau lumineux. Trois degrés en dessous de zéro. La tempête s'était peut-être déplacée vers le sud ? Il tira les rideaux et se glissa entre les draps. Il s'endormit très vite.

Au réveil, il se sentait reposé. Dès sept heures et quart, il était de retour au commissariat. A part quelques accidents de la route sans gravité, la nuit avait été étonnamment calme. Pas de tempête de neige. Il se rendit à la cafétéria, salua d'un signe de tête quelques agents de circulation fatigués, affalés autour d'une table, et se servit un café dans un gobelet en plastique. Dès le réveil, il avait décidé de consacrer cette journée à conclure certains dossiers en attente. Entre autres, une affaire de coups et blessures impliquant un groupe de Polonais. Comme d'habitude, chacun rejetait la faute sur les autres. Aucun témoin digne de ce nom n'avait pu rendre compte des événements de façon univoque. Personne ne serait poursuivi pour avoir dans un accès d'humeur démis la mâchoire de son prochain. En attendant, il fallait rédiger le rapport.

A dix heures et demie, il alla chercher un autre café et retourna dans son bureau où le téléphone sonnait.

– Tu te souviens du canot ?

Martinsson enchaîna sans lui laisser le temps de répondre.

– Le type qui nous a appelés ne racontait pas de bobards. Un canot pneumatique contenant deux cadavres s'est échoué à Mossby Strand. C'est une femme qui l'a découvert en promenant son chien. Elle était hystérique au téléphone.

– Quand a-t-elle appelé ?

– Il y a trente secondes.

Deux minutes plus tard, Wallander prenait la route de Mossby Strand. Devant lui, Peters et Norén à bord d'une voiture de police, sirène hurlante. Derrière lui, une ambulance. En queue du cortège, Martinsson. La route longeait la mer. Wallander frissonna à la vue des vagues glacées qui se brisaient sur le rivage.

La plage de Mossby Strand gisait à l'abandon – kiosque claquemuré, balançoires grinçant au bout de leurs chaînes.

En descendant de voiture, Wallander sentit la morsure du vent. Au sommet de la dune herbeuse qui descendait en pente douce vers la plage, il vit une femme qui retenait son chien d'une main tout en gesticulant de l'autre. Il se hâta vers elle. Plein d'appréhension, comme toujours. Il ne s'y habituerait jamais. Les morts étaient comme les vivants ; il n'y en avait pas deux semblables.

– Ils sont là-bas !

La femme était hors d'elle. Wallander suivit son regard. Un canot pneumatique rouge était coincé entre les rochers à côté du ponton réservé aux baigneurs.

– Attendez ici, ordonna-t-il.

Puis il s'élança, en trébuchant dans le sable. Il s'avança sur le ponton et s'approcha du canot. Deux hommes morts, pâles et enchevêtrés. Il tenta de photographier dans son esprit ce qu'il voyait. *La première impression*. L'expérience lui avait appris qu'elle était décisive. Un cadavre était presque toujours le dernier maillon d'une chaîne d'événements longue et complexe. Parfois, on pouvait deviner d'emblée la nature de la chaîne.

Martinsson, qui avait pensé à mettre des bottes, tira le canot sur le sable. Wallander s'accroupit et contempla les deux hommes pendant que les ambulanciers transis de froid patientaient à côté avec leurs brancards. Wallander jeta un regard vers la dune, où Peters tentait de calmer la femme hystérique. Encore une chance qu'on ne soit pas en été, quand la plage est pleine d'enfants… Les deux hommes n'étaient pas beaux à voir. Les corps commençaient à se décomposer et l'odeur de la mort, cette odeur semblable à aucune autre, était perceptible malgré le vent.

Il enfila des gants en latex et entreprit d'explorer les poches du premier. Rien. Mais en écartant doucement un pan de veste, il découvrit que la chemise blanche était tachée à hauteur de poitrine. Il leva la tête vers Martinsson.

– Ce n'est pas un accident. C'est un meurtre. Celui-ci, du moins, s'est pris une balle en plein cœur.

Il se redressa et s'éloigna de quelques pas pour laisser Norén photographier le canot.

– Qu'en penses-tu ?

Martinsson grimaça.

– Aucune idée.

Wallander fit lentement le tour du canot sans quitter les deux hommes du regard. Tous deux étaient blonds et âgés d'une trentaine d'années, pas plus. A en juger d'après leurs mains et leurs vêtements, ce n'étaient pas des travailleurs manuels. Mais qui étaient-ils ? Pourquoi n'avaient-ils rien dans les poches ?

Wallander tournait autour du canot en échangeant de temps à autre quelques mots avec Martinsson. Après une demi-heure, il estima en avoir assez vu. Entre-temps, l'équipe technique s'était mise au travail ; une petite tente de plastique recouvrait le canot. Norén avait fini de prendre ses photos. Tout le monde avait froid et envie de s'en aller.

Qu'aurait dit Rydberg ? Wallander retourna à sa voiture, alluma le chauffage. La mer était grise et il avait la tête vide. Qui étaient ces hommes ?

Plusieurs heures plus tard – à ce stade, Wallander avait si froid qu'il tremblait de la tête aux pieds –, il crut enfin pouvoir donner le feu vert aux ambulanciers. Mais les deux hommes étaient comme scellés dans leur étreinte ; il fallut forcer et casser des membres. Lorsque les corps eurent été emportés, il explora minutieusement le canot. Il ne trouva rien ; même pas l'ombre d'une pagaie. Wallander regarda la mer, comme si la solution se trouvait du côté de l'horizon.

– Il faut que tu parles à la femme, dit-il à Martinsson.

– Quoi ? Je l'ai déjà fait.

– A fond. On ne peut pas parler dans un vent pareil. Emmène-la au commissariat. Norén va veiller à ce que ce canot arrive au commissariat en l'état. Dis-le-lui de ma part.

J'aurais eu besoin de Rydberg maintenant, pensa-t-il dans la voiture. Qu'aurait-il vu ? Qu'aurait-il pensé ?

De retour au commissariat, il se rendit tout droit dans le bureau du chef et lui fit un bref compte rendu de ce qu'il avait vu à Mossby Strand. Björk l'écoutait d'un air soucieux. Wallander avait souvent l'impression que Björk se sentait agressé à titre personnel lorsqu'un crime grave se produisait dans son district. Pour le reste, il avait un certain respect pour lui. Björk ne se mêlait jamais du travail des policiers sur le terrain, et il ne lésinait pas sur les encouragements lorsqu'une enquête piétinait. Entre-temps, il pouvait se montrer lunatique, mais ça, Wallander s'y était habitué.

– C'est toi qui t'en charges, dit Björk lorsqu'il eut fini. Martinsson et Hansson t'aideront. Je crois qu'on peut mettre pas mal de personnel sur le coup.

– Hansson s'occupe du violeur qu'on a pris l'autre nuit. Peut-être Svedberg ?

Björk acquiesça en silence. Wallander obtenait presque toujours gain de cause.

En quittant le bureau du chef, il sentit qu'il avait faim. A cause de sa tendance à grossir, il préférait en général sauter le déjeuner. Mais les hommes morts dans le canot l'inquiétaient. Il prit la voiture, la laissa dans Stickgatan et s'engagea dans le lacis de ruelles jusqu'à Fridolfs Konditori, où il avala quelques sandwiches et but un verre de lait tout en faisant le point. Hier soir, peu avant dix-huit heures, un inconnu téléphone au commissariat et laisse un avertissement anonyme, qui se révèle fondé. Un canot pneumatique rouge contenant deux cadavres s'échoue à Mossby Strand. L'un des deux au moins a été tué d'une balle dans le cœur. Dans leurs poches, on ne trouve rien qui dévoile leur identité.

Voilà. C'était tout.

Wallander griffonna quelques notes sur la serviette en papier. D'emblée, beaucoup de questions en suspens. Intérieurement, il s'adressait sans cesse à Rydberg. *Est-ce que je raisonne juste ? Est-ce que j'oublie quelque chose ?* Il essayait de visualiser les réactions du vieux. Parfois ça marchait, parfois il ne voyait que les traits émaciés de son ami sur son lit de mort.

A quinze heures trente, de retour au commissariat, il emmena Martinsson et Svedberg dans son bureau, ferma la porte et demanda au standard de ne lui passer aucune communication jusqu'à nouvel ordre.

– Ça ne va pas être facile, commença-t-il. On peut espérer que l'autopsie donnera quelque chose, ainsi que l'analyse du canot et des vêtements. Il y a cependant quelques questions auxquelles je voudrais qu'on réponde dès maintenant.

Svedberg était resté debout, adossé au mur, son bloc-notes à la main. Quarante ans, presque chauve, né à Ystad – les mauvaises langues disaient que le mal du pays l'étreignait à peine quitté le périmètre de la ville –, Svedberg pouvait donner une impression de lenteur quasi apathique. Mais il était minutieux, et cette qualité importait à Wallander. Martinsson était à bien des égards l'opposé de Svedberg. Trente ans à peine, originaire de Trollhättan, il voulait faire carrière. D'autre part il adhérait au parti de centre droit *Folkpartiet* et, d'après la rumeur, il avait de bonnes chances d'être élu au conseil communal à l'automne. En tant que policier, Martinsson était impulsif et parfois négligent. Mais il avait de bonnes idées et son ambition lui donnait beaucoup d'énergie lorsqu'il pensait détenir la clef d'un problème.

– Je veux savoir d'où venait le canot, poursuivit Wallander. Quand nous connaîtrons la date de la mort des deux hommes, il faudra déterminer la distance parcourue et le point d'origine de sa dérive.

Moue dubitative de Svedberg.

– Tu crois que c'est possible ?

– Il faut appeler le centre météo de SMHI. Ils sont très forts. On devrait pouvoir obtenir une trajectoire approximative. D'autre part, je veux savoir tout ce qu'il est possible de savoir sur ce canot. Où il a été fabriqué, sur quel type de bateau on le trouve. Tout.

Il se tourna vers Martinsson.

– Ce sera ton boulot.

– Est-ce que je ne devrais pas commencer par jeter un coup d'œil aux fichiers informatiques – au cas où ces types seraient recherchés ?

– Oui. Prends contact avec les Secours en mer, tous les districts de la côte sud. Et vois avec Björk si on ne devrait pas se mettre en contact avec Interpol. A mon avis, il va falloir ratisser large.

Martinsson prit note. Svedberg mâchonnait pensivement son crayon.

– De mon côté, enchaîna Wallander, je vais m'occuper de leurs vêtements. Il doit y avoir une piste de ce côté-là.

On frappa à la porte. Norén apparut avec une carte marine.

– J'ai pensé que ça pourrait servir.

Wallander déroula la carte sur le bureau, et tous les quatre se penchèrent dessus comme s'ils préparaient une bataille navale.

– A quelle vitesse dérive un canot, compte tenu du fait que les vents et les courants peuvent jouer dans tous les sens ?

La question venait de Svedberg. Ils contemplèrent la carte en silence. Après quelques minutes, Wallander l'enroula sur elle-même et la rangea dans un coin, derrière son fauteuil. Personne n'avait répondu.

– Alors on s'y met, conclut-il. Je propose qu'on se retrouve à dix-huit heures pour faire le point.

Svedberg et Norén sortirent. Wallander retint Martinsson.

– Qu'a dit la femme ?

Martinsson haussa les épaules.

– Mme Forsell. Veuve, professeur de lycée à la retraite. Elle habite une maison à Mossby – à l'année, depuis qu'elle ne travaille plus – avec son chien qui s'appelle Tegnér[1]. Drôle de nom pour un chien. Tous les jours, elle va le promener sur la plage. Hier soir, il n'y avait pas de canot ; aujourd'hui, il était là. Elle l'a découvert vers dix heures et quart et elle a appelé directement.

– Dix heures et quart, répéta Wallander. Ce n'est pas un peu tard pour sortir son chien ?

– Je lui ai posé la question. Mais il se trouve qu'elle avait choisi un autre itinéraire pour sa première sortie ce matin, à sept heures.

Wallander changea de sujet.

– L'homme qui a appelé hier. Comment était-il ?

– Comme je l'ai dit. Convaincant.

– Un accent ? Un âge ?

– L'accent de Scanie, pareil que Svedberg. La voix un peu éraillée. Il fume, j'imagine. Quarante à cinquante ans. Il s'exprimait de façon simple et distincte. On peut imaginer n'importe quoi, employé de banque, agriculteur…

– Pourquoi a-t-il appelé ?

– Je me suis interrogé là-dessus. Si ça se trouve, il était impliqué. Ou alors il a vu ou entendu quelque chose. Il y a plein de possibilités.

– Laquelle te semble la plus logique ?

– La dernière, dit Martinsson. Il a pu voir ou entendre quelque chose. Ça ne me paraît pas le genre de meurtre sur lequel l'auteur a envie d'attirer l'attention de la police.

Wallander avait tenu le même raisonnement.

1. Isaias Tegnér (1782-1846) : célèbre poète romantique suédois. *[NdT]*

– Allons plus loin. Si notre interlocuteur n'est pas impliqué, il n'a sans doute pas assisté au meurtre. On peut penser qu'il a plutôt vu le canot.

– Un canot à la dérive. Où voit-on cela ? A bord d'un bateau.

– Précisément. Mais s'il n'est pas impliqué, pourquoi veut-il rester anonyme ?

– Les gens ne veulent pas avoir d'histoires. Tu le sais aussi bien que moi.

– Peut-être. Mais il y a une autre possibilité. Il ne veut pas avoir affaire à la police pour des raisons entièrement personnelles.

– Ce n'est pas un peu tiré par les cheveux ?

– Je réfléchis tout haut. Nous devons essayer de retrouver ce type, d'une manière ou d'une autre.

– Tu veux qu'on lance un appel pour lui demander de reprendre contact avec nous ?

– Oui. Mais pas aujourd'hui. D'abord je veux en savoir plus sur ces deux morts.

Wallander prit la route de l'hôpital. Malgré de fréquentes visites, il peinait encore à s'orienter dans le nouveau complexe. Il s'arrêta à la cafétéria du rez-de-chaussée, acheta une banane et demanda le chemin de l'amphithéâtre.

Le docteur Mörth, responsable de l'autopsie, n'avait pas encore entamé l'examen approfondi des corps. Il put néanmoins répondre à la première question de Wallander.

– Les deux hommes ont été abattus d'une balle en plein cœur, presque à bout portant. Je suppose que c'est la cause du décès.

– Je voudrais connaître vos résultats le plus vite possible. Pouvez-vous me dire dès maintenant depuis combien de temps ils sont morts ?

– Non. Et c'est une réponse en soi.

– C'est-à-dire ?

– Qu'ils sont morts depuis assez longtemps. Dans ce cas, il est plus difficile de déterminer le moment exact du décès.

– Deux jours ? Trois jours ? Une semaine ?

– Je n'aime pas jouer aux devinettes.

Mörth disparut en direction de la salle d'autopsie. Wallander retira sa veste, enfila des gants en latex et commença à examiner les vêtements, posés sur un plan de travail qui ressemblait à un évier de cuisine démodé.

Le premier costume était fabriqué en Angleterre, le second en Belgique. Les chaussures étaient italiennes et Wallander devina qu'elles avaient coûté cher. Idem pour les chemises, les cravates et les sous-vêtements. Excellente qualité. Wallander examina le tout deux fois avant de laisser tomber. Seule certitude, ces hommes n'étaient pas des pauvres. Mais où étaient les portefeuilles, les alliances, les montres-bracelets ? Le plus surprenant était que ni l'un ni l'autre n'avaient eu leur veste sur le dos au moment de mourir. Il n'y avait aucune déchirure, aucune trace de poudre sur les costumes.

Wallander tenta de se représenter la scène. Deux hommes sont abattus presque à bout portant. Puis on leur remet leur veste avant de les larguer dans un canot de sauvetage. Pourquoi ?

Il examina les vêtements une troisième fois. Quelque chose m'échappe. *Rydberg, aide-moi.*

Mais Rydberg restait muet. Wallander retourna au commissariat. L'autopsie durerait encore plusieurs heures et les résultats préliminaires seraient disponibles au plus tôt le lendemain. Il trouva sur son bureau un mot de Björk disant qu'il valait sans doute mieux attendre un jour ou deux avant de contacter Interpol. Wallander s'énerva. Il avait souvent du mal à comprendre la prudence excessive de son chef.

La réunion de dix-huit heures fut brève. Martinsson leur apprit qu'aucun avis de recherche n'avait été lancé qui aurait pu concerner les deux hommes du canot. Svedberg avait eu une longue conversation avec un météorologue de la station de Norrköping, qui s'était engagé à l'aider en échange d'une demande officielle de la police d'Ystad.

Wallander confirma le fait que les deux hommes avaient été assassinés. Mais pourquoi leur avait-on enfilé leur veste après leur mort ?

– On continue encore quelques heures, conclut-il. Si vous avez des affaires en cours, mettez-les en attente ou confiez-les à quelqu'un d'autre. Ça ne va pas être facile. Je vais demander des renforts dès demain.

Une fois seul, Wallander déroula la carte marine sur son bureau et suivit du doigt le tracé de la côte jusqu'à Mossby Strand. Le canot avait pu dériver sur une longue distance, mais tout aussi bien dans un sens puis dans l'autre. Ou en zigzag…

Le téléphone sonna. Il hésita ; il était tard et il voulait rentrer chez lui pour réfléchir au calme. Il prit le combiné et reconnut la voix de Mörth.

– Vous avez déjà fini ?

– Non. Mais il y a un détail qui me paraît important. Je préfère vous en parler tout de suite.

Wallander retint son souffle.

– Ces deux hommes ne sont pas suédois. Du moins, ils ne sont pas nés en Suède.

– Comment le savez-vous ?

– J'ai examiné leur bouche. Leurs dents n'ont pas été soignées par un dentiste suédois. Plutôt par un Russe.

– Pardon ?

– Du moins, par un dentiste des pays de l'Est. Leurs méthodes sont complètement différentes des nôtres.

– Vous en êtes certain ?

– Sinon je ne vous aurais pas appelé.

– Bien sûr. Je vous fais confiance.

– Autre chose. Ces deux hommes ont dû être assez

contents de mourir, si vous me pardonnez ce cynisme. Ils ont été sérieusement torturés. Brûlés, écorchés, toutes les horreurs qu'on peut imaginer.

Wallander ne dit rien.

— Vous êtes là ?

— Oui. Je réfléchis à ce que vous venez de m'apprendre.

— Je suis sûr de mon fait.

— Je n'en doute pas. Mais ce n'est pas banal.

— Vous aurez mon rapport complet demain. Sauf les résultats de certains tests de laboratoire qui prendront plus de temps.

Après avoir raccroché, Wallander se rendit à la cafétéria déserte, se servit les dernières gouttes qui restaient dans la cafetière et s'assit à une table.

Des Russes ? Torturés ?

Même Rydberg aurait pensé que l'enquête s'annonçait difficile.

Il était dix-neuf heures trente lorsqu'il déposa sa tasse dans l'évier. Puis il prit sa voiture et rentra chez lui.

Le vent était tombé. Il faisait soudain plus froid.

3

Wallander fut réveillé en sursaut par une douleur intense à la poitrine. Il était deux heures du matin. Ça y est, c'est la fin, pensa-t-il dans le noir. Trop de travail, trop de stress. L'heure des comptes a sonné. Il resta immobile, submergé de honte et de désespoir à l'idée que sa vie n'avait finalement rien donné. L'angoisse augmentait avec la douleur. Impossible de contrôler la panique. Combien de temps resta-t-il ainsi ? Lentement, par un énorme effort de volonté, il se ressaisit.

Il se leva avec précaution, s'habilla et descendit dans la rue. La douleur affluait et refluait par vagues, se propageait dans ses bras et semblait de ce fait perdre un peu de son intensité. Il prit la voiture, se persuada de respirer calmement et traversa la ville déserte jusqu'aux urgences. Une infirmière au regard bienveillant l'accueillit. Au lieu de le congédier comme un type hystérique menacé par l'embonpoint, elle l'écouta et parut prendre son angoisse au sérieux. De la salle de soins voisine montait une sorte de rugissement, comme d'un homme ivre. Wallander était allongé sur un lit à roulettes, la douleur continuait d'affluer par vagues ; soudain un jeune médecin se matérialisa devant lui. Il décrivit une nouvelle fois ses symptômes. On le conduisit dans une autre salle où il fut relié à un moniteur. On prit sa tension et son pouls, on lui posa de nouvelles questions. Non, il ne fumait pas ; non, il n'avait jamais eu de douleurs thoraciques inopinées ; non, à sa connaissance il n'y avait pas de maladies cardiaques chroniques dans la famille. Le médecin examina l'électrocardiogramme.

– Rien à signaler, dit-il. Tout paraît normal. A quoi attribuez-vous cette crise d'anxiété ?

– Je ne sais pas.

– Vous êtes policier. J'imagine que cela implique pas mal de stress, par moments.

– Ce n'est pratiquement que du stress.

– Votre consommation d'alcool ?

– Normale, je dirais.

Le médecin s'assit sur un coin de table et déposa le dossier. Wallander vit qu'il était très fatigué.

– Je ne crois pas à une attaque, dit-il. Ce serait plutôt un signal d'alarme, un message de votre organisme. Tout ne va peut-être pas pour le mieux, mais vous êtes seul à pouvoir en juger.

– Il y a de ça. Je me demande tous les jours ce qui m'arrive, ce que c'est que cette vie. Et je m'aperçois que je n'ai personne à qui parler.

– Ce n'est pas bien. Tout le monde devrait avoir un confident.

Le bip du médecin se mit à pépier comme un oisillon dans la poche de sa blouse. Il se leva.

– Vous restez ici cette nuit. Essayez de vous reposer.

Wallander resta allongé sur le lit à écouter le bourdonnement d'un ventilateur invisible. Des bruits de voix lui parvenaient du couloir.

Toute douleur a une explication. Si ce n'est pas le cœur, qu'est-ce que c'est ? Ma mauvaise conscience permanente de consacrer si peu de temps et d'énergie à mon père ? L'inquiétude pour ma fille ? La peur que sa lettre soit un mensonge – sa lettre disant qu'elle se plaît à Stockholm, qu'elle étudie bien, qu'il lui semble avoir enfin trouvé ce qu'elle cherchait depuis longtemps ? La peur lancinante qu'elle tente à nouveau d'en finir, comme quand elle avait quinze ans ? Est-ce la jalousie, la douleur d'avoir été abandonné par Mona ? Mais ça fait déjà plus d'un an…

La lumière était vive dans la chambre. Il pensa que toute sa vie était marquée par un isolement qu'il ne parvenait pas à rompre. Une douleur comme celle qu'il avait ressentie cette nuit pouvait-elle être attribuée à la solitude ? Ses propres hypothèses ne lui inspiraient aucune confiance.

– Je ne peux pas continuer comme ça, dit-il à voix haute. Je dois prendre ma vie en main. Bientôt. Tout de suite.

Il se réveilla en sursaut à six heures. Le médecin le dévisageait.

– Pas de douleurs ?

– Non, tout va bien. Qu'est-ce que ça pouvait être ?

– Tension. Stress. Vous le savez mieux que moi.

– Oui, dit Wallander. Sans doute.

– A mon sens, vous devriez faire un bilan de santé approfondi, ne serait-ce que pour vous rassurer. Ensuite vous aurez tout le temps d'explorer les secrets de votre âme.

Wallander rentra chez lui, prit une douche et but un café. Le thermomètre indiquait trois degrés en dessous de zéro. Ciel limpide, pas un souffle de vent. Il resta longtemps assis à ruminer les pensées de la nuit. La douleur, la visite à l'hôpital – tout cela paraissait irréel. Mais il ne pouvait contourner l'évidence. Il était responsable de sa vie.

A huit heures et quart, il s'obligea à redevenir policier.

A peine arrivé au commissariat, il fut violemment pris à partie par Björk. Pourquoi n'avait-il pas fait appel immédiatement à la brigade technique de Stockholm pour une investigation approfondie du lieu du crime ?

– Quel lieu du crime ? rétorqua Wallander. Si on a une certitude, c'est bien que ces deux hommes n'ont pas été tués dans le canot.

– Maintenant que Rydberg n'est plus là, on est obligés de faire appel à l'extérieur. On n'a pas les compétences requises. Comment se fait-il que tu n'aies même pas interdit l'accès à la plage ?

– Le canot n'était pas sur la plage. Il dérivait sur l'eau. Tu trouves qu'on aurait dû dresser un périmètre sur les vagues ?

Wallander était furieux. D'accord, il n'avait pas l'expérience de Rydberg. Mais il était quand même capable de déterminer s'il fallait ou non faire appel aux techniciens de Stockholm.

– Soit tu me laisses fixer les priorités, dit-il, soit tu me retires la direction de l'enquête.

– Il n'est pas question de ça. Mais je maintiens que c'était une erreur de ne pas en parler à Stockholm.

– Je ne partage pas cet avis.

Il n'y avait rien à ajouter.

– Je passe te voir tout à l'heure, conclut Wallander. J'ai certains éléments à te soumettre.

– Quels éléments ? Je croyais qu'on était au point mort.

– Pas tout à fait. Je passerai dans dix minutes.

Wallander alla à son bureau et appela l'amphithéâtre. Surprise, on lui passa Mörth directement.

– Du nouveau ?

– Je suis en train de rédiger mon rapport. Vous ne pouvez pas patienter une heure ou deux ?

– Je dois informer mon chef. Dites-moi au moins depuis combien de temps ils sont morts.

– Il faut attendre les résultats des analyses. Contenu de l'estomac, état de décomposition des tissus, etc.

– Mais votre avis personnel ?

– Je n'aime pas les colles.

– Vous avez de l'expérience. Vous connaissez votre boulot. Les résultats confirmeront sans doute vos hypothèses. Alors allez-y. Je vous promets que ça restera entre nous.

Mörth réfléchit.

– Une semaine. Au minimum. Mais ne le dites à personne.

– J'ai déjà oublié. Et vous êtes toujours certain que ce sont des étrangers, des Russes ou des gens originaires des pays de l'Est ?

– Oui.

– Autre chose ?

– Je ne connais rien aux munitions. Mais je n'ai encore jamais vu ce type de balle.

– D'accord. Autre chose ?

– L'un des deux hommes porte un tatouage à l'épaule. Je crois que ça s'appelle un yatagan.

– Un quoi ?

– Une sorte de sabre courbe. Écoutez, on ne peut pas demander à un légiste d'être expert en armes anciennes.

– Il y a une inscription ?

– Pardon ?

– Les tatouages portent parfois une inscription, un nom de femme ou un nom de lieu.

– Là, il n'y a rien.

– Autre chose ?

– Pas pour l'instant.

– Je vous remercie.

Wallander alla chercher un café et se dirigea ensuite vers le bureau de Björk. La porte de Martinsson était ouverte, comme celle de Svedberg, mais ses collègues restaient invisibles. Björk était au téléphone. Wallander s'assit et attendit en buvant son café. Björk paraissait très énervé. Wallander sursauta lorsqu'il raccrocha avec violence.

– Et merde, dit Björk. A quoi ça sert de travailler ?

– Bonne question. Mais encore ?

Björk tremblait d'indignation. Wallander ne l'avait jamais vu dans un tel état.

– Je ne sais pas si je peux te le dire. De toute façon, je n'ai pas le choix. L'un des meurtriers de Lenarp – celui qu'on surnommait Lucia – a obtenu un droit de sortie l'autre jour. Évidemment il n'est jamais revenu. Il a sans doute quitté le pays. On ne le reverra pas.

Wallander n'en croyait pas ses oreilles.

– Un droit de sortie ? Mais il n'était en prison que depuis un an à peine ! Pour l'un des crimes les plus graves jamais commis dans ce pays ! Comment a-t-il pu obtenir un droit de sortie ?

– Il devait assister à l'enterrement de sa mère.

– Mais sa mère est morte depuis dix ans ! Je m'en souviens encore, c'était écrit dans le rapport que nous a envoyé la police tchèque.

– Une femme s'est présentée à la prison de Hall en affirmant être sa sœur. Elle a insisté. Personne n'a pris la peine de vérifier quoi que ce soit. Elle avait un carton imprimé, l'enterrement devait avoir lieu dans une église d'Ängelholm. Certains dans ce pays sont encore naïfs au point de croire qu'on ne falsifie pas un faire-part d'enterrement. On lui a accordé une sortie sous surveillance. C'était avant-hier. Bien entendu, il n'y avait pas d'enterrement, pas de mère morte, pas de sœur. Ils ont agressé le surveillant, l'ont ligoté et jeté dans un bois dans les environs de Jönköping. Ils ont même eu le culot de prendre le véhicule de l'administration pénitentiaire et d'embarquer sur le ferry à Limhamn. On a retrouvé la voiture à l'aéroport de Copenhague. Et ils ont disparu.

– Ce n'est pas possible. Qui a accordé ce droit de sortie ?

– La Suède est un pays fantastique. Ça me rend malade.

– Mais qui est responsable ? Celui qui a fait ça devrait prendre sa place en cellule. Comment est-ce possible ?

– Je vais me renseigner. En attendant, voilà le travail. Le bonhomme s'est envolé.

Wallander revoyait intérieurement le vieux couple assassiné à Lenarp. Un meurtre d'une cruauté invraisemblable. Il jeta à Björk un regard désemparé.

– A quoi ça rime ? A quoi ça sert qu'on s'échine dans ces conditions ?

Björk ne répondit pas. Wallander se leva et s'approcha de la fenêtre.

– Je ne sais pas si je vais tenir le coup encore longtemps.

– On n'a pas le choix. Que voulais-tu me dire à propos des deux hommes du canot ?

Wallander lui fit son rapport. Il se sentait lourd, épuisé, déçu. Björk prit quelques notes.

– Des Russes…, dit-il en écho lorsque Wallander eut fini.

– En tout cas originaires des pays de l'Est. Mörth paraissait sûr de lui.

– Dans ce cas, je dois prévenir les Affaires étrangères. C'est à eux de prendre contact avec la police russe. Ou polonaise, ou autre.

– Si ça se trouve, ce sont des Russes qui vivaient en Suède. Ou en Allemagne. Ou au Danemark, pourquoi pas ?

– La plupart des Russes se trouvent tout de même encore en Union soviétique, dit Björk. Je m'en occupe tout de suite. Le ministère sait gérer ce type de situation.

– On pourrait remettre les corps dans le canot et demander aux garde-côtes de les ramener dans les eaux internationales. Comme ça, on en serait débarrassés.

Björk parut ne pas entendre.

– On a besoin d'aide pour l'identification, dit-il. Photographies, empreintes, vêtements.

– Il y a un tatouage. Un yatagan.

– Un quoi ?

– Un yatagan. Un sabre courbe.

Björk secoua la tête et prit le combiné.

– Attends !

Björk suspendit son geste.

– Je pense à l'homme qui a appelé. D'après Martinsson, il avait l'accent de Scanie. On devrait pouvoir le retrouver.

– Des indices ?

– Rien. Je propose qu'on lance un appel à témoins. D'ordre très général. Quelqu'un a-t-il vu un canot pneumatique rouge flotter à la dérive ? Veuillez contacter la police, etc.

Björk acquiesça.

– Je dois organiser une conférence de presse de toute façon. Les journalistes me harcèlent. Comment peuvent-ils être renseignés aussi vite sur ce qui se passe sur une plage déserte ? Ça me dépasse. Hier, il ne leur a fallu qu'une demi-heure.

– Tu sais très bien qu'il y a des fuites.

Wallander repensait au double meurtre de Lenarp.

– Des fuites ? Où donc ?

– Ici. La police du district d'Ystad.

– Qui en est responsable ?

– Comment veux-tu que je le sache ? C'est ton boulot de rappeler au personnel qu'on a un devoir de discrétion.

Björk laissa tomber sa main à plat sur la table, comme une gifle symbolique. Mais il ne fit aucun commentaire.

– On lance un appel à témoins, dit-il simplement. A midi, à temps pour le journal télévisé. Je veux que tu assistes à la conférence de presse. Dans l'immédiat, il faut que j'appelle Stockholm pour prendre des instructions.

Wallander se leva.

– Ce serait bien de ne pas avoir à s'en occuper.

– De quoi ?

– De retrouver ceux qui ont tué ces hommes.

– Je vais voir avec Stockholm, éluda Björk.

Wallander quitta le bureau. La porte de Martinsson et celle de Svedberg étaient encore ouvertes, mais les collègues eux-mêmes restaient invisibles. Neuf heures trente. Il descendit au sous-sol, où le canot rouge avait été placé sur des tréteaux. Il l'examina attentivement à la lumière d'une torche électrique puissante, mais ne découvrit rien. Aucun nom de marque, aucun pays de fabrication. Comment expliquer cette absence ? Soudain, son attention fut retenue par un bout de corde. A la différence des autres, qui servaient à maintenir le plancher de bois au fond du canot, celle-ci semblait avoir été tranchée à l'aide d'un couteau. Pourquoi ? Il tenta d'imaginer les conclusions qu'en aurait tirées Rydberg, mais son cerveau était vide.

A dix heures, il était de retour dans son bureau. Il composa le numéro de poste de Martinsson, puis de Svedberg, sans résultat. Il ramassa un bloc-notes et entreprit de résumer le peu qu'il savait concernant les victimes. Deux hommes originaires d'Europe de l'Est, tués d'une balle dans le cœur presque à bout portant, avant d'être revêtus de leur veste et lâchés dans un canot de sauvetage inidentifiable. Torturés. Il repoussa le bloc. Une pensée venait de le frapper. Des gens torturés puis assassinés... On les cache, on leur creuse un trou, on les expédie au fond de l'eau avec des poids autour des jambes. Les larguer dans un canot, cela implique qu'on prend le risque d'une découverte.

Était-ce délibéré ? Voulait-on que les corps soient retrouvés ? Leur présence dans le canot suggérait qu'ils avaient été tués en mer...

Il arracha la feuille et la jeta au panier. *J'en sais trop peu. Rydberg m'aurait dit d'être moins impatient.*

Le téléphone sonna. Onze heures moins le quart. A l'instant même où il reconnut la voix de son père, il se rappela qu'ils avaient rendez-vous ce jour-là. Il aurait dû passer le prendre à Löderup à dix heures et l'accompagner à Malmö pour acheter de la toile et des couleurs.

– Alors ? Qu'est-ce que tu fous ?

Wallander résolut très vite de dire la vérité.

– Pardonne-moi, j'avais complètement oublié.

Long silence.

– C'est au moins une réponse honnête, dit enfin son père.

– Je peux venir demain.

– Alors à demain.

Wallander griffonna deux mots sur un Post-it qu'il colla sur le téléphone. Il ne s'agirait pas d'oublier, cette fois.

Il refit le numéro de poste de Svedberg. Pas de réponse. Mais Martinsson décrocha au premier signal. Wallander le rejoignit.

– J'ai appris une chose aujourd'hui, commença Martinsson. Il est presque impossible de décrire un canot de sauvetage. Ils se ressemblent tous, seuls les experts parviennent à les distinguer. Alors j'ai pris la voiture jusqu'à Malmö et j'ai fait le tour des importateurs.

Ils passèrent à la cafétéria chercher du café. Martinsson ramassa aussi quelques biscottes et suivit Wallander dans son bureau.

– Alors maintenant, tu sais tout sur les canots de sauvetage…

– Non. Je sais deux ou trois choses. Mais j'ignore d'où venait celui-ci.

– C'est bizarre qu'on n'ait trouvé aucune inscription. D'habitude, les équipements de sauvetage en sont bardés.

– Les importateurs de Malmö sont du même avis. Mais il y a peut-être une solution du côté des garde-côtes. Le capitaine Österdahl.

– Qui ?

– Un type qui a consacré toute sa vie aux bateaux de surveillance des douanes. Quinze ans à Arkösund, dix ans dans l'archipel de Gryt, ensuite Simrishamn. Puis la retraite. Au fil des ans, il a constitué un fichier personnel de tous les types d'embarcations possibles et imaginables, y compris les canots de sauvetage.

– Qui t'a dit cela ?

– J'ai eu de la chance. Le type qui m'a répondu avait travaillé sous les ordres du capitaine.

– Très bien. Il pourra peut-être nous aider.

– Si lui ne le peut pas, personne ne le peut, dit Martinsson sur un ton philosophe. Il habite du côté de Sandhammaren. Je pensais le faire venir ici pour qu'il examine le canot. A part ça ? Du nouveau ?

Wallander lui fit part des conclusions de Mörth. Martinsson l'écouta attentivement.

– Ça signifie qu'on va peut-être collaborer avec la police soviétique. Tu parles le russe ?

– Pas un mot. Ça signifie surtout qu'on sera peut-être déchargés de l'affaire.

– On peut toujours l'espérer...

Martinsson parut soudain pensif.

– C'est vrai, reprit-il. Je me surprends parfois à reculer devant certaines enquêtes. Trop désagréables. Trop sanglantes, trop irréelles. A l'école de police, on ne nous a jamais appris à faire face à des cadavres torturés échoués dans des canots. J'ai l'impression d'être dépassé. Et je n'ai que trente ans.

Wallander avait souvent nourri des réflexions semblables au cours des dernières années. Il était de plus en plus difficile d'être flic, face à cette criminalité nouvelle dont ils n'avaient aucune expérience. On disait que beaucoup quittaient le métier et se repliaient sur le secteur privé pour des raisons financières. Mais c'était un mythe. En réalité, la plupart des démissions s'expliquaient par le désarroi.

– On devrait peut-être aller voir Björk et demander une formation spéciale. Comment gérer les cas de torture…

Il n'y avait aucune ironie dans le ton de Martinsson. Wallander y perçut seulement l'incertitude que lui-même ressentait très souvent.

– Chaque génération de flics entonne le même refrain, dit-il. On ne fait pas exception à la règle.

– Rydberg ne s'est jamais plaint, que je sache.

– Rydberg était exceptionnel. Juste une question, avant que tu partes. Le type qui a appelé… Il ne pouvait pas s'agir d'un étranger ?

– Jamais de la vie. Il était originaire de Scanie.

– Autre chose, par rapport à cette conversation ?

– Non.

– Je vais à Sandhammaren, dit Martinsson en se levant. Tenter de retrouver le capitaine Österdahl.

– Bonne chance. Au fait, sais-tu où se cache Svedberg ?

– Aucune idée. Je ne sais même pas de quoi il s'occupe. La météo peut-être ?

Wallander prit la voiture et se rendit dans le centre-ville pour déjeuner. La nuit irréelle qu'il venait de vivre se rappela à son souvenir. Il se contenta d'une salade.

Il revint au commissariat peu avant le début de la conférence de presse. Il avait pris quelques notes et alla tout droit dans le bureau de Björk.

– Je déteste les conférences de presse, dit Björk. C'est pourquoi je n'aurai jamais de responsabilités nationales. Sans compter les autres raisons…

Ensemble ils entrèrent dans la salle où attendaient les

journalistes. Rien à voir avec la cohue de l'année précédente, lors de l'enquête sur le double meurtre de Lenarp. Cette fois, ils n'étaient que trois. Wallander reconnut la représentante d'*Ystads Allehanda*, dont les comptes rendus étaient généralement clairs et concis, et le localier d'*Arbetet*, qu'il avait croisé une ou deux fois. Le troisième journaliste, plus jeune, avait les cheveux coupés en brosse et portait des lunettes Wallander ne l'avait encore jamais vu.

– Où sont les autres ? souffla Björk. *Sydsvenskan ? Skånska Dagbladet ?* La radio ?

– Je n'en sais rien. Allez, c'est à toi.

Björk grimpa sur la petite estrade et prit la parole sur un ton morose. Pourvu qu'il abrège, pensa Wallander.

Puis ce fut son tour.

– Un canot de sauvetage contenant les corps de deux hommes s'est échoué sur la plage de Mossby Strand. Nous ne les avons pas encore identifiés. A notre connaissance, aucun naufrage ne semble à l'origine de l'événement. On ne nous a pas davantage signalé de disparition en mer. Nous avons donc besoin de l'aide du public. De la vôtre, autrement dit.

Il ne dit rien du coup de téléphone anonyme, enchaîna directement sur l'appel à témoins.

– Nous voulons donc que toute personne ayant vu ou entendu quelque chose fasse part de ses observations à la police. Un canot pneumatique rouge à la dérive le long des côtes, ou tout autre élément d'importance. J'ai fini.

Björk remonta sur l'estrade.

– Si vous avez des questions, c'est le moment.

La dame d'*Ystads Allehanda* prit la parole. Est-ce que ça ne commençait pas à faire beaucoup de crimes dans la paisible Scanie ?

Wallander soupira intérieurement. *Paisible*. Ça n'a jamais été très paisible par ici.

Björk démentit cette allégation en disant que le nombre de crimes signalés n'avait pas augmenté de façon significative. La dame n'insista pas. Le correspondant d'*Arbetet* n'avait rien à ajouter. Björk s'apprêtait à conclure lorsque le jeune homme à lunettes leva la main.

— J'ai une question. Pourquoi ne dites-vous pas que ces hommes ont été assassinés ?

Wallander jeta un rapide regard à Björk.

— Nous n'avons pas encore élucidé les circonstances de la mort de ces deux hommes, dit Björk.

— Ce n'est pas vrai. Tout le monde sait qu'ils ont été tués d'une balle dans le cœur.

— Question suivante.

Wallander vit que Björk transpirait.

— *Question suivante*, mima le journaliste. Pourquoi devrais-je poser une autre question alors que vous n'avez pas répondu à la première ?

— Vous avez obtenu la réponse que je peux vous fournir pour l'instant.

— On croit rêver ! Mais va pour une autre question. Pourquoi ne dites-vous pas que les victimes étaient probablement d'origine russe ? Et pourquoi organisez-vous une conférence de presse si vous ne répondez pas aux questions et ne dites pas la vérité ?

Fuite, pensa Wallander. Où diable a-t-il déniché ces informations ? Et pourquoi Björk s'obstine-t-il à ne pas répondre ? Il a raison, ce type. Pourquoi ne pas reconnaître des faits avérés ?

— Comme le disait à l'instant le commissaire Wallander, nous n'avons pas encore identifié ces deux hommes. C'est la raison pour laquelle nous lançons un appel à témoins, en espérant que la presse relaiera notre demande auprès du public.

Le jeune journaliste rangea son bloc-notes d'un geste ostentatoire.

– Merci d'être venus, conclut Björk.

Dans le couloir, Wallander s'adressa à la dame d'*Ys-tads Allehanda*.

– Qui est ce type ?

– Aucune idée. C'est vrai, ce qu'il a dit ?

Wallander ne répondit pas. La dame eut la politesse de ne pas insister.

– Pourquoi ne leur as-tu pas dit la vérité ? demanda-t-il lorsqu'il eut rattrapé Björk.

– Je déteste les journalistes. Comment s'est-il procuré l'info ? Qui est responsable de la fuite ?

– Ça peut être n'importe qui. Même moi, si ça se trouve.

Björk s'arrêta net et le dévisagea. Puis il changea de sujet.

– Le ministère nous demande de garder profil bas, dit-il.

– Pourquoi ?

– Pose-leur la question. J'espère qu'on aura de nouvelles instructions cet après-midi.

Wallander retourna dans son bureau. Il en avait soudain par-dessus la tête. Dans le tiroir qui fermait à clef, il conservait la copie d'une offre d'embauche : l'entreprise Gummifabrik, basée à Trelleborg, cherchait un nouveau responsable de la sécurité. Attachée à cette copie, il y avait sa lettre de candidature, rédigée quelques semaines plus tôt. Il la relut ; il envisageait sérieusement de l'envoyer. Si le travail policier devenait une sorte de jeu autour de fuites ou d'informations censurées sans raison valable, il ne voulait plus en faire partie. Deux corps échoués sur une plage, pour lui, c'était un événement sérieux, qui requérait sa présence pleine et entière. Il ne pouvait pas envisager une existence où le travail de flic ne répondait pas à des principes intangibles, d'un point de vue rationnel et d'un point de vue moral.

Sa diatribe silencieuse fut interrompue par l'arrivée de Svedberg, qui poussa la porte avec son pied.

– Où tu étais passé, toi ?

Svedberg parut surpris.

– J'avais laissé un mot sur ton bureau. Tu ne l'as pas trouvé ?

Le Post-it avait glissé à terre. Wallander le ramassa et apprit que Svedberg pouvait être joint chez les météorologues de l'aéroport de Sturup.

– J'ai imaginé un raccourci, dit Svedberg. Je connais un gars à l'aéroport, il s'appelle Janne, on va souvent observer les oiseaux ensemble à Falsterbo. Il m'a aidé à estimer le point de départ du canot.

– Je croyais que les experts de SMHI s'en occupaient ?

– J'ai pensé que ça irait plus vite comme ça.

Svedberg étala ses papiers sur la table. Des diagrammes, des colonnes de chiffres.

– On est partis de l'hypothèse que le canot avait dérivé pendant cinq jours. Les vents n'ont pas changé de direction ces dernières semaines. On a donc pu faire une estimation. Mais elle ne nous avance pas à grand-chose.

– C'est-à-dire ?

– Il a sans doute dérivé sur une longue distance.

– C'est-à-dire ?

– Qu'il a pu venir de très loin. D'Estonie ou du Danemark.

Silence.

– C'est sérieux ?

– Oui. Tu peux toi-même poser la question à Janne.

– C'est bien, dit Wallander. Va voir Björk et dis-lui de transmettre l'info au ministère des Affaires étrangères. Avec un peu de chance, on pourra se laver les mains de toute cette histoire.

– C'est-à-dire ?

Wallander lui résuma les événements de la journée. Svedberg parut déçu.

— Je n'aime pas lâcher une enquête en cours.

— Rien n'est encore sûr. Je t'informe juste de ce qui se passe.

Svedberg sorti, Wallander contempla sa lettre de candidature. Intérieurement, il voyait sans cesse le canot et les deux hommes assassinés.

A seize heures, on lui remit le protocole de l'autopsie – analyse préliminaire, en attendant les résultats du labo. Mais les hommes étaient vraisemblablement morts depuis une semaine. Vraisemblablement aussi, ils avaient été exposés à l'eau de mer durant toute cette période. L'un des deux avait vingt-huit ans, l'autre quelques années de plus. Ils avaient été en excellente santé. Avant de mourir, tous deux avaient été soumis à la torture ; et leurs dents avaient été effectivement soignées par un dentiste d'Europe de l'Est.

Wallander repoussa le rapport et regarda par la fenêtre. La nuit tombait, et il avait faim. Björk lui annonça au téléphone que le ministère transmettrait ses consignes le lendemain dans la matinée.

— Alors je rentre.

— Vas-y. Je me demande qui était ce journaliste…

Ils eurent la réponse le lendemain. *Expressen* faisait état en première page d'une découverte sensationnelle sur la côte scanienne. L'article affirmait que les victimes étaient probablement des citoyens soviétiques. Le ministère des Affaires étrangères était sur le coup et la police d'Ystad avait reçu l'ordre d'étouffer l'affaire. Le journal exigeait des explications.

Il était déjà quinze heures lorsque Wallander découvrit ces gros titres.

Entre-temps, les événements s'étaient précipités.

4

Wallander franchit le seuil du commissariat à huit heures. Le temps s'était réchauffé, quelques degrés au-dessus de zéro ; une pluie fine tombait sur la ville. Il avait bien dormi, pas de nouvelle alerte nocturne du côté du cœur, il se sentait reposé. Son seul souci, c'était de ne pas savoir de quelle humeur serait son père lorsqu'il le retrouverait plus tard dans la matinée.

Martinsson vint à sa rencontre dans le couloir. Tiens donc. Quand Martinsson était agité au point de ne pouvoir rester dans son bureau, il y avait du sensationnel dans l'air.

– Le capitaine a résolu l'énigme du canot ! Tu as le temps ?

– J'ai toujours le temps. On se retrouve dans mon bureau. Vois si Svedberg est arrivé.

Quelques minutes plus tard ils étaient rassemblés.

– En fait, commença Martinsson, on devrait constituer un fichier spécial pour les gens comme lui. Et monter une brigade à l'échelle nationale dont la seule mission serait de collaborer avec les détenteurs de savoirs singuliers.

Wallander acquiesça. L'exemple le mieux connu était le vieux bûcheron de Härjedalen qui, quelques années plus tôt, avait identifié la capsule d'une bouteille de bière asiatique, ayant laissé dans l'embarras aussi bien la police que les experts de *Vin & Sprit*. L'aide du bûcheron avait permis de condamner un tueur qui, sans lui, s'en serait probablement tiré à bon compte.

Martinsson était intarissable.

– Je préfère mille fois les capitaines Österdahl à tous ces consultants qui courent partout en proclamant des évidences contre des honoraires exorbitants. Le capitaine était content de rendre service.

– Alors ?

Martinsson jeta son bloc-notes sur la table. Comme un lapin tiré d'un chapeau invisible, ce qui exaspéra Wallander. Toujours ce côté théâtral de Martinsson. Mais c'était peut-être un comportement normal pour un futur politicien de province…

– Nous sommes tout ouïe, dit-il.

– Hier soir, après que vous êtes rentrés chez vous, le capitaine Österdahl et moi avons passé quelques heures au sous-sol. On n'a pas pu le faire plus tôt, parce qu'il joue au bridge tous les après-midi et qu'il a refusé de faire une exception pour nous. C'est un monsieur qui sait ce qu'il veut. J'aimerais être comme lui quand j'aurai son âge.

– Continue.

Wallander en savait assez sur le chapitre des vieux messieurs décidés. A commencer par son propre père.

– Il a fait le tour du canot à quatre pattes comme un chien. Il l'a même reniflé. Puis il a dit que ce canot avait au moins vingt ans, et qu'il avait été fabriqué en Yougoslavie.

– Comment pouvait-il le savoir ?

– Le mode de fabrication. Les matériaux. Il n'est revenu sur sa conclusion à aucun moment. Tous ses arguments sont consignés dans ce bloc-notes. Je vénère les gens qui savent de quoi ils parlent.

– Comment se fait-il qu'on n'ait trouvé aucune marque d'origine ?

– Il avait une excellente explication à ça. Les Yougoslaves expédient leurs canots en Grèce et en Italie, où des entreprises leur fournissent pour ainsi dire de faux papiers. Comme les montres fabriquées en Asie qui portent des noms de marques européennes.

– Qu'a-t-il dit, à part ça ?

– Plein de choses. Je crois qu'il connaît par cœur l'histoire du canot de sauvetage. Apparemment, il y en avait déjà à la préhistoire. Les premiers auraient été fabriqués avec des roseaux. Quant à celui qui nous occupe, on le trouve le plus souvent à bord de petits cargos soviétiques ou d'Europe de l'Est. Jamais sur des bateaux scandinaves. L'Inspection maritime ne les accepte pas.

– Pourquoi ?

Martinsson haussa les épaules.

– Mauvaise qualité. Risque de déchirures. Mélange de caoutchouc défectueux.

– Si Österdahl a raison, ce canot ne serait pas passé par l'Italie ou la Grèce. Alors quoi ? Il se serait trouvé à bord d'un bateau yougoslave ?

– Pas nécessairement. Certains canots fabriqués en Yougoslavie partent directement en Union soviétique, dans le cadre du troc obligé entre Moscou et les pays satellites. Il affirme d'ailleurs en avoir vu un exactement semblable à celui-ci à bord d'un chalutier russe intercepté au large de Häradskär.

– Mais nous pouvons nous concentrer sur l'hypothèse d'un bateau de l'Est ?

– D'après le capitaine Österdahl, oui.

– Bien, dit Wallander. Ça fait une incertitude en moins.

– C'est bien la seule, intervint Svedberg.

– Si notre informateur anonyme ne nous rappelle pas, nous en savons beaucoup trop peu. Mais il semble acquis que les corps ont dérivé jusqu'ici depuis les rivages de la Baltique. Et qu'ils ne sont pas suédois.

Il fut interrompu par trois coups frappés à la porte. Une secrétaire lui remit une enveloppe – les résultats complémentaires de l'autopsie. Wallander demanda à Svedberg et à Martinsson de patienter pendant qu'il les feuilletait. Soudain il tressaillit.

– Tiens donc ! On a découvert un truc intéressant dans leur sang.

– Le sida ? proposa Svedberg.

– Non. Une bonne dose d'amphétamines.

– Des toxicomanes russes, dit Martinsson. Des toxicomanes russes torturés et assassinés. En costume et cravate. Dérivant dans un canot de sauvetage yougoslave. C'est autre chose que les bouilleurs de crus et les exhibitionnistes du dimanche...

– Nous ne savons pas s'ils sont russes. Au fond, nous ne savons rien du tout.

Il composa le numéro de Björk.

– Björk.

– C'est Wallander. Je suis avec Svedberg et Martinsson. Tu as reçu les instructions du ministère ?

– Rien encore. Mais j'attends.

– Je vais faire un tour à Malmö. J'en ai pour quelques heures.

– Vas-y. Je t'appelle dès que j'ai du nouveau. Est-ce que tu as été harcelé par les journalistes ?

– Non, pourquoi ?

– J'ai été réveillé à cinq heures ce matin par *Expressen*. Depuis, le téléphone n'arrête pas de sonner. Je dois dire que je suis un peu soucieux.

– Il n'y a pas de quoi. De toute façon, ils écrivent ce qu'ils veulent.

– C'est bien le problème. Si les journaux se mettent à spéculer à tort et à travers, ça gêne notre travail.

– Dans le meilleur des cas, ça incitera un éventuel témoin à nous contacter.

– J'en doute. Et je n'aime pas être réveillé à cinq heures

du matin. On ne sait pas ce qu'on raconte dans ces cas-là.

Wallander coupa la communication.

– Patience, dit-il. En attendant, vous continuez à travailler vos pistes. J'ai une vieille affaire à éclaircir à Malmö. On se retrouve dans mon bureau après le déjeuner.

Resté seul, Wallander regretta d'avoir laissé entendre qu'il se rendait à Malmö pour raison professionnelle. Comme tout un chacun, les policiers consacraient une partie de leur temps de travail à régler des affaires personnelles. Il avait beau le savoir, ça le mettait mal à l'aise.

Il informa le standard qu'il serait joignable après le déjeuner. Puis il quitta la ville, traversa Sandskogen et prit la sortie de Kåseberga. La pluie fine avait cessé. En contrepartie, il y avait du vent.

Il entra dans le village et fit le plein d'essence. Comme il était en avance, il prit la direction du port et laissa la voiture. Pas un chat. Le kiosque et les fumeries de poisson étaient cadenassés.

Drôle d'époque. Certains coins de ce pays ne sont ouverts que pendant les mois d'été. Des villages entiers affichent fermé le reste du temps...

Malgré le froid, il sortit sur la jetée. La mer était déserte. Aucun bateau en vue. Il pensa aux hommes morts dans le canot rouge. Que s'était-il passé ? Pourquoi avaient-ils été torturés ? Qui leur avait remis leur veste après leur mort ?

Il jeta un coup d'œil à sa montre, retourna à la voiture et continua tout droit jusqu'à Löderup, où vivait son père, dans une maison qui semblait avoir été jetée au hasard sur la plaine.

Comme toujours, il trouva le vieil homme occupé à peindre dans l'ancienne écurie. Wallander pénétra dans l'atmosphère saturée de térébenthine et de peinture à l'huile. C'était comme d'entrer tout droit dans son enfance. Cela faisait partie de ses tout premiers souvenirs, cette étrange odeur qui entourait toujours son père devant le chevalet. Le motif qu'il peignait était lui aussi toujours le même : paysage au coucher du soleil. Parfois, si le client en manifestait le désir, il ajoutait un coq de bruyère au premier plan, à gauche.

Wallander père était un peintre du dimanche professionnel. Le fait de ne jamais changer de motif était comme l'aboutissement, le perfectionnement de sa vocation. Wallander avait mis longtemps à comprendre que ce n'était pas une question de paresse ou de manque de talent. L'absence d'innovation donnait à son père le sentiment de sécurité dont il avait apparemment besoin pour appréhender sa vie.

Son père posa son pinceau et s'essuya les mains sur un torchon crasseux. Comme à son habitude, il portait un bleu de travail et des bottes en caoutchouc à tige coupée.

– Je suis prêt, dit-il.

– Tu ne te changes pas ?

– Et pourquoi je me changerais ? Il faut aller chez son marchand de couleurs en costume maintenant ?

Wallander renonça à argumenter. L'obstination de son père était sans limites. Il risquait aussi de se mettre en colère, et dans ce cas le voyage à Malmö serait un enfer.

– Tu fais comme tu veux, dit-il simplement.

– Oui. Je fais comme je veux.

Ils prirent la voiture. Son père contemplait le paysage par le pare-brise.

– C'est laid, dit-il soudain.

– Pardon ?

– La Scanie est laide en hiver. Boue grise, arbres gris, ciel gris. Et des gens encore plus gris.

– Tu as peut-être raison.

– Bien sûr que j'ai raison. Il n'y a pas à discuter. La Scanie est laide en hiver.

Le marchand de couleurs se trouvait dans le centre de Malmö. Wallander eut la chance de trouver une place libre devant la boutique. Son père savait exactement ce qu'il voulait. Toile, couleurs, pinceaux, quelques grattoirs… Au moment de payer, il tira de sa poche une liasse de billets froissés. Wallander se tenait en retrait. Il ne fut même pas autorisé à porter les achats jusqu'à la voiture.

– Ça y est, j'ai fini, dit son père. On peut rentrer.

De façon impulsive, Wallander lui proposa de s'arrêter en route pour déjeuner. A son étonnement, son père accepta. Ils s'arrêtèrent devant le motel de Svedala.

– Dis au maître d'hôtel qu'on veut une bonne table.

– C'est une cafétéria, papa. Je ne pense pas qu'il y ait de maître d'hôtel.

– Alors on va ailleurs. Si je déjeune au restaurant, je veux être servi.

Wallander jeta un regard découragé au bleu de travail plein de taches. Puis il se rappela qu'il y avait une vieille pizzeria à Skurup. Là-bas, personne ne se formaliserait de l'accoutrement paternel. Ils reprirent la voiture. Une fois attablés, ils choisirent tous les deux le plat du jour. Du cabillaud. Entre deux bouchées, Wallander regardait son père en pensant qu'il n'apprendrait sans doute jamais à le connaître avant qu'il soit trop tard. Il avait toujours cru qu'il ne lui ressemblait en rien. Mais depuis quelques années, le doute s'insinuait. Mona lui avait souvent reproché la même obstination fatigante, le même égoïsme sourcilleux. Je refuse peut-être d'admettre les ressemblances, avait-il songé alors. Peut-être ai-je peur de devenir comme lui ? Une tête de mule qui ne voit ce que ce qu'il a envie de voir ?

D'un autre côté, l'aspect tête de mule était un atout

dans son travail. Sans un entêtement à certains égards anormal, bien des enquêtes s'enliseraient. Ce n'était pas une déformation professionnelle, plutôt une disposition nécessaire pour exercer ce métier.

— Pourquoi ne dis-tu rien ? demanda soudain son père.

— Excuse-moi. Je réfléchissais.

— Je ne veux pas déjeuner au restaurant avec toi si tu ne dis rien.

— Que veux-tu que je te dise ?

— Tu pourrais me raconter comment tu vas. Et comment va ta fille. Tu pourrais me dire si tu t'es trouvé une nouvelle bonne femme.

— Quoi ?

— Tu pleures toujours le départ de Mona ?

— Je ne pleure pas. Mais ce n'est pas pour autant que j'ai trouvé une nouvelle bonne femme, comme tu dis.

— Pourquoi ?

— Ce n'est pas si facile.

— Et alors ? Que fais-tu ?

— Pardon ?

— Ce n'est pourtant pas difficile à comprendre. Je te demande ce que tu fais pour trouver une femme !

— Je ne vais pas danser, si c'est ce que tu crois.

— Je ne crois rien. Je m'interroge. Je trouve que tu deviens de plus en plus bizarre d'année en année.

Wallander posa sa fourchette.

— Comment ça, bizarre ?

— Tu aurais dû m'écouter. Tu n'aurais jamais dû devenir flic.

Et voilà, pensa Wallander. Retour à la case départ. Rien n'a changé…

L'odeur de la térébenthine. 1967. Un jour de printemps, froid et venteux. Ils vivent encore dans la vieille forge, près de Limhamn, mais plus pour longtemps. Il guette la voiture du facteur. L'aperçoit, se précipite, ouvre l'enveloppe. Ça y est ! Il a été admis à l'école de police, il va commencer à l'automne. Il court jusqu'à la maison, déboule en trombe dans la petite pièce où son père peint son éternel paysage et crie : « J'ai été admis à l'école de police ! » Mais son père ne le félicite pas. Ne pose même pas son pinceau. (Il se rappelle encore qu'il travaillait les nuages à ce moment-là, teintés de rouge par le soleil couchant.) Et il comprend que son père est déçu. Par lui, qui va devenir policier.

Le serveur enleva leurs assiettes et revint avec les cafés.

– Je n'ai jamais compris pourquoi tu t'opposais à ce choix, dit Wallander.

– Tu as fait comme tu voulais.

– Ce n'est pas une réponse.

– Qu'est-ce que tu crois ? Je n'avais pas imaginé que j'aurais un fils qui rentrerait dîner le soir avec des vers de terre sortant de ses manches de chemise.

Wallander sursauta. Des *vers ?*

– Que veux-tu dire ?

Son père vida sa tasse de café tiède.

– J'ai fini. On peut y aller.

Wallander demanda l'addition et régla la note.

Je n'obtiendrai jamais de réponse. Je ne comprendrai jamais.

Ils retournèrent à Löderup. Le vent soufflait plus fort. Le père emporta la toile et les couleurs dans son atelier.

– Tu ne comptes pas venir jouer aux cartes bientôt ?

– Dans quelques jours.

Wallander reprit la route d'Ystad sans savoir s'il était en colère, ou juste secoué. *Des vers sortant de ses manches de chemise*. Qu'avait-il voulu dire ?

A douze heures quarante-cinq, il était de retour dans son bureau. Bien décidé à exiger une explication de son père lorsqu'il le reverrait.

Puis il redevint policier. Avant toute chose, il fallait rappeler Björk. Mais la sonnerie le devança.

– Wallander.

Grésillement sur la ligne. Il répéta son nom.

– C'est vous qui vous occupez du canot ?

Une voix inconnue. Un homme qui parlait vite, en forçant sa voix.

– Qui est à l'appareil ?

– Peu importe. Je vous parle du canot.

Wallander se redressa dans son fauteuil et attrapa un crayon.

– C'est vous qui avez appelé l'autre jour ?

– Moi ? Je n'ai pas appelé.

L'homme paraissait sincèrement surpris.

– Ce n'est pas vous qui avez téléphoné l'autre jour pour nous signaler qu'un canot allait s'échouer dans les parages ?

Long silence.

– Alors je n'ai rien à dire, fit l'homme, et il raccrocha.

Wallander nota rapidement l'échange de répliques. Il avait commis une erreur. L'homme voulait lui parler des deux morts dans le canot ; en apprenant qu'il y avait déjà eu un appel, la surprise – ou peut-être la peur – l'avait poussé à raccrocher.

Pour Wallander, la conclusion s'imposait d'elle-même. Cet interlocuteur n'était pas celui de Martinsson.

Autrement dit, d'autres personnes détenaient des informations. Ce n'était pas vraiment une surprise ; il en avait déjà discuté avec son collègue. Ceux qui avaient vu quelque chose devaient se trouver à bord d'un bateau. Un équipage, en d'autres termes, puisque personne ne s'aventurait seul en mer pendant les mois d'hiver. Mais quel bateau ? Un ferry peut-être, un chalutier, un cargo ou l'un des nombreux pétroliers qui sillonnaient la Baltique.

Martinsson entrouvrit la porte.

– C'est l'heure de la réunion ?

Wallander résolut très vite de taire l'appel pour l'instant. Il éprouvait confusément le besoin de présenter à ses collègues un point réfléchi de la situation.

– Je n'ai pas encore parlé à Björk, dit-il simplement. On peut se voir dans une demi-heure.

Martinsson disparut et il fit le numéro.

– Björk.

– Wallander. Alors ?

– Passe dans mon bureau, tu ne seras pas déçu.

En effet, les nouvelles étaient surprenantes.

– On va avoir de la visite, dit Björk. Ils nous envoient un fonctionnaire pour nous aider à mener à bien cette enquête.

– Un fonctionnaire des Affaires étrangères ? Qu'est-ce qu'il peut savoir d'une enquête criminelle ?

- Aucune idée. Mais il débarque cet après-midi. Je propose que tu ailles l'accueillir. Il atterrit à Sturup à dix-sept heures vingt.

– Ça me scie. Il vient pour nous aider ou pour nous surveiller ?

– Je n'en sais rien. Mais ce n'est que le début. Devine qui a téléphoné ?

– Le grand patron.

Björk tressaillit.

– Comment le sais-tu ?

– C'est toi qui joues aux devinettes. Que voulait-il ?

– Il exige d'être informé en continu. Et il veut nous envoyer des types. Un de la crim' et un de la brigade des stups.

– Eux aussi, il faut aller les chercher à l'aéroport ?

– Non. Ils se débrouillent.

– Ça me paraît bizarre, dit Wallander après un silence. Surtout cette histoire de fonctionnaire. Est-ce qu'ils ont pris contact avec la police soviétique ?

– Tout s'est déroulé conformément au protocole. C'est ce qu'ils m'ont dit. Ne me demande pas ce que ça signifie.

– Comment se fait-il qu'on ne t'informe pas correctement ?

Björk écarta les mains.

– Je suis dans le métier depuis suffisamment de temps pour savoir ce qu'il en est dans ce pays. Parfois on ne me tient pas au courant. Parfois c'est un ministre de la Justice qui se fait manipuler. Mais la plupart du temps, c'est le peuple suédois qui n'est pas informé de ce qui se passe – ou alors d'une infime partie seulement.

Wallander hocha la tête. Les scandales juridiques des dernières années avaient dévoilé le système de tunnels invisibles aménagé dans les sous-sols de l'État, reliant différents départements, différentes institutions. Des soupçons longtemps rejetés au titre d'affirmations sectaires s'étaient révélés fondés. Le pouvoir réel opérait en grande partie dans ces couloirs secrets et peu éclairés, loin de la transparence officielle de l'État de droit.

On frappa à la porte. « Entrez ! » cria Björk. C'était Svedberg, brandissant un tabloïd.

– J'ai pensé que ça vous intéresserait.

Wallander sursauta en découvrant la première page d'*Expressen*, où de gros titres belliqueux annonçaient la découverte sensationnelle faite sur la côte scanienne. Björk lui arracha le journal. Svedberg et Wallander s'approchèrent pour lire par-dessus son épaule, et Wallander reconnut avec effarement son propre visage crispé. La photo était floue. Elle avait dû être prise au cours de l'enquête sur le double meurtre de Lenarp.

L'enquête est dirigée par le commissaire Knut Wallman.

La légende l'affublait d'un nom qui n'était pas le sien. Björk jeta le journal sur la table. La tache pourpre sur son front annonçait une explosion imminente. Svedberg prit discrètement le chemin de la sortie.

– Tout est là ! cria Björk. Comme si c'était toi, Wallander, ou toi, Svedberg, qui aviez écrit l'article. Ils savent que le ministère est sur le coup, que le grand patron suit l'enquête de près. Ils savent même que le canot est yougoslave. Pour ma part, je l'ignorais. C'est vrai ou pas ?

– C'est vrai, dit Wallander. Martinsson m'en a parlé ce matin.

– Ce matin ? Nom de Dieu ! Quand est-ce qu'il est imprimé, ce putain de journal ?

Björk décrivait des cercles dans le bureau. Wallander et Svedberg échangèrent un regard. Quand il se mettait en colère, Björk était capable de développements intarissables.

Il ramassa le journal et lut à haute voix :

– *Escadrons de la mort soviétiques. La nouvelle Europe a ouvert les portes de la Suède à une criminalité ayant des ramifications politiques.* Qu'est-ce que ça veut dire ? Vous pouvez me l'expliquer ? Wallander !

– Aucune idée. Je crois que le mieux est de s'en foutre.

– Comment veux-tu t'en foutre ? On va être assiégés par les médias !

Comme s'il venait de lancer une prophétie, le téléphone sonna. Un journaliste de *Dagens Nyheter* voulait un commentaire. Björk couvrit l'écouteur avec sa main.

– Il faut organiser une conférence de presse. Ou rédiger un communiqué. Qu'est-ce qui est le mieux, à votre avis ?

– Les deux, proposa Wallander. Mais attends demain pour la conférence de presse. Le fonctionnaire aura peut-être un avis sur la question.

Björk transmit l'information au journaliste et raccrocha sans répondre aux questions. Svedberg quitta la pièce. Björk et Wallander rédigèrent ensemble un court communiqué de presse.

– Il faut qu'on s'occupe de cette histoire de fuites, dit Björk. J'ai été beaucoup trop naïf, on dirait. Je me souviens que tu m'en as parlé l'année dernière, pendant l'affaire des meurtres de Lenarp. Il me semble avoir dit à l'époque que tu exagérais. Qu'est-ce qu'on peut faire ?

– Rien. C'est ce que j'ai cru comprendre à l'époque. Il faut vivre avec.

– Je suis content de partir à la retraite, dit Björk après un silence. Parfois, j'ai l'impression que le temps m'échappe.

– On partage tous cette impression. Je vais chercher le fonctionnaire à l'aéroport. Comment s'appelle-t-il ?

– Törn.

– Prénom ?

– Sais pas.

Wallander retourna dans son bureau où l'attendaient ses collègues. Svedberg racontait à Martinsson ce dont il venait d'être témoin dans le bureau de Björk.

Wallander décida d'abréger. Il évoqua l'appel anonyme et leur fit part de sa conclusion : il existait plus d'un témoin.

– Ce type était-il scanien ? demanda Martinsson.

– Oui.

– Dans ce cas, on devrait pouvoir les retrouver tous les deux. On exclut les pétroliers et les gros cargos. Que reste-t-il ?

– Les bateaux de pêche. Combien y en a-t-il le long de la côte sud ?

– Beaucoup. Mais on est en février, certains restent sans doute au port… N'empêche, ça représente un gros boulot.

– On décidera demain. Tout aura peut-être changé d'ici là.

57

Il leur résuma ce que lui avait appris Björk. Martinsson réagit comme lui, avec un mélange de surprise et d'irritation. Svedberg se contenta de hausser les épaules.

– On n'en fera pas beaucoup plus aujourd'hui, conclut Wallander. Je vais rédiger un rapport sur les événements intervenus jusqu'ici. Vous aussi. Demain, on fera le point avec les collègues de la crim' et des stups. Et avec le dénommé Törn.

Wallander arriva en avance à l'aéroport. Il prit un café avec les collègues du contrôle de l'air et des frontières, écouta la complainte ordinaire, les horaires de travail, les salaires, etc. A dix-sept heures quinze, il s'assit sur un banc et regarda distraitement l'écran de télévision qui diffusait de la pub au plafond. Enfin le vol fut annoncé. Le fonctionnaire s'attendait-il à être accueilli par un policier en uniforme ? *Si je croise les mains dans le dos et que je me balance d'avant en arrière, il m'identifiera peut-être…*

Il regarda sortir les passagers, dont aucun ne semblait guetter un visage inconnu. Quand tous furent passés, il comprit qu'il avait dû le manquer. A quoi ressemble un fonctionnaire des Affaires étrangères ? A n'importe qui ? A un diplomate ? Mais à quoi ressemble un diplomate ?

– Kurt Wallander ?

Il fit volte-face. Une femme d'une trentaine d'années se tenait devant lui. Elle enleva un gant et lui tendit la main.

– Birgitta Törn, du ministère des Affaires étrangères. Vous attendiez peut-être un homme ?

– Sans doute.

– Il n'y a pas encore beaucoup de femmes diplomates de carrière, mais le ministère est géré en grande partie au féminin.

– Ah. Bienvenue en Scanie.

Pendant qu'ils attendaient les bagages, il l'observa à la dérobée. Elle avait une expression indéfinissable. Les yeux surtout… Au moment de s'emparer de la valise qu'elle lui désignait, il croisa son regard et comprit. Elle portait des lentilles de contact. Mona en avait eu, elle aussi, au cours des dernières années de leur mariage.

Ils regagnèrent la voiture. Wallander l'interrogea sur le temps qu'il faisait à Stockholm, sur son voyage, et elle répondit. Avec une certaine froideur, lui sembla-t-il.

— On m'a réservé une chambre dans un hôtel du nom de Sekelgården. Je voudrais jeter un coup d'œil aux rapports disponibles. Je suppose qu'on vous a averti que tous les éléments de l'enquête devaient être mis à ma disposition.

— Non. On ne m'a averti de rien. Mais rien n'est secret, alors il n'y a pas de problème. Le dossier se trouve sur la banquette arrière.

— Vous êtes prévoyant.

— Au fond, je n'ai qu'une question. Pourquoi êtes-vous ici ?

— La situation instable à l'Est conduit le ministère à suivre avec attention tout événement sortant de l'ordinaire. De plus, nous pouvons vous assister dans vos démarches auprès des pays non membres d'Interpol.

Elle parle comme un politicien, pensa Wallander. Pas de place pour l'incertitude.

— Un événement sortant de l'ordinaire…, fit-il en écho. On peut peut-être appeler ça ainsi. Si vous voulez, je peux vous montrer le canot au commissariat.

— Non, merci. Je ne me mêle pas du travail policier. Mais une réunion demain matin serait la bienvenue. Je voudrais me faire une idée précise de la situation.

— On peut organiser une réunion à huit heures. Vous ignorez peut-être que la direction nous envoie deux enquêteurs supplémentaires ?

– J'en ai été informée.

L'hôtel Sekelgården se trouvait dans une petite rue derrière la place centrale. Wallander coupa le contact et ramassa le dossier avant de prendre dans le coffre la valise de Birgitta Törn.

– Vous êtes déjà venue à Ystad ?

– Je ne crois pas.

– Dans ce cas, je propose que la police d'Ystad vous invite à dîner.

Elle eut un sourire imperceptible.

– C'est très aimable à vous. Mais j'ai du travail.

Cette réponse l'irrita. Un policier d'une petite ville de province n'était-il pas une compagnie assez intéressante pour elle ?

– Le mieux, pour se restaurer, est sans doute l'hôtel Continental. A droite en partant de la place. Voulez-vous que je passe vous chercher demain matin ?

– Je me débrouillerai. Merci d'être venu m'accueillir.

Wallander rentra chez lui. Il était dix-huit heures trente et il sentit brusquement qu'il en avait assez de la vie. Ce n'était pas seulement le vide qu'il éprouvait en arrivant dans un appartement où personne ne l'attendait. Mais cette impression d'avoir de plus en plus de mal à s'orienter dans l'existence… Son corps même commençait à lui causer du souci. Et quant au travail… Son identité professionnelle lui avait toujours donné un sentiment de sécurité. Ce n'était plus le cas maintenant.

L'incertitude avait commencé l'année précédente, au moment de l'enquête sur le double meurtre de Lenarp. Il avait souvent évoqué avec Rydberg le fait qu'un pays comme la Suède, qui se transformait et perdait ses repères, avait besoin d'un nouveau type de policier. Il se sentait de jour en jour plus impuissant et – comment dire ? – à côté de la plaque. Cette incertitude-là n'était

soluble dans aucun des stages de formation qu'organi-
sait régulièrement la direction de Stockholm.

Il prit une bière dans le réfrigérateur, alluma le poste
et se laissa tomber dans le canapé. Un débat papillotait
à l'écran, l'un de ces innombrables débats servis
chaque jour par la télévision, plus fades les uns que les
autres.

Il repensa à l'offre d'emploi de l'entreprise de Trelleborg. Peut-être était-ce le changement dont il avait
besoin? Peut-être fallait-il quitter la police après un
certain nombre d'années et entreprendre tout à fait
autre chose?

Il resta longtemps dans le canapé. Vers minuit, il
décida d'aller se coucher.

Il venait d'éteindre la lumière lorsque le téléphone
sonna. Oh non, pensa-t-il. Pas de nouveaux morts… Il
se redressa, prit le combiné et reconnut aussitôt la voix
qui l'avait appelé dans l'après-midi.

— Je sais peut-être quelque chose à propos du canot.

— Toute aide est la bienvenue.

— Vous ne devrez dire à personne que j'ai appelé.

— Vous pouvez garder l'anonymat.

— Ce n'est pas assez. Je veux une garantie de la
police. Il ne faudra même pas dire qu'il y a eu ce coup
de fil.

Wallander réfléchit très vite. Puis il donna sa promesse. L'homme parut hésiter encore. Il avait peur.

— Je vous le jure sur mon honneur de policier, ajouta
Wallander.

— Je n'en donne pas cher.

— Vous avez tort.

Silence. Wallander l'entendait respirer à l'autre bout
du fil.

— Vous connaissez Industrigatan? demanda soudain
l'homme.

— Oui.

C'était une rue située dans une zone industrielle à l'est de la ville.

– Allez-y. Il n'y a personne la nuit. Coupez le moteur, éteignez les phares.

– Maintenant ?

– Maintenant.

– Où dois-je m'arrêter ? C'est une longue rue.

– Allez-y. Je vous trouverai. Et venez seul. Sinon tant pis.

La communication fut coupée.

Wallander envisagea brièvement d'appeler Martinsson ou Svedberg ; puis il s'obligea à raisonner froidement. Que pouvait-il arriver ?

Il repoussa les couvertures et se leva. Quelques minutes plus tard, il était dans la rue déserte. La température avait chuté en dessous de zéro. Il frissonna en ouvrant la portière de sa voiture.

Cinq minutes plus tard, il tournait au coin d'Industrigatan, royaume des concessionnaires automobiles et de diverses petites entreprises. Aucune lumière. Il s'arrêta, coupa le moteur et les phares, et attendit dans l'obscurité. L'horloge phosphorescente du tableau de bord indiquait minuit passé de sept minutes.

Minuit trente. Toujours rien. Il décida d'attendre jusqu'à une heure du matin. Ensuite il rentrerait se coucher.

Il ne l'avait pas vu venir. La silhouette s'était comme détachée de l'obscurité. Il baissa sa vitre. Le visage de l'homme était dans l'ombre. Impossible de distinguer ses traits. Mais il reconnut la voix.

– Suivez ma voiture, dit l'homme avant de disparaître.

Quelques minutes plus tard une voiture le doubla, feux de stationnement allumés.

Wallander mit le contact et démarra à sa suite.

Ils quittèrent la ville, vers l'est.

Soudain Wallander s'aperçut qu'il avait peur.

5

Le port de Brantevik paraissait abandonné.

Seuls quelques points lumineux dansaient sur les eaux noires et immobiles du bassin. Pourquoi n'y avait-il pas de lumière ? Était-ce à cause du vandalisme ? Ou bien la campagne de restrictions budgétaires de la commune prévoyait-elle de ne pas remplacer les ampoules hors d'usage ? Je vis dans un monde crépusculaire, pensa Wallander. Une image symbolique se transforme en stricte réalité…

Les feux de la voiture s'éteignirent. Wallander coupa ses propres phares et attendit dans l'obscurité. L'horloge du tableau de bord avançait avec des tressautements électroniques. Une heure vingt-cinq. Soudain une lampe torche joua dans le noir, comme une luciole inquiète. Wallander ouvrit la portière et descendit. Le froid le prit au dépourvu. L'homme qui tenait la torche s'arrêta à quelques mètres. Wallander ne distinguait toujours pas son visage.

– On va sur la jetée, dit l'homme.

Il avait un accent à couper au couteau. Rien ne semble réellement menaçant, pensa Wallander, tant que c'est dit en scanien. Il ne connaissait aucun autre dialecte qui fût empreint d'une telle *sollicitude*.

Il hésita néanmoins.

– Pourquoi ?

– Vous avez peur ? On va sur la jetée parce qu'il y a un bateau là-bas.

Il se mit en marche. Wallander le suivit en luttant contre le vent. Ils s'arrêtèrent devant la silhouette sombre d'un bateau de pêche. L'odeur de mer et d'huile était très forte. L'homme tendit sa torche à Wallander.

– Éclairez les amarres.

Wallander vit alors son visage pour la première fois. Quarante ans, ou un peu plus, une peau marquée par les intempéries. Un bleu de travail et une veste grise, un bonnet noir enfoncé au ras des yeux.

L'homme empoigna une amarre, monta à bord et disparut dans l'obscurité vers la passerelle. Wallander attendit. Une lanterne s'alluma. L'homme s'approcha en faisant grincer les lames du pont.

– Venez.

Wallander agrippa maladroitement le bastingage glacé et grimpa à bord. Il suivit l'homme sur le pont incliné et trébucha sur un cordage enroulé.

– Ne tombez pas à l'eau. Elle est froide.

Wallander le suivit. Ils descendirent dans la salle des machines, qui sentait l'huile et le diesel. L'homme suspendit la lanterne à un crochet et baissa la mèche.

Ses gestes étaient désordonnés. Wallander comprit soudain que l'autre avait peur ; il voulait en finir le plus vite possible.

Wallander s'assit sur l'étroite couchette recouverte d'une couverture crasseuse.

– Vous tiendrez votre promesse ?

– Je tiens toujours mes promesses, dit Wallander.

– Personne ne le fait. Je pense à l'affaire qui me concerne.

– Vous avez un nom ?

– Ça n'a aucune importance.

– Mais vous avez vu un canot rouge contenant deux morts ?

– Peut-être.

– Sinon vous n'auriez pas appelé.

L'homme déplia la carte graisseuse posée sur la couchette.

— Ici, dit-il en indiquant un point sur la carte. C'est à cet endroit que je l'ai aperçu. Il était treize heures cinquante-deux. Le 12. Mardi dernier, donc. Et j'ai réfléchi. Pour comprendre d'où il pouvait venir.

Wallander fouilla ses poches à la recherche d'un papier et d'un crayon. Rien, bien sûr.

— Lentement, dit-il. Reprenez depuis le début. C'est vous qui avez découvert le canot ?

— J'ai tout noté là. A six milles d'Ystad, plein sud. Le canot dérivait vers le nord-est. J'ai noté la position exacte.

Il tendit à Wallander un bout de papier froissé. Wallander eut l'impression que les informations étaient fiables, même si ces chiffres ne lui disaient rien.

— Le canot dérivait, poursuivit l'homme. S'il avait neigé, je ne l'aurais jamais vu.

Nous ne l'aurions jamais vu, pensa Wallander très vite. Chaque fois qu'il dit *je*, il a une hésitation imperceptible. Comme s'il devait se rappeler lui-même à l'ordre, de ne dire qu'une partie de la vérité.

— Il se trouvait à bâbord. Je l'ai pris en remorque. En vue de la côte, je l'ai relâché.

Ça expliquait l'amarre tranchée. Ils étaient pressés, inquiets. Ils n'avaient pas hésité à sacrifier un bout d'amarre…

— Vous êtes pêcheur ?

— Oui.

Non, pensa Wallander. Tu mens. Mais pourquoi ?

— J'étais sur le chemin du retour.

— Vous possédez une radio. Pourquoi n'avez-vous pas alerté les Secours en mer ?

— J'ai mes raisons.

Wallander comprit qu'il fallait désamorcer la peur de l'homme en bleu de travail, sinon il n'arriverait à rien.

65

Confiance, pensa-t-il. Il faut qu'il sente qu'il peut se fier à moi.

– Je dois en savoir plus. Personne ne saura que c'est vous qui l'avez dit.

– Personne n'a rien dit. Personne n'a appelé.

Soudain, Wallander comprit. Il y avait une explication complètement logique à cette obsession d'anonymat. Il y avait eu deux hommes à bord. Pas trois, pas davantage. Et il avait peur de l'autre homme.

– Personne n'a appelé, acquiesça Wallander. C'est votre bateau ?

– Quelle importance ?

Wallander reprit son raisonnement à zéro. Il était certain à présent que cet homme n'avait rien à voir avec les deux morts, sinon qu'il se trouvait à bord du bateau qui avait découvert le canot. Cela simplifiait la situation, même s'il ne comprenait toujours pas cette peur. *Qui était l'autre homme ?*

Contrebande, pensa-t-il soudain. Transport de clandestins ou d'alcool. C'est à ça que sert ce bateau. C'est pour ça que je ne sens aucune odeur de poisson.

– Avez-vous vu un bateau à proximité quand vous avez découvert le canot ?

– Non.

– Vous en êtes sûr ?

– Je dis seulement ce que je sais.

– Mais vous avez réfléchi, disiez-vous ?

L'homme répondit sans hésiter.

– Le canot était dans l'eau depuis un certain temps. J'en suis sûr.

– Pourquoi ?

– Il y avait déjà des algues collées dessus.

Wallander ne se souvenait de rien de tel.

– Quand nous l'avons retrouvé, il n'y avait pas de trace d'algues.

L'homme réfléchit.

– Elles ont dû partir dans le frottement du sillage, quand je l'ai pris en remorque.

– Combien de temps a-t-il passé dans l'eau, à votre avis ?

– Difficile à dire. Peut-être une semaine.

Wallander l'observait. L'homme semblait sans cesse à l'écoute, aux aguets.

– Autre chose ? Tout peut être important.

– Je crois qu'il venait des pays baltes.

– Pourquoi ? Pourquoi pas l'Allemagne ?

– Je connais le secteur. Je crois que ce canot venait de l'autre côté de la Baltique.

Wallander tenta de visualiser la carte.

– Ça fait loin, dit-il. Il faut doubler la côte polonaise. Puis les eaux allemandes. J'ai du mal à y croire.

– On a vu ça pendant la guerre. Les mines dérivaient très loin en peu de temps. Avec le vent qu'il y a eu ces derniers jours, ça n'a rien d'impossible.

La lueur de la lanterne vacilla.

– Je n'ai rien d'autre à dire, dit l'homme en repliant la carte. Vous vous souvenez de votre promesse ?

– Je m'en souviens. Mais j'ai encore une question. Pourquoi avez-vous si peur de me rencontrer ? Pourquoi en pleine nuit ?

– Je n'ai pas peur. Et quand bien même ce serait le cas, ça me regarde.

L'homme rangea la carte dans une fente. Wallander essaya de penser à une autre question avant qu'il ne soit trop tard.

Ni l'un ni l'autre ne prêtèrent attention au léger mouvement de la coque. Un mouvement imperceptible, comme un reste de houle venant mourir dans les eaux du port.

De retour dans le poste de pilotage, Wallander fit brièvement jouer le faisceau de la torche sur les murs, mais ne vit rien qui pût lui permettre d'identifier ultérieurement le bateau.

– Où puis-je vous joindre en cas de besoin ? demanda-t-il lorsqu'ils furent à nouveau sur la jetée.

– Vous ne pouvez pas me joindre. Et vous n'en aurez pas besoin. Je n'ai rien d'autre à dire.

Wallander compta ses pas sur la jetée. Au soixante-treizième, il sentit sous ses semelles le gravier du port. L'homme était comme avalé par l'obscurité ; il avait repris sa lampe torche et avait disparu sans un mot. Wallander monta dans sa voiture et attendit quelques minutes avant de mettre le contact. Soudain il crut voir une ombre. Ce n'était probablement qu'une illusion. Il comprit qu'il était censé démarrer le premier. Une fois sur la route, il ralentit. Mais aucune lumière de phares ne surgit dans le rétroviseur.

Il était trois heures moins le quart lorsqu'il ouvrit la porte de son appartement. Il s'assit à la table de la cuisine et nota la conversation qui venait d'avoir lieu dans la salle des machines du bateau. Les pays baltes… Le canot avait-il réellement pu dériver aussi loin ? Il alla dans le séjour. Dans l'armoire, sous les piles de vieux magazines et de programmes d'opéra, il dénicha son atlas d'écolier. Il l'ouvrit à la page qui couvrait le sud de la Suède et la mer Baltique. Les pays baltes semblaient à la fois très loin et très près.

Je ne sais rien de la mer. Je ne sais rien des vents et des courants. Peut-être a-t-il raison ? Quel intérêt aurait-il à mentir ?

Il pensa à nouveau à la peur manifeste de l'homme. Qui était l'autre membre d'équipage, capable de lui inspirer une telle crainte ?

Il était quatre heures du matin lorsqu'il se recoucha. Il mit longtemps à trouver le sommeil.

En ouvrant les yeux, il sentit qu'il avait dormi trop longtemps.

Le réveille-matin indiquait sept heures quarante-six.

Il jura tout haut, se leva d'un bond et s'habilla à toute allure en rangeant au passage la brosse à dents et le dentifrice dans sa poche. Il arriva au commissariat à huit heures moins trois minutes. Ebba, à la réception, lui fit signe d'approcher.

– Björk t'attend. Dis donc, tu en fais une tête. Panne de réveil ?

– Et comment !

Wallander se rendit aux toilettes et se brossa les dents en essayant de rassembler ses pensées. Comment allait-il présenter son excursion nocturne dans le port de Brantevik ?

Le bureau de Björk était désert. Il se dirigea vers la plus grande des salles de réunion et frappa à la porte comme un écolier pris en faute.

Six personnes étaient assises autour de la table ovale. Six visages se tournèrent vers lui.

– Je crois que je suis un peu en retard, marmonna-t-il en s'asseyant sur la chaise la plus proche.

Björk lui jeta un regard sévère. Martinsson et Svedberg le considéraient avec un petit sourire curieux – voire goguenard, du côté de Svedberg. Birgitta Törn était assise à la gauche de Björk, l'air impénétrable.

Il y avait aussi deux hommes que Wallander n'avait jamais rencontrés. Il se leva et contourna la table pour leur serrer la main. Ils avaient tous deux une cinquantaine d'années, et se ressemblaient étrangement : grands, costauds, le visage aimable. Le premier se présenta sous le nom de Sture Rönnlund. Le second s'appelait Bertil Lovén.

– Je suis de la brigade criminelle, dit Lovén. Sture ici présent est de la brigade des stups.

– Kurt est responsable de cette enquête, dit Björk. Vous voulez du café ?

Lorsque tous eurent rempli leur gobelet, Björk ouvrit la réunion.

– Toute aide est la bienvenue, dit-il. Vous n'avez sûrement pas manqué de constater l'intérêt spectaculaire que suscite notre trouvaille du côté des médias. C'est l'une des raisons pour lesquelles nous devons mener cette enquête avec toute l'énergie et la détermination requises. Birgitta Törn est venue en premier lieu en tant qu'observatrice. Elle pourra aussi nous aider pour d'éventuels contacts avec des pays où Interpol n'a pas d'influence. Mais cela ne nous empêche pas d'écouter son point de vue sur l'enquête proprement dite.

Ce fut au tour de Wallander. Dans la mesure où toutes les personnes présentes avaient une copie du dossier, il se contenta d'un bref résumé et d'un tableau horaire. En revanche, il s'attarda longuement sur les résultats de l'expertise médico-légale. Lorsqu'il eut fini, Lovén lui demanda d'éclaircir certains détails. Ce fut tout. Björk jeta un regard circulaire.

– Bon. Comment procédons-nous maintenant ?

Wallander s'irrita de l'attitude soumise de Björk vis-à-vis de la femme du ministère et des policiers de Stockholm. Il ne put s'empêcher d'allumer un contrefeu.

– Trop de choses restent dans l'ombre, dit-il. Et je ne pense pas en premier lieu à l'état de l'enquête. Je ne comprends pas pourquoi le ministère des Affaires étrangères a estimé nécessaire de nous envoyer Birgitta Törn. Je ne peux pas croire qu'il soit simplement question de nous assister dans nos contacts avec la police soviétique. Cela peut très bien se faire par fax, via Stockholm. Pour moi, il semble que le ministère a décidé de surveiller notre travail. Si tel est le cas, je veux savoir ce qu'il s'agit de surveiller, et pour quelles raisons. Je soupçonne naturellement que le ministère sait quelque chose que nous ignorons. Mais la décision vient peut-être d'ailleurs. D'où, dans ce cas ?

Silence compact autour de la table. Björk semblait paniqué.

Birgitta Törn prit enfin la parole.

– Il n'y a pas de raison de mettre en doute les motifs officiels de ma venue à Ystad. La situation instable dans les pays de l'Est exige que nous suivions attentivement cette affaire.

– Nous ne savons même pas si ces hommes sont originaires des pays de l'Est. A moins, une fois encore, que vous sachiez quelque chose que nous ignorons. Dans ce cas, j'aimerais savoir quoi.

– Nous devrions peut-être nous calmer un peu, intervint Björk.

– Je veux une réponse ! Je ne me contente pas de vagues considérations sur une situation politique instable.

Birgitta Törn perdit soudain son air ineffable. Le regard qu'elle jeta à Wallander exprimait on ne peut plus clairement la prise de distance, voire le mépris. Je me rends indésirable, pensa-t-il. La piétaille encombrante, c'est moi.

– J'ai dit ce qu'il en était, répliqua-t-elle. Si vous étiez raisonnable, vous comprendriez que cet éclat n'a aucune raison d'être.

Wallander secoua la tête et se tourna vers Lovén et Rönnlund.

– Et vous ? Quelles sont vos instructions ? Stockholm n'envoie jamais de personnel à moins d'une demande officielle de notre part. A ma connaissance, nous n'avons rien demandé. Je me trompe ?

Avec autorité, il se tourna vers Björk, qui fit non de la tête.

– Il s'agit donc bien d'une initiative de la direction. Si nous devons collaborer, je voudrais savoir à quel titre. Notre compétence locale ne peut être mise en cause avant même que le travail ait commencé !

Lovén se tortilla sur sa chaise. Ce fut Rönnlund qui répondit. Sur un ton empreint de sympathie.

– Le patron estime que vous pouvez avoir besoin d'aide. Notre mandat est de nous tenir à votre disposition. Rien d'autre. C'est vous qui dirigez le travail. Si nous pouvons vous aider, ce sera avec plaisir. Bertil pas plus que moi ne mettons en cause votre capacité à mener cette enquête par vous-mêmes. A titre personnel, je trouve que vous avez fait preuve de rapidité et de concentration au cours de ces quelques jours.

Wallander accueillit le compliment avec un hochement de tête. Martinsson souriait, Svedberg se curait pensivement les dents avec une écharde prélevée sous le plateau de la table.

– Alors nous pouvons peut-être passer à la suite, proposa Björk.

– Parfait, dit Wallander. J'ai quelques théories que j'aimerais vous soumettre. Mais d'abord, je voudrais vous raconter une petite aventure nocturne.

Sa colère était retombée. Il s'était mesuré à Birgitta Törn et n'avait pas été vaincu. Il comprendrait bien assez vite les raisons de sa venue. La sympathie de Rönnlund avait conforté son assurance. Il résuma le coup de téléphone et la visite au port de Brantevik. Il souligna la conviction de l'homme selon laquelle le canot pouvait provenir des pays baltes. Dans un accès d'initiative imprévu, Björk appela le standard et demanda que quelqu'un leur procure sur-le-champ une carte détaillée et lisible de toute la zone concernée. Wallander vit intérieurement Ebba attraper le premier policier passant par le hall d'accueil et lui donner l'ordre de dénicher la carte dare-dare. Il se resservit du café et enchaîna sur ses théories.

– Tout indique que les hommes ont été tués à bord d'un bateau. Pourquoi n'ont-ils pas été jetés par-dessus bord ? Je n'ai qu'une explication à cela. Le ou les auteurs

72

voulaient que les corps soient retrouvés. Pourquoi ? De plus, il devait être extrêmement difficile de savoir quand et où le canot s'échouerait. Les deux hommes ont été abattus presque à bout portant après avoir été torturés. La torture correspond en général à une vengeance ou à un besoin d'obtenir des renseignements… Autre point qu'il convient de garder présent à l'esprit : les victimes étaient droguées. Aux amphétamines, pour être précis. La drogue est d'une façon ou d'une autre impliquée dans cette histoire. De plus, mon impression personnelle est que ces deux hommes avaient de l'argent. Leurs vêtements l'indiquent. Selon les critères des pays de l'Est, ils devaient même être très riches. Moi par exemple, je ne pourrais jamais me payer ce genre de costume ou de chaussures.

Lovén éclata de rire. Birgitta Törn regardait fixement la table.

– Nous savons donc pas mal de choses, poursuivit Wallander, même si nous ne pouvons assembler les éléments en un tout capable d'expliquer ce double meurtre. Dans l'immédiat, nous avons un seul objectif : établir l'identité de ces deux hommes. Nous devons nous concentrer là-dessus. Voici donc les tâches prioritaires selon moi. D'abord, obtenir une expertise balistique rapide. Ensuite, la liste exhaustive des personnes disparues ou recherchées en Suède et au Danemark. Empreintes, photographies, signalements, nous devons envoyer tout ça très vite via Interpol. Peut-être trouverons-nous aussi quelque chose dans nos fichiers ? Par ailleurs, il faut contacter les polices baltes et soviétique, si ce n'est déjà fait. Birgitta Törn peut peut-être répondre à cette question ?

– Ce sera fait dans la journée. Nous allons contacter la cellule internationale de la police de Moscou.

– Il faut aussi prendre contact avec la police d'Estonie, de Lettonie et de Lituanie.

– Ce contact a lieu via Moscou.

Wallander lui jeta un regard perplexe et se tourna vers Björk.

– Il me semble que nous avons eu une visite d'étude de policiers lituaniens l'automne dernier ?

– Birgitta Törn a sans doute raison. Il existe bien une police nationale dans ces pays. Mais c'est encore Moscou qui détient le pouvoir de décision officiel.

– Ça m'étonne. Mais le ministère doit sans doute le savoir mieux que moi…

– Oui, dit Birgitta Törn. Sans doute.

Björk conclut la réunion avant de disparaître en compagnie de l'envoyée du ministère. Une conférence de presse était prévue pour quatorze heures.

Wallander s'attarda dans la salle pour superviser la distribution des tâches. Svedberg alla chercher le sac en plastique contenant les deux balles, et Lovén accepta de s'occuper de l'expertise balistique. Les autres se répartirent le gros travail de recherche autour des personnes portées disparues. Martinsson, qui avait des contacts personnels à Copenhague, se chargea d'appeler les collègues danois.

– Ce n'est pas la peine que vous assistiez à la conférence de presse, conclut Wallander. Je m'y colle avec Björk.

Rönnlund sourit.

– Est-ce qu'elles sont aussi désagréables qu'à Stockholm ?

– Je ne sais pas ce qu'il en est à Stockholm. Mais ici, c'est sûr, ce n'est pas drôle.

Le reste de la journée passa à distribuer le signalement des deux hommes à tous les districts de police de Suède et aux autres pays scandinaves. Il apparut assez vite que leurs empreintes ne figuraient ni dans le fichier suédois ni dans le fichier danois. Interpol ne pouvait fournir de réponse dans l'immédiat. Wallander et Lovén eurent une longue conversation sur le thème de l'ex-RDA. Était-elle désormais membre d'Interpol à part entière ? Son fichier avait-il été versé dans un programme informatique central couvrant toute la nouvelle Allemagne ? Avait-il même existé un fichier criminel en Allemagne de l'Est ? Où passait la frontière entre les archives de la Stasi et un éventuel fichier de police ordinaire ?

Lovén se chargea de répondre à ces questions pendant que Wallander préparait la conférence de presse.

Lorsqu'il retrouva Björk peu avant quatorze heures, il crut percevoir une certaine réticence.

Pourquoi ne dit-il rien ? S'il estime que j'ai manqué de respect à la dame élégante du ministère…

La salle était pleine à craquer. Wallander chercha du regard le jeune journaliste d'*Expressen* ; apparemment, il n'était pas là. Björk prit la parole le premier, comme d'habitude. Il attaqua avec une violence inattendue les « racontars douteux » répandus dans la presse. Wallander pensait à sa visite nocturne à Brantevik. Quand ce fut son tour, il commença par réitérer l'appel à témoins. A la question d'un journaliste, il répondit que non, aucun témoin ne s'était encore manifesté. La conférence de presse se déroula dans un climat d'apathie surprenant. Après, dans le couloir, Björk se déclara satisfait.

– Que fait la dame du ministère ? demanda Wallander.

– Elle passe son temps au téléphone. Tu penses qu'on devrait la mettre sur écoute ?

– Ce ne serait peut-être pas une mauvaise idée.

La journée s'écoula sans incident notoire. Il s'agissait maintenant de prendre patience. Ils avaient posé leurs filets. Il y aurait forcément un résultat.

Peu avant dix-huit heures, Martinsson passa la tête par la porte du bureau de Wallander et lui proposa de dîner chez lui avec Lovén et Rönnlund, qui semblaient avoir le mal de la capitale.

– Svedberg avait d'autres projets, expliqua-t-il. Birgitta Törn a dit qu'elle allait à Malmö ce soir. Tu veux venir ?

– Pas le temps. Je suis malheureusement occupé ce soir.

Ce n'était vrai qu'en partie. Il n'avait pas encore pris la ferme décision de retourner à Brantevik pour regarder le bateau de plus près.

A dix-huit heures trente, il passa son coup de fil quotidien à son père et reçut l'ordre d'acheter un nouveau jeu de cartes en prévision de sa prochaine visite. Dès qu'il eut raccroché, il quitta le commissariat. Le vent était tombé. Le ciel était limpide. Il s'arrêta dans une supérette et fit des provisions. Après avoir mangé, il se prépara un café. Vingt heures. Il n'avait toujours pas pris sa décision. La visite à Brantevik pouvait attendre le lendemain. Il se sentait fatigué, après l'excursion de la nuit précédente.

Il resta longtemps assis à la table de la cuisine avec son café. Il tentait d'imaginer Rydberg en face de lui, commentant les événements de la journée. Pas à pas, il arpenta le terrain de l'enquête avec son visiteur invisible. Trois jours s'étaient écoulés depuis la découverte du canot à Mossby Strand. Tant qu'ils n'auraient pas établi l'identité des victimes, ils ne progresseraient pas d'un pouce. L'énigme aurait toutes les chances de demeurer scellée.

Il posa sa tasse dans l'évier. Une fleur mal en point sur l'appui de la fenêtre attira son attention. Il remplit un verre et l'arrosa avant de retourner dans le séjour. Il choisit un disque de Maria Callas. Dès les premières mesures de *La Traviata*, il prit la décision définitive de laisser attendre le bateau.

Plus tard dans la soirée, il appela sa fille. Le téléphone sonna longtemps dans le vide. A vingt-deux heures trente, il alla se coucher et s'endormit presque aussitôt.

L'événement que tous attendaient se produisit le lendemain – quatrième jour de l'enquête. Peu avant quatorze heures, Birgitta Törn entra dans le bureau de Wallander et lui tendit un télex. Par l'intermédiaire de ses supérieurs hiérarchiques de Moscou, la police lettone informait le ministère suédois des Affaires étrangères que les deux morts retrouvés dans un canot échoué sur la côte scanienne étaient vraisemblablement des citoyens lettons. Pour faciliter les recherches, le major Litvinov de la police de Moscou proposait que les collègues suédois prennent contact directement avec la brigade criminelle de Riga.

– Elle existe donc bien, dit Wallander. La police lettone

– Qui a prétendu le contraire ? Mais si vous vous étiez tournés directement vers Riga, il y aurait eu des complications diplomatiques. Nous n'aurions peut-être jamais obtenu de réponse. Il ne vous échappe pas, je pense, que la situation en Lettonie est extrêmement tendue.

Wallander était au courant. Il ne s'était pas écoulé un mois depuis que les forces spéciales soviétiques, connues sous le nom redouté des « Bérets noirs », avaient tiré sur le bâtiment du ministère de l'Intérieur dans le centre de Riga. Plusieurs civils avaient été tués dans la fusillade. Wallander avait vu dans les journaux l'image des barricades improvisées à l'aide de blocs de pierre et de fragments de canalisations soudés. Mais il n'avait pas pour autant le sentiment de comprendre ce qui se passait. Comme s'il en savait toujours trop peu sur ce qui se tramait autour de lui.

– Qu'est-ce qu'on fait ? demanda-t-il.

– Nous prenons contact avec la police de Riga. Il s'agit avant tout d'obtenir une confirmation.

Wallander relut le télex. L'homme du bateau ne s'était

pas trompé. Le canot provenait réellement d'un État balte.

– Nous ne savons toujours pas qui sont ces hommes, dit-il.

Trois heures plus tard, il avait la réponse. Une communication téléphonique de Riga était annoncée, et le groupe d'enquête se réunit aussitôt. Björk était tellement stressé qu'il renversa du café sur son costume.

– Quelqu'un parle le letton ? demanda Wallander.

– L'échange aura lieu en anglais, dit Birgitta Törn. Nous l'avons demandé expressément.

– Tu t'en charges, dit Björk à Wallander.

– Mon anglais n'est pas ce qu'il devrait être.

– Le leur non plus, sûrement, dit Rönnlund. Comment s'appelle-t-il déjà ? Le major Litvinov... Vous serez sans doute logés à la même enseigne.

– Le major Litvinov se trouve à Moscou, intervint Birgitta Törn. Nous attendons un appel de la police de Riga. En Lettonie.

Le téléphone sonna à dix-sept heures dix-neuf. La liaison était étonnamment bonne. Une voix se présenta : major Liepa, de la brigade criminelle de Riga. Wallander écouta en prenant des notes. De temps à autre il répondait à une question. Le major Liepa parlait un anglais exécrable ; Wallander n'était pas sûr de tout comprendre. Au moment de raccrocher, il avait cependant consigné l'essentiel.

Deux noms. Deux identités.

Janis Leja et Juris Kalns.

– Les empreintes coïncident, dit Wallander. D'après le major Liepa, il n'y a aucun doute. Il s'agit bien de ces deux-là.

– Parfait, dit Björk. Qui sont ces messieurs ?

Wallander consulta son bloc.

– *Notorious criminals*. Criminels notoires ?

– Avait-il une opinion quant à la raison pour laquelle ils ont été tués ?

– Non. Mais il ne paraissait pas surpris. Si j'ai bien compris, il va nous transmettre des documents. Il a aussi demandé si on voulait qu'il nous envoie un enquêteur letton pour nous aider.

– Excellente idée, dit Björk. Autant se débarrasser de cette histoire le plus vite possible.

– Le ministère soutient naturellement cette proposition, dit Birgitta Törn.

La décision était prise. Le lendemain – cinquième jour de l'enquête –, le major Liepa envoya un télex annonçant qu'il prendrait personnellement l'avion le lendemain après-midi. Il atterrirait à Sturup, via Stockholm.

– Un major, dit Wallander. Qu'est-ce que cela veut dire ?

– Aucune idée, répliqua Martinsson. Moi, je me ferais plutôt l'effet d'un caporal dans ce métier.

Birgitta Törn retourna à Stockholm. Wallander pensa qu'il ne la reverrait pas. Maintenant qu'elle était partie, il avait du mal à se rappeler son physique et sa voix.

Je ne la reverrai pas. Et je ne saurai jamais pourquoi elle est venue.

Björk s'était personnellement chargé d'aller accueillir le major letton à l'aéroport. Wallander avait donc quartier libre ce soir-là pour aller jouer à la canasta avec son père. Sur la route de Löderup, il pensa que le canot de Mossby Strand serait bientôt une affaire classée. Le policier letton leur fournirait un mobile possible. Puis l'enquête serait transmise à Riga. Les corps seraient rapatriés en Lettonie, où se trouvaient sans doute aussi les coupables, et la solution de l'énigme.

Il se trompait du tout au tout.

Rien n'avait encore commencé.

6

Wallander avait imaginé le major Liepa en uniforme. Mais l'homme auquel Björk le présenta ce matin-là portait un costume gris informe et une cravate nouée de travers. Petit en plus, les épaules remontées à croire qu'il n'avait pas de cou ; Wallander ne découvrit aucun signe, aucune attitude dénotant la présence d'un militaire. Le major, Karlis de son prénom, fumait à la chaîne des cigarettes fortes, qu'il tenait entre deux doigts jaunis par la nicotine.

Le tabagisme du major letton avait tout de suite posé problème au commissariat. Des gens exaspérés se plaignirent à Björk de ce qu'il ne respectait absolument pas les zones non-fumeurs. Björk rétorqua qu'il leur fallait se montrer compréhensifs avec leur hôte. Puis il soumit l'affaire à Wallander, lequel, dans son anglais boiteux, résuma au major la position suédoise. Liepa haussa les épaules et écrasa son mégot. Par la suite, il s'abstint de fumer partout, sauf dans la salle de réunion et dans le bureau de Wallander, qui finit par craquer à son tour. Une solution fut enfin trouvée : Svedberg emménagea provisoirement dans le bureau de Martinsson, et Liepa s'installa dans celui de Svedberg.

Le major Liepa était très myope. Ses lunettes aux verres nus ne semblaient pas adaptées à sa vue. Lorsqu'il examinait un document, on aurait dit qu'il reniflait le papier au lieu de lire le texte. Les autres se retenaient à peine de rire. Wallander entendit même quelques commentaires irrespectueux à l'endroit du petit major voûté, mais il n'eut aucun mal à remettre les médisants à leur place. Il avait en effet découvert en Liepa un policier de haut niveau. Par certains côtés, il lui rappelait Rydberg. Tout comme le vieux, c'était un passionné, qui n'admettait pas que l'aspect répétitif du travail de police puisse servir de prétexte à une pensée routinière. Le major Liepa était un policier enflammé. Son apparence terne cachait un enquêteur expérimenté, d'une remarquable acuité intellectuelle.

La matinée était grise et venteuse. On annonçait une tempête de neige pour la soirée. Le personnel du commissariat était décimé par une épidémie de grippe, et Björk fut contraint de détacher Svedberg de l'enquête pour l'employer à d'autres tâches urgentes. Lovén et Rönnlund étaient entre-temps retournés à Stockholm. Björk lui-même ne se sentait pas très bien ; sitôt les présentations terminées, il quitta la salle de réunion en toussant, laissant Martinsson et Wallander seuls avec le major Liepa. Le major alluma une nouvelle cigarette.

Wallander – après avoir passé la soirée de la veille à jouer aux cartes avec son père – s'était levé à cinq heures du matin pour lire la brochure consacrée à la Lettonie que lui avait dénichée son ami libraire. Peut-être serait-il judicieux, en guise d'introduction, de s'informer mutuellement de l'organisation de la police dans leurs pays respectifs ? Le simple fait que les Lettons eussent recours à des grades militaires laissait présager de grandes différences. Tout en buvant son premier café dans la cuisine, il avait tenté de formuler en anglais quelques considérations générales sur l'organisation de la police suédoise. Soudain l'incertitude le prit. Que savait-il au fond de cette organisation – sans même parler des réformes récemment annoncées par le grand patron, avec son autorité coutumière ? Il pensa aux innombrables mémos toujours aussi mal écrits censés les informer des changements décidés en haut lieu. Il avait tenté d'en parler avec Björk. Qu'impliquait au juste la nouvelle réforme ? Il avait obtenu des réponses évasives. A présent qu'il avait le major en face de lui, il décida de laisser tomber les considérations générales. Si des malentendus surgissaient, on pourrait toujours les résoudre au cas par cas.

Comment engager la conversation ? Quelques phrases de courtoisie seraient peut-être les bienvenues. Il demanda au major Liepa où il logeait pendant sa visite à Ystad.

– Dans un hôtel. Je ne sais pas comment il s'appelle.

Wallander fut pris de court. Liepa, à l'évidence, ne s'intéressait qu'à l'enquête en cours.

On verra plus tard pour les politesses. Ce qui nous unit pour l'instant, c'est l'élucidation d'un double meurtre, rien d'autre.

Le major Liepa rendit compte de façon exhaustive des éléments sur lesquels ses collègues et lui s'étaient fondés pour établir l'identité des deux hommes. Son mauvais anglais l'exaspérait visiblement lui-même. Pendant la pause, Wallander appela le libraire. Aurait-il par hasard un dictionnaire anglais-letton ? Non. Tant pis. Ils seraient contraints de faire équipe tant bien que mal sans le réconfort d'une langue commune.

Après neuf heures de décryptage laborieux – Martinsson et Wallander le regard rivé à leur copie respective d'un incompréhensible protocole stencilé que le major Liepa leur traduisait phrase par phrase en cherchant ses mots –, Wallander crut avoir une image à peu près cohérente de l'affaire. Janis Leja et Juris Kalns, malgré leur jeunesse relative, étaient des criminels bien connus des services de police. Des criminels aussi avides qu'imprévisibles. Wallander avait relevé le mépris avec lequel le major Liepa avait précisé qu'ils appartenaient à la minorité russe du pays. Wallander savait vaguement que la population russe, présente en Lettonie depuis son annexion par l'Union soviétique, s'opposait au mouvement indépendantiste. Il ignorait cependant tout de l'ampleur du problème – sa culture politique était bien trop réduite. Mais le major Liepa exprimait son mépris ouvertement, avec insistance.

– *Russian bandits,* avait-il dit. *Members of our Eastern maffia.*

Leja avait vingt-huit ans et Kalns trente et un ; tous deux avaient un casier judiciaire chargé. Braquages, contrebande et trafic de devises. A trois reprises, ils avaient même été soupçonnés de meurtre. Mais la police lettone n'avait rien pu prouver.

Lorsque le major Liepa eut fini de traduire tous les rapports, Wallander formula une question qui lui semblait décisive.

– Ces hommes ont commis des crimes graves, dit-il. (L'adjectif lui posa problème, Martinsson finit par proposer l'anglais *serious.*) Mais il semblerait qu'ils n'aient fait que de courts séjours en prison. Pourquoi ?

Pour la première fois, le major Liepa sourit. Un large sourire approbateur qui illumina son pâle visage.

Il espérait cette question, pensa Wallander. Elle vaut toutes les formules de politesse.

– Je dois vous expliquer mon pays, dit le major Liepa en allumant une nouvelle cigarette. Les Russes ne représentent que quinze pour cent de la population en Lettonie. Mais depuis la fin de la Seconde Guerre mondiale, ils nous dominent à tout point de vue. L'implantation de citoyens russes est l'une des méthodes, peut-être la plus efficace, du communisme de Moscou pour asservir notre pays. Vous me demandez pourquoi Leja et Kalns ont passé si peu de temps en prison, alors qu'ils auraient dû être incarcérés à vie, voire exécutés ? Je ne prétends pas que tous les juges et procureurs soient corrompus. Ce

83

serait une simplification abusive, une provocation et une erreur de tactique. En revanche, je suis convaincu que Leja et Kalns bénéficiaient d'une autre protection, nettement plus puissante.

– La mafia, dit Wallander.

– Oui et non. Dans nos pays, la mafia a elle aussi besoin de protecteurs. Je crois que Leja et Kalns consacraient une partie de leur temps à rendre service au KGB. La police secrète n'aime pas voir les siens derrière les barreaux – sauf en cas de trahison. L'ombre de Staline plane encore au-dessus de la tête de ces gens.

C'est vrai aussi en Suède, pensa Wallander très vite – même si nous ne pouvons nous vanter d'avoir un fantôme à l'arrière-plan. Un réseau de dépendances complexes, cela n'existe pas que dans les systèmes totalitaires.

– Le KGB, conclut le major Liepa. Ensuite la mafia. C'est lié. Tout est lié par des fils invisibles.

– La mafia…, répéta Martinsson, qui n'était intervenu jusque-là que pour aider Wallander à traduire sa pensée en anglais. C'est une nouveauté pour nous, en Suède, de découvrir qu'il existe des syndicats du crime à l'Est. La police a révélé il y a quelques années la présence de réseaux d'origine soviétique, à Stockholm surtout. Mais nous en savons encore très peu. Jusqu'à présent, le seul signe a été deux ou trois règlements de comptes internes extrêmement brutaux. Comme un avertissement. Nous pouvons nous attendre à ce que ces gens tentent d'infiltrer notre pègre locale au cours des années à venir, afin de s'emparer de certaines places stratégiques.

Wallander écoutait l'anglais de Martinsson avec un pincement d'envie. Il avait une prononciation affreuse, mais un vocabulaire nettement plus étendu que le sien. Pourquoi la direction n'organise-t-elle pas des cours d'anglais ? Au lieu de ces conneries de stages de gestion du personnel et de démocratie interne…

– C'est sûrement vrai, dit le major Liepa. Les pays communistes en décomposition fonctionnent comme des bateaux naufragés. Les premiers rats à quitter le navire sont les criminels. Ils ont les contacts, l'argent, les ressources. Bien souvent, les demandeurs d'asile ne sont pas des gens qui fuient l'oppression, mais des bandits à la recherche de nouveaux territoires de chasse. Il est très facile de falsifier une identité et une histoire personnelle.

– Major Liepa. Vous *croyez*, disiez-vous. *You believe. You do not know ?*

– J'en suis certain. Mais je ne peux pas le prouver. Pas encore.

Wallander perçut dans cette réponse des implications dont il ne pouvait saisir le sens, encore moins évaluer la portée. Dans le pays du major Liepa, la criminalité était liée à une élite politique qui avait le pouvoir légal d'influencer directement la machine judiciaire. Les deux hommes échoués sur la côte suédoise étaient porteurs d'un message invisible, d'un arrière-plan inconnu et complexe.

Wallander comprit soudain que, pour le major Liepa, chaque enquête était l'occasion de découvrir des preuves concernant cet arrière-plan politique. Peut-être devrions-nous travailler de la même façon en Suède ? Si ça se trouve, nous ne creusons pas assez profond dans la criminalité qui nous entoure aujourd'hui.

– Ces deux hommes, reprit Martinsson. Qui les a tués ? Pourquoi ?

– Je l'ignore. Ils ont été exécutés, c'est clair. Mais pourquoi torturés ? Par qui ? Que cherchait-on à savoir avant de les réduire au silence ? A-t-on réussi à les faire parler ? Pour moi aussi, il reste beaucoup de questions sans réponse.

– La solution ne se trouve pas en Suède, dit Wallander. Qu'en pensez-vous ?

– Je sais. Elle est peut-être en Lettonie.

Wallander tressaillit. Pourquoi ce « peut-être » ?

– Si la solution n'est pas en Lettonie, où est-elle ?

– Plus loin.

– Vers l'Est ? proposa Martinsson.

– Ou vers le Sud...

Wallander et Martinsson comprirent que le major ne voulait pas en dire plus pour l'instant.

Ils mirent un terme à la réunion. Wallander sentait son vieux lumbago se rappeler à lui après ces longues heures d'immobilité laborieuse. Martinsson offrit d'aider le major à changer ses devises dans une banque. Wallander lui demanda aussi de prendre contact avec Lovén à Stockholm. Où en était-on de l'expertise balistique ? De son côté, il allait rédiger un rapport sur les résultats de la réunion. La procureure Anette Brolin avait fait part de son souhait d'être informée au plus vite des progrès de l'enquête.

La Brolin, pensa Wallander en quittant la salle enfumée. Cette fois tu as de la chance, tu n'iras pas au tribunal. On va expédier notre rapport à Riga le plus vite possible, avec deux cadavres et un canot rouge. Puis on pourra refermer le dossier de l'enquête préliminaire, poser le tampon et constater tranquillement qu'on a fait notre devoir.

Il rédigea son rapport après le déjeuner, tandis que Martinsson accompagnait en ville le major Liepa qui souhaitait acheter des vêtements pour sa femme. Il venait d'appeler la section des procureurs et d'apprendre qu'Anette Brolin pouvait le recevoir lorsque Martinsson apparut à la porte.

– Où est le major ? demanda Wallander.

– Il fume dans son bureau. Il a déjà renversé de la cendre sur le beau tapis de Svedberg.

– Il a déjeuné ?

– Je l'ai invité au restaurant. Il y avait du bœuf braisé

en plat du jour. Ça ne lui a pas beaucoup plu, je crois. Il a surtout bu du café et fumé des cigarettes.

– Tu as parlé à Lovén ?

– Il a la grippe.

– Quelqu'un d'autre alors ?

– C'est impossible au téléphone. Personne n'est joignable, personne ne sait quand untel reviendra. Tout le monde promet de rappeler, mais personne ne le fait.

– Rönnlund pourrait peut-être t'aider ?

– J'ai essayé. Mais il était en mission. Personne ne savait où il était ni quand il rentrerait.

– Essaie encore. Je vais voir la procureure. Je pense qu'on pourra remettre le dossier au major Liepa assez vite. Avec les corps et le canot. En ce qui me concerne, il peut tout rapatrier à Riga.

– C'est de ça que je voulais te parler.

– Quoi ?

– Le canot.

– Qu'est-ce qu'il a ?

– Le major Liepa voulait l'examiner.

– Et alors ? Il suffit de descendre au sous-sol.

– Ce n'est pas aussi simple.

Wallander sentit monter l'exaspération. Martinsson avait parfois beaucoup de mal à en venir aux faits.

– Qu'y a-t-il de si compliqué à prendre un escalier ?

– Le canot a disparu.

– Quoi ?

– Tu as bien entendu.

– Qu'est-ce que tu racontes ? Il est posé sur des tréteaux en bas. A l'endroit où Österdahl l'a examiné. On devrait d'ailleurs lui écrire pour le remercier.

– Les tréteaux sont là. Mais pas le canot.

Wallander posa ses papiers et suivit Martinsson au sous-sol.

En effet, le canot avait disparu. Les deux tréteaux gisaient renversés sur le béton.

– C'est quoi, ce bordel ?

Martinsson tarda à répondre, comme s'il doutait de ses propres paroles.

– Il y a eu effraction. Hansson a vu le canot hier soir, en passant. Ce matin, un agent de la circulation a découvert que la porte avait été forcée. Il a dû être volé cette nuit.

– C'est impossible. Un cambriolage au commissariat ? Il y a du monde jour et nuit. Est-ce qu'autre chose a disparu ? Pourquoi personne n'a-t-il rien dit ?

– L'agent l'a dit à Hansson, qui a oublié de te prévenir. Mais il n'y avait rien ici, à part le canot. Toutes les autres portes étaient fermées, serrures intactes. Non, ceux qui ont fait ça voulaient le canot, rien d'autre.

Wallander contemplait les tréteaux renversés avec un malaise indéfinissable.

– Martinsson, dit-il lentement. Est-ce que tu te souviens d'avoir lu dans un journal que le canot était entreposé au sous-sol du commissariat ?

Martinsson réfléchit.

– Oui. Il me semble bien. Je crois même qu'un photographe est venu. Mais qui prend le risque d'entrer par effraction dans un commissariat pour récupérer un canot de sauvetage ?

– Précisément. Qui prend ce risque ?

– Je n'y comprends rien.

– Le major Liepa comprendra peut-être. Va le chercher. Ensuite on passera le sous-sol au crible. Et fais venir l'agent. Qui était-ce ?

– Peters, je crois. Il doit être chez lui en train de dormir. S'il y a une tempête cette nuit comme prévu, il aura du pain sur la planche.

– Tant pis. Il faut le réveiller.

Resté seul, Wallander examina la porte fracturée. Une solide porte métallique à deux serrures.

Des gens qui savaient ce qu'ils cherchaient. Des gens qui savaient forcer une serrure…

Il regarda à nouveau les tréteaux renversés. Il avait personnellement fouillé le canot, et il était certain que rien n'avait échappé à son regard.

Martinsson et Österdahl l'avaient examiné eux aussi, tout comme Rönnlund et Lovén.

Qu'est-ce qu'on n'a pas vu ?

Martinsson revint en compagnie du major Liepa qui fumait une cigarette. Wallander alluma tous les tubes fluorescents du plafond. Martinsson résuma la situation au major, pendant que Wallander l'observait. Comme prévu, Liepa ne parut pas trop surpris. Il se contenta de hocher la tête pour signifier qu'il avait compris, et se tourna vers Wallander.

– Vous avez examiné le canot. Un vieux capitaine affirme qu'il aurait été fabriqué en Yougoslavie ? C'est sûrement vrai. On trouve beaucoup de canots de sauvetage yougoslaves à bord des bateaux lettons. Y compris ceux de la police. Mais vous l'avez examiné…

– Oui, dit Wallander.

Au même instant il comprit son énorme erreur.

Personne n'avait dégonflé le canot. Personne n'avait cherché *à l'intérieur*. Lui-même n'y avait pas songé.

Le major Liepa sembla deviner sa pensée. Wallander fut submergé de honte. Comment avait-il pu négliger ce point ? Tôt ou tard bien sûr, il en aurait eu l'idée, mais pourquoi diable n'avait-il pas réagi d'emblée ?

Inutile de se lancer dans des explications. Il se contenta de poser la question qui s'imposait.

– Que pouvait-il y avoir à l'intérieur ?

Le major Liepa haussa les épaules.

– De la drogue, sans doute.

– Ça ne tient pas debout. Deux hommes morts abandonnés dans un canot contenant de la drogue qu'on laisserait dériver au gré du vent ?

– En effet. Il s'agit sans doute d'une erreur qu'on est venu corriger ici même.

L'heure suivante fut consacrée à un ratissage méthodique du sous-sol. Wallander monta quatre à quatre jusqu'à la réception pour demander à Ebba de l'excuser auprès d'Anette Brolin en inventant un prétexte plausible. La rumeur du cambriolage s'était entre-temps répandue. Björk débaoula en trombe dans l'escalier.

– Si la nouvelle est divulguée, on se couvrira de ridicule.

– Il n'y aura pas de fuite cette fois-ci, dit Wallander C'est trop embarrassant.

Il lui fit part des soupçons. Björk aurait désormais de bonnes raisons de douter de sa capacité à diriger les enquêtes difficiles. L'erreur était impardonnable.

Serais-je devenu fainéant ? Suis-je même encore capable de m'occuper de la sécurité d'une usine de Trelleborg ? Ou dois-je retourner à Malmö et redevenir un flic de base ?

On ne trouva rien. Pas d'empreintes, aucune trace sur le béton poussiéreux. Le gravier, de l'autre côté de la porte, était sans cesse sillonné par les voitures de police. Impossible de discerner un dessin de pneus particulier.

Quand il fut clair que les recherches ne donneraient rien, ils retournèrent dans la salle de réunion. Peters fit son entrée, furieux d'avoir été réveillé. Il ne put que confirmer l'heure à laquelle il avait constaté l'effraction. Wallander avait déjà interrogé l'équipe de nuit. Personne n'avait vu ou entendu quoi que ce soit. Résultat négatif sur toute la ligne.

Wallander se sentit brusquement épuisé. Il avait mal au crâne à force de respirer la fumée des cigarettes du major.

Qu'est-ce que je fais ? Qu'aurait fait Rydberg à ma place ?

Deux jours plus tard, le mystère de la disparition du canot restait entier.

Selon le major Liepa, il ne valait pas la peine de gaspiller ses forces à tenter de le retrouver. Wallander lui donna raison à contrecœur. Le sentiment d'avoir commis une erreur impardonnable ne le quittait pas. Il était découragé et se réveillait chaque matin avec un mal de tête lancinant.

La tempête avait enfin atteint la Scanie. A la radio, la police recommandait aux gens de rester chez eux et de ne prendre la route qu'en cas de nécessité absolue. Le père de Wallander se trouva bloqué par la neige dans sa maison ; mais quand Wallander lui demanda au téléphone s'il avait besoin de quelque chose, il affirma ne s'être aperçu de rien. Au milieu du chaos généralisé, l'enquête se retrouva au point mort. Le major Liepa, enfermé dans le bureau de Svedberg, étudiait le rapport d'expertise balistique envoyé par Lovén. Wallander eut une longue réunion avec Anette Brolin pour l'informer de l'état de l'enquête. Chaque fois qu'il la voyait, il se rappelait l'épisode embarrassant de l'année précédente – comment avait-il pu se prendre de passion pour cette femme ? Cela lui paraissait irréel. Anette Brolin prit contact avec le procureur du roi et le département juridique des Affaires étrangères pour solliciter le transfert officiel du dossier à la police lettone. Le major Liepa avait de son côté demandé à ses supérieurs de présenter une requête officielle en ce sens auprès du ministère suédois.

Un soir alors que la tempête faisait encore rage, Wallander invita le major à dîner chez lui. Il avait acheté une bouteille de whisky, qu'ils vidèrent au cours de la soirée. Déjà après quelques verres, Wallander constata qu'il était ivre. Le major, lui, restait impassible. Wallander avait pris l'habitude de l'appeler « major », ce qui ne semblait pas le contrarier. A part cela, le policier letton n'était pas loquace. Difficile de savoir si cette circonspection tenait à son mauvais anglais, à la timidité, ou à une réserve teintée d'arrogance. Wallander lui parla de sa famille, de Linda qui étudiait à Stockholm. Le major Liepa se contenta de dire qu'il était marié et que sa femme se prénommait Baiba ; ils n'avaient pas d'enfants. La soirée languissait. Il y eut de longs moments de silence où chacun contemplait son verre.

– La Suède et la Lettonie, risqua Wallander. Y a-t-il des ressemblances, ou seulement des différences ? Quand je pense à la Lettonie, je ne vois rien. Pourtant nous sommes voisins.

Au moment même où il la formulait, Wallander perçut l'absurdité de sa question. La Suède n'était pas dirigée comme une colonie par une puissance étrangère. On n'élevait pas de barricades dans les rues suédoises. Personne n'y était exécuté, ni écrasé par des chars. Pouvait-il y avoir autre chose que des différences ?

La réponse du major le surprit.

– Je suis croyant, dit-il. Je ne crois pas en Dieu, mais cela ne m'empêche pas d'avoir la foi, comme un au-delà du paysage limité de la raison. Le marxisme lui-même renferme une grande part de foi, bien qu'il prétende être une science et non une idéologie. Ceci est ma première visite à l'Ouest. Jusqu'ici je n'ai pu me rendre qu'en Union soviétique, en Pologne et dans les autres pays baltes. Ici, je constate une abondance apparemment illimitée de biens matériels. Mais cette différence entre nous cache peut-être une ressemblance. Une pauvreté commune – bien qu'elle n'ait pas le même visage. Votre abondance nous fait défaut ; votre liberté de choix nous fait défaut. Mais dans ce pays, il me semble deviner une autre pauvreté. Celle de ne pas avoir à lutter pour sa survie. Pour moi, cette lutte a une dimension religieuse. Je ne voudrais pas être à votre place.

Le major avait soigneusement préparé sa réponse. Il ne cherchait pas ses mots.

Mais qu'avait-il dit au juste ? La *pauvreté* suédoise ? Wallander éprouva le besoin de protester.

– Vous vous trompez, major. Ici aussi, on lutte. Beaucoup de gens sont exclus – peut-on dire cela, *closed form*? – de l'abondance dont vous parlez. Personne ne meurt de faim, c'est vrai. Mais si vous pensez qu'on n'a pas à lutter, nous aussi, vous vous trompez.

– On ne peut lutter que pour la survie. Par là, j'entends aussi la lutte pour la liberté et l'indépendance. Au-delà, c'est un choix. Pas une nécessité.

La conversation s'éteignit. Wallander aurait voulu l'interroger sur ce qui s'était passé le mois précédent à Riga, mais il n'osa pas. Il ne voulait pas dévoiler l'étendue de son ignorance. Il se leva, choisit un disque de Maria Callas et le posa sur la platine.

– *Turandot*, commenta son invité dès les premières mesures. C'est très beau.

Le major prit congé peu après minuit. La neige tourbillonnait De sa fenêtre, Wallander le vit s'éloigner dans son pardessus informe, silhouette voûtée luttant contre le vent.

La tempête cessa le lendemain. Les pelleteuses se mirent au travail pour déblayer les routes. Wallander se réveilla avec la gueule de bois; mais un projet avait pris forme pendant son sommeil. En attendant la décision du procureur du roi, il pouvait toujours emmener le major faire un tour à Brantevik.

Peu après neuf heures, ils quittèrent la ville dans la voiture de Wallander. Le paysage enneigé scintillait au soleil. Trois degrés en dessous de zéro, pas un souffle de vent.

Le port était désert. Plusieurs bateaux de pêche amarrés à la jetée. Lequel était le bon? Wallander compta soixante-treize pas à partir du quai.

Le bateau s'appelait *Byron*. Coque en bois peinte en blanc, quarante pieds de long. Wallander posa la main sur une amarre et ferma les yeux. Était-ce bien celle-là? Difficile à dire. Ils montèrent à bord. Une bâche rouge sombre masquait la cale. En se dirigeant vers la passerelle, Wallander trébucha sur un cordage enroulé. C'était donc bien ce bateau-là. La porte du poste de pilotage était cadenassée. Le major détacha un coin du taud et éclaira la cale avec une lampe torche. Vide.

– Aucune odeur de poisson, commenta Wallander. Pas une écaille, pas un filet. C'est un bateau qui sert à la contrebande. Mais que transporte-t-il ?

– Tout, répondit le major. On manque de tout, chez nous, alors tous les trafics sont possibles.

– Je vais me renseigner. Même si j'ai donné ma promesse, j'ai bien le droit d'identifier le propriétaire d'un bateau. Auriez-vous fait une semblable promesse à ma place, major ?

– Jamais.

Il n'y avait pas grand-chose à voir. De retour à Ystad, Wallander consacra l'après-midi à retrouver la trace du propriétaire d'un bateau de pêche nommé *Byron*. Ce fut très difficile. Le bateau avait changé de mains plusieurs fois au cours des dernières années. Une entreprise commerciale de Simrishamn – qui répondait au nom fantaisiste de *Ruskpricks Fisk* – l'avait revendu à un capitaine Öhrström, pêcheur professionnel, qui l'avait à son tour revendu quelques mois plus tard. Enfin il apprit que le propriétaire actuel était un certain Sten Holmgren, domicilié à Ystad. Surprise, l'homme habitait dans la même rue que lui. Mais il ne figurait pas dans l'annuaire. Wallander poursuivit ses recherches ; aucune entreprise n'était enregistrée au nom de Holmgren dans le district d'Ystad. Par mesure de sécurité, il se renseigna aussi auprès des districts de Kristianstad et de Karlskrona, sans résultat.

Wallander jeta son crayon sur la table et alla se chercher un café. A son retour, il fut accueilli par la sonnerie du téléphone.

– Devine pourquoi je t'appelle ? fit la voix d'Anette Brolin.

– Tu as peut-être des critiques à formuler, une fois de plus, concernant l'une ou l'autre affaire en cours.

– Oui. Mais encore ?

– Je renonce.

– L'enquête est close. Le dossier est transféré à Riga.

– C'est sûr ?

– Le procureur du roi et les Affaires étrangères se sont mis d'accord. Je viens de l'apprendre. Ils sont en train de régler les formalités à toute allure. Ton major peut rentrer à Riga. Avec les cadavres si possible.

– Il sera content. De rentrer, je veux dire.

– Ça t'attriste ?

– Pas du tout.

– Tu peux me l'envoyer. J'ai déjà informé Björk. Tu sais où il est ?

– Il fume dans le bureau de Svedberg. Je n'ai jamais vu quelqu'un fumer autant que lui.

Le major Liepa prit l'avion dès le lendemain. Les deux cercueils de plomb furent conduits en voiture à Stockholm et embarqués à leur tour dans un appareil.

Wallander et le major se quittèrent au *check-in* de l'aéroport de Sturup. Wallander avait apporté un cadeau d'adieu : un livre de photographies sur la Scanie. Il n'avait pas eu de meilleure idée.

– Tenez-moi au courant, dit-il.

– N'ayez crainte. Vous serez informé en continu.

Ils se serrèrent la main. Le major disparut.

Quel homme étrange, songea Wallander en reprenant la voiture. Je me demande ce qu'il a pensé de moi, au fond.

Le lendemain était un samedi. Wallander dormit tard et se rendit ensuite chez son père. Le soir, il dîna dans une pizzeria et commanda une bouteille de vin. Ses pensées tournaient autour d'un seul thème : le poste à pourvoir à

Trelleborg. L'offre expirerait dans quelques jours. Devait-il, oui ou non, envoyer sa candidature ? La matinée du dimanche se passa entre la lessive, dans la buanderie de l'immeuble, et le fastidieux ménage de l'appartement. Le soir il se rendit à l'unique cinéma encore ouvert à Ystad, vit un film policier américain et dut s'avouer qu'il était sensible au suspense, malgré toutes les invraisemblances et les exagérations du scénario.

Le lundi matin, il arriva au commissariat peu après huit heures. Il venait d'enlever sa veste lorsque Björk apparut.

— On a reçu à l'instant un télex de Riga.

— Le major Liepa ? Que raconte-t-il ?

— Rien, j'en ai peur.

Wallander leva la tête, alerté par le ton soucieux de Björk.

— Pardon ?

— Le major Liepa a été assassiné. Le jour même de son retour. Le télex est signé d'un certain commandant Putnis. On nous demande notre aide. Ça signifie, je suppose, que tu dois y aller.

Wallander s'assit et lut le télex.

Le major mort ? Assassiné ?

— C'est très regrettable, dit Björk. C'est terrible. Je vais appeler le patron et lui demander conseil.

Wallander était comme paralysé dans son fauteuil. Sa gorge se noua. Qui avait tué le petit homme myope ? Et pourquoi ?

Il pensa à Rydberg. Il se sentait brusquement très seul.

Trois jours plus tard, il s'embarquait pour la Lettonie. Peu avant quatorze heures, le 28 février, l'appareil de l'Aeroflot décrivit un ample virage au-dessus de la baie de Riga.

Wallander contemplait l'étendue de la mer en se demandant ce qui l'attendait.

7

Sa première pensée fut pour le froid.

La température dans le hall d'arrivée lugubre n'était pas plus élevée qu'à la descente de l'avion. Il avait débarqué dans un pays où l'on se gelait autant dedans que dehors, et il regretta de ne pas avoir emporté de caleçons longs.

La file de passagers frissonnants avançait avec lenteur devant le guichet du contrôle des passeports. Silence compact. Seuls deux Danois se plaignaient bruyamment et par avance de ce qui les attendait en Lettonie. Le plus âgé était déjà venu à Riga ; il décrivait à son collègue le mélange décourageant d'apathie et d'insécurité qui régnait d'après lui dans le pays. Cela énerva Wallander. Comme s'il avait voulu qu'on témoigne plus de respect à un major myope assassiné quelques jours plus tôt.

Mais lui-même, que savait-il de ce pays ? Une semaine auparavant, il n'aurait pas pu situer les trois États baltes dans le bon ordre sur une carte. Tallinn aurait pu être la capitale de la Lettonie et Riga une ville portuaire estonienne. Ses lointains souvenirs d'école ne lui avaient laissé que des fragments d'Europe. Avant de quitter Ystad, il s'était procuré quelques livres, qui lui avaient fait entrevoir un petit pays sans cesse livré, par les caprices de l'Histoire, aux appétits conflictuels de diverses grandes puissances. La Suède même y avait sévi plusieurs fois avec une détermination sanglante. Mais il semblait que la situation actuelle eût son origine au printemps 1945, lorsque l'Union soviétique, profitant de la débâcle allemande, avait sans coup férir envahi et annexé le pays. La tentative de créer un gouvernement indépendant avait été réprimée dans le sang, et l'armée de libération venue de l'Est s'était – avec le goût immodéré de l'Histoire pour les renversements cyniques – transformée en son contraire : un régime qui étouffait la nation lettone dans son ensemble, froidement et délibérément.

Cependant, il lui semblait encore ne rien savoir. Ses connaissances n'étaient qu'un tissu de lacunes.

Les deux Danois, qui travaillaient manifestement dans l'import-export de machines agricoles, étaient dans l'intervalle parvenus au guichet. Wallander s'apprêtait à présenter son propre passeport lorsqu'une main lui effleura l'épaule. Il sursauta. Comme un criminel, comme quelqu'un qui a peur. Il se retourna. Un homme en uniforme gris-bleu se tenait devant lui.

– Kurt Wallander ? Mon nom est Jazeps Putnis. Désolé d'arriver si tard, mais l'avion a atterri plus tôt que prévu. Nous allons bien entendu vous épargner les formalités. Par ici, je vous prie.

L'anglais de Jazeps Putnis était parfait. Wallander se rappela les efforts constants du major pour trouver les mots adéquats et les prononcer à peu près correctement. Il suivit Putnis jusqu'à une porte gardée par un soldat. Ils entrèrent dans un autre hall, tout aussi sinistre, où l'on déchargeait un chariot.

– Espérons que vos bagages ne tarderont pas trop, dit Putnis. Permettez-moi de vous souhaiter la bienvenue en Lettonie. Êtes-vous déjà venu dans notre pays ?

– Non, l'occasion ne s'en est jamais présentée.

– J'aurais souhaité que cette visite se déroule dans d'autres circonstances. La mort du major Liepa est un événement très regrettable.

Wallander attendit la suite, mais Jazeps Putnis – qui,

d'après le télex, avait le rang de commandant – se tut soudain et rejoignit en quelques enjambées un homme en bleu de travail délavé et bonnet de fourrure qui se tenait adossé au mur. L'homme se redressa lorsque Putnis lui eut adressé la parole sur un ton autoritaire et disparut en direction du tarmac.

– Cette lenteur invraisemblable, dit Putnis avec un sourire. Avez-vous le même problème en Suède ?

– Parfois. Ça arrive qu'on doive attendre.

Le commandant Putnis était l'exact opposé du major Liepa. Très grand, des gestes énergiques, un profil aigu, et des yeux gris qui semblaient ne rien perdre de ce qui se passait autour de lui.

Wallander pensa à un animal. Un lynx peut-être, ou un léopard, en uniforme gris-bleu.

Il essaya de deviner l'âge du commandant. Peut-être la quarantaine. Peut-être beaucoup moins.

Un chariot remorqué par un tracteur approcha dans un nuage de gaz d'échappement. Wallander aperçut tout de suite sa valise, mais ne put empêcher le commandant Putnis de la porter pour lui. Dehors, à côté d'une file de taxis, une voiture noire de marque Volga les attendait. Le chauffeur se mit au garde-à-vous. Wallander fut pris au dépourvu, mais réussit à esquisser un vague salut militaire avant de monter à l'arrière.

Björk aurait dû voir ça. Et qu'avait pensé au fond le major Liepa de tous ces enquêteurs suédois en bluejean qui ne se mettaient jamais au garde-à-vous ?

– Nous vous avons réservé une chambre à l'hôtel Latvia, dit le commandant Putnis dans la voiture. Le meilleur hôtel de la ville. Vingt-cinq étages.

– C'est sûrement parfait. Je voudrais vous présenter les condoléances de mes collègues d'Ystad. Le major Liepa n'a passé que quelques jours parmi nous, mais il s'est fait apprécier de tout le monde.

– Merci. La disparition du major est une grande perte pour nous tous.

A nouveau, Wallander attendit une suite qui ne vint pas.

Pourquoi n'ajoute-t-il rien ? Pourquoi ne me dit-il pas ce qui s'est passé ? Pour quelle raison le major a été tué, par qui, comment… Et pourquoi m'ont-ils demandé de venir ? Soupçonnent-ils un lien avec la visite du major en Suède ?

Il regarda défiler le paysage. Des champs désolés, où la neige déposait des taches irrégulières. De temps à autre une maison grise, des clôtures nues, un cochon fouillant dans un tas de fumier… Une grisaille infinie, qui lui rappela sa récente excursion à Malmö avec son père. La Scanie était peut-être laide en hiver ; mais ici, la laideur était un vide repoussant, qui dépassait de loin tout ce qu'il aurait pu imaginer.

Le chagrin – tel fut le sentiment qui lui vint en contemplant ce paysage. Comme si l'histoire douloureuse du pays avait trempé son pinceau dans un immense pot de peinture grise.

Mais il n'était pas venu à Riga pour se laisser démoraliser par un paysage.

– Je voudrais être informé de la situation le plus vite possible, dit-il. Je ne sais rien, sinon que le major Liepa a été assassiné le jour de son retour à Riga.

– Lorsque vous serez installé dans votre chambre, je passerai vous chercher. Une réunion est prévue ce soir.

– Je n'ai que ma valise à déposer. J'en ai pour deux minutes.

– La réunion est fixée à dix-neuf heures trente, répliqua le commandant Putnis, et Wallander comprit que son énergie ne suffirait pas à modifier le programme.

La nuit tombait alors qu'ils traversaient les faubourgs de Riga. Wallander contempla les zones d'habitation sinistres qui s'étendaient des deux côtés de la route. Il ne savait que penser de ce qui l'attendait.

L'hôtel était situé dans le centre, à l'extrémité d'une vaste esplanade. Il aperçut une statue et reconnut Lénine. L'hôtel Latvia se dressait comme une colonne bleu nuit vers le ciel.

Le commandant Putnis le précéda dans le hall désert. Wallander eut le sentiment de se trouver dans un parking hâtivement transformé en hôtel. Le long du mur, une rangée d'ascenseurs clignotants ; des escaliers partaient dans tous les sens.

Il n'eut aucune fiche à remplir. Le commandant Putnis prit la clef que lui tendait la réceptionniste. Ils montèrent en ascenseur jusqu'au quinzième étage. Wallander avait la chambre 1506, avec vue sur les toits de la ville. La baie de Riga était-elle visible à la lumière du jour ?

Le commandant Putnis le laissa après lui avoir demandé s'il était satisfait de sa chambre. Il devait revenir deux heures plus tard pour le conduire au quartier général de la police.

Debout à la fenêtre, Wallander contempla les toits répandus sous ses yeux. L'air froid de la nuit pénétrait par les carreaux mal isolés. Le radiateur était à peine tiède. Un téléphone sonnait sans interruption quelque part.

Des caleçons longs, pensa-t-il. Première chose à acheter demain matin.

Il défit sa valise, rangea ses affaires de toilette dans l'immense salle de bains. Il avait acheté une bouteille de whisky à l'aéroport. Il hésita, puis versa quelques centilitres dans le verre à dents et alluma la radio de fabrication soviétique posée sur la table de chevet. Un homme parlait d'une voix excitée dans le poste, comme s'il commentait une rencontre sportive où les événements se bousculaient. Wallander replia le dessus-de-lit et s'allongea.

Je suis à Riga maintenant. Je ne sais toujours pas ce

qui est arrivé au major Liepa, ni ce que ce comman-
dant Putnis attend de moi.

Il faisait trop froid pour rester immobile. Il décida de reprendre l'ascenseur et de changer ses devises à la réception. L'hôtel avait peut-être un bar où il pourrait boire un café ?

En bas, il découvrit avec surprise les deux hommes d'affaires danois qui l'avaient exaspéré à l'aéroport. Le plus âgé agitait un plan de la ville sous le nez de la réceptionniste. On aurait dit qu'il lui montrait comment fabriquer une cocotte en papier, et Wallander faillit éclater de rire. Puis il découvrit l'enseigne du bureau de change. Une femme âgée et souriante prit ses deux coupures de cent dollars et lui remit en échange une épaisse liasse de billets. Lorsqu'il revint à la réception, les deux Danois avaient disparu. En réponse à sa question, l'employée lui indiqua l'immense salle de restaurant. Un serveur le conduisit à une table près de la fenêtre et lui tendit un menu. Il choisit une omelette et un café. Dehors, il voyait des gens emmitouflés et des tramways bringuebalants. Les lourdes tentures bougeaient dans le courant d'air.

Il regarda autour de lui. Un couple âgé dînait en silence, un homme seul en costume gris buvait du thé. A part ça, le restaurant était désert.

Wallander repensa aux événements de la veille. Il avait embarqué à Sturup. A Stockholm, il avait pris le bus de l'aéroport jusqu'à la gare centrale où l'attendait Linda. Il avait réservé deux chambres à l'hôtel Central, dans Vasagatan ; une pour lui et une pour Linda, afin de lui épargner le trajet jusqu'à Bromma – la banlieue où elle louait une chambre d'étudiante. Le soir, il l'avait invitée à dîner dans la vieille ville. Ils ne s'étaient pas vus depuis des mois, et la conversation languissait. Il sentit l'inquiétude le gagner. Dans ses lettres, elle affirmait se plaire à Stockholm. Mais à présent qu'il avait l'occasion de l'interroger en face, elle répondait à peine. Lorsqu'il lui demanda, sans parvenir à masquer entièrement son irritation, quels étaient ses projets, elle répliqua qu'elle n'en savait rien.

— Tu ne penses pas qu'il est temps d'envisager un avenir ?

— Ce n'est pas à toi d'en décider.

La dispute avait commencé là. Sans hausser le ton, il lui dit qu'elle ne pouvait continuer à errer indéfiniment d'une formation à l'autre, et elle répondit qu'elle était assez grande pour faire ce qu'elle voulait.

Il pensa soudain que Linda était comme lui. De quelle manière ? Il n'aurait su le dire. Mais cette impression de reconnaître sa propre voix dans celle de sa fille... Quelque chose était en train de se répéter. Quelque chose de sa propre relation compliquée à son père.

Ce fut un long dîner, arrosé de vin. Peu à peu, la tension se dissipa. Wallander lui parla de son voyage et faillit lui proposer de venir avec lui. Il était plus de minuit quand il régla l'addition. Malgré le froid, ils retournèrent à l'hôtel à pied, en flânant, et restèrent ensuite à bavarder dans sa chambre jusqu'à trois heures du matin. Lorsque enfin elle le quitta, Wallander eut le sentiment que ç'avait été une bonne soirée, tout compte fait. Mais il n'en était pas certain. Toujours cette inquiétude lancinante de ne pas savoir comment allait réellement sa fille, à quoi ressemblait vraiment sa vie...

Lorsqu'il quitta l'hôtel le lendemain matin, elle dormait encore. Il paya pour les deux chambres et écrivit une petite lettre que le réceptionniste promit de remettre à Linda.

Il fut tiré de sa rêverie par le couple âgé qui quittait la salle à manger. Personne n'était entré pendant ce temps. Restait l'homme seul devant sa tasse de thé. Il regarda sa montre. Presque une heure encore à attendre.

Il demanda l'addition, convertit mentalement la somme indiquée en bas de la note et constata qu'elle était dérisoire. De retour dans sa chambre, il feuilleta une partie des documents qu'il avait apportés. Lentement, il reprenait pied dans l'enquête – cette enquête qu'il pensait avoir définitivement remisée aux archives. Il crut à nouveau sentir l'odeur des cigarettes du major.

Le commandant Putnis frappa à sa porte à dix-neuf heures quinze. La voiture attendait devant l'hôtel. Ils traversèrent la ville jusqu'au quartier général de la police. Il n'y avait pas foule dans les rues mal éclairées. Wallander avait l'impression de voir défiler un monde de coulisses découpées dans du carton. La voiture franchit un gigantesque portail et s'arrêta dans ce qui ressemblait à la cour intérieure d'une forteresse. Le commandant Putnis n'avait rien dit de tout le trajet et Wallander attendait toujours d'apprendre la raison pour laquelle il se trouvait à Riga. Ils longèrent des couloirs déserts, descendirent une volée de marches, empruntèrent un nouveau couloir. Le commandant Putnis s'arrêta enfin devant une porte qu'il ouvrit sans frapper.

Wallander pénétra dans une grande pièce bien chauffée mais à peine éclairée, dominée par une table de réunion ovale tapissée de feutre vert. Douze chaises étaient disposées autour. Au centre, une carafe d'eau et quelques verres.

Un homme attendait dans l'ombre. Il se retourna à l'entrée de Wallander et vint à leur rencontre.

– Bienvenue à Riga. Mon nom est Juris Murniers.

– Le commandant Murniers et moi-même sommes chargés d'enquêter sur le meurtre du major Liepa, ajouta Putnis.

Wallander perçut aussitôt la tension entre les deux hommes.

Le commandant Murniers avait une cinquantaine d'années. Des cheveux gris coupés court, un visage pâle et bouffi comme s'il souffrait de diabète. Il était petit de taille et se déplaçait sans bruit.

Encore un félin. Deux chats en uniforme gris.

Wallander et Putnis enlevèrent leur manteau et s'assirent.

Murniers prit la parole. Il s'était placé de telle sorte que son visage restait presque entièrement dans l'ombre. La voix qui s'adressait à lui, dans un anglais choisi, semblait surgir de l'obscurité. Le commandant Putnis regardait droit devant lui, comme s'il n'écoutait pas vraiment.

– La mort du major reste une énigme, commença Murniers. Le jour même de son retour de Stockholm, il nous a fait son rapport. Nous étions dans cette pièce, le commandant Putnis, le major et moi-même. Nous avons discuté de la suite à donner à l'enquête ; il était entendu que le major en serait responsable. Nous nous sommes séparés vers dix-sept heures. Par la suite, nous avons appris que le major Liepa est rentré chez lui directement après la réunion. D'après le témoignage de sa femme, il était semblable à lui-même. Content d'être rentré, bien sûr. Ils ont dîné ensemble et il lui a raconté son séjour en Suède. Il semble d'ailleurs que vous lui ayez fait une excellente impression, commissaire Wallander. Peu avant vingt-trois heures, alors qu'ils s'apprêtaient à se coucher, le téléphone a sonné. Sa femme n'a pas pu nous préciser l'identité de l'interlocuteur. Mais le major s'est rhabillé en disant qu'il devait se rendre au quartier général. Elle ne s'en est pas étonnée outre mesure. Il ne lui a pas dit qui l'avait appelé ni la raison pour laquelle il devait repartir ainsi en pleine nuit.

Murniers se tut et tendit la main vers la carafe d'eau. Wallander jeta un coup d'œil à Putnis, qui regardait toujours droit devant lui.

– La suite est très confuse, reprit Murniers. Tôt le lendemain matin, des ouvriers du port ont découvert le corps du major Liepa du côté de Daugavgriva – le secteur le plus éloigné de la zone portuaire de Riga. Il gisait sur un quai. Nous avons pu constater ensuite qu'il avait eu le crâne fracassé par un objet dur, une barre de fer ou une masse en bois. D'après nos médecins, il a été assassiné une heure ou deux après avoir quitté son domicile. C'est tout ce que nous savons. Aucun témoin ne l'a vu, dans le port ou ailleurs. C'est une énigme. Il n'arrive pratiquement jamais qu'un policier soit tué dans ce pays. Surtout pas un policier d'un rang aussi élevé que le sien. Nous souhaitons bien entendu retrouver le ou les auteurs dans les plus brefs délais.

– L'appel ne provenait donc pas de la police ?

– Non, répondit Putnis très vite. Nous avons vérifié ce point. Le capitaine Kozlov – l'officier de garde cette nuit-là – a confirmé qu'aucun contact n'avait été pris avec le major Liepa ce soir-là.

– Restent deux possibilités.

Putnis hocha la tête.

– En effet, dit-il. Soit il a menti à sa femme. Soit on lui a tendu un piège.

– Dans la deuxième hypothèse, il a dû reconnaître la voix. Du moins, l'auteur de l'appel s'est exprimé de manière à ne pas éveiller sa méfiance.

– C'est aussi ce que nous pensons.

– Nous ne pouvons exclure la possibilité d'un lien avec sa mission en Suède, dit Murniers du fond de sa retraite d'ombre. C'est la raison pour laquelle nous avons sollicité votre aide, commissaire Wallander. Toute piste est la bienvenue. Vous obtiendrez de notre part toute l'assistance nécessaire.

Murniers se leva.

– Je propose que nous en restions là pour ce soir. Vous devez être fatigué après votre voyage.

Wallander ne se sentait pas du tout fatigué. Il aurait volontiers travaillé toute la nuit si besoin était. Mais

106

quand Putnis se leva à son tour, il comprit que l'entretien était clos.

Murniers enfonça un bouton fixé au bord de la table. La porte s'ouvrit aussitôt et un jeune policier en uniforme apparut.

– Voici le sergent Zids, dit Murniers. Il sera votre chauffeur pendant la durée de votre séjour à Riga.

Zids se mit au garde-à-vous. Wallander n'eut pas la présence d'esprit de réagir autrement que par un signe de tête. Putnis et Murniers ne l'ayant pas invité à dîner, il comprit qu'il avait quartier libre. Il suivit Zids jusque dans la cour, où le froid sec l'assaillit ; le contraste avec la chaleur de la salle de réunion était violent. Il monta à l'arrière d'une voiture noire. Zids referma la portière.

– Il fait froid, dit Wallander lorsqu'ils eurent franchi le portail.

– Oui, commandant. Il fait très froid en ce moment à Riga.

Commandant. Il lui paraît impensable que le policier suédois puisse avoir un rang inférieur à celui de Putnis et Murniers. Cette idée l'amusa. Puis il songea que les privilèges étaient sans doute la chose au monde à laquelle on s'habituait le plus facilement. Voiture avec chauffeur, respect, attentions de toutes sortes…

Le sergent Zids conduisait vite. Wallander n'était pas du tout fatigué. La perspective de sa chambre d'hôtel glacée l'effrayait.

– J'ai faim, dit-il. Indiquez-moi un bon restaurant qui ne soit pas trop cher.

– Le meilleur est celui de l'hôtel Latvia.

– J'y ai déjà mangé.

– C'est le meilleur, répéta Zids, en pilant net pour éviter un tramway qui venait de débouler d'une rue latérale.

Wallander insista.

– Il doit y avoir plus d'un restaurant valable dans une ville d'un million d'habitants.

– La nourriture n'est pas bonne. Sauf à l'hôtel Latvia.

On dirait que je n'ai pas le choix. Peut-être a-t-il reçu l'ordre de ne pas me lâcher dans la ville ? Il semblerait qu'un chauffeur, dans certaines situations, constitue surtout une entrave à la liberté.

Zids freina devant l'hôtel. Wallander n'eut pas le temps de tendre la main vers la poignée ; le sergent avait déjà ouvert la portière.

– A quelle heure le commandant veut-il que je passe le prendre demain ?

– Huit heures, ce sera parfait, dit Wallander.

Le hall de l'hôtel paraissait encore plus abandonné qu'en début de soirée. L'écho d'une musique lointaine lui parvint. Il récupéra sa clef et demanda si le restaurant était encore ouvert. Le portier de nuit – dont les paupières lourdes et la pâleur lui rappelèrent le commandant Murniers – hocha la tête. Wallander en profita pour demander d'où venait la musique.

– Nous avons une soirée variétés au night-club, répondit le portier d'une voix lugubre.

En s'éloignant de la réception, Wallander aperçut un homme qu'il reconnut aussitôt : le buveur de thé solitaire du restaurant. A présent, il lisait un journal, assis sur une banquette usée. Aucun doute, c'était le même homme.

Je suis surveillé, comme dans le pire roman de la guerre froide, par un homme en costume gris qui fait semblant d'être invisible. Putnis et Murniers n'ont pas confiance, apparemment. Mais qu'est-ce que je pourrais bien entreprendre, à leur avis ?

Le restaurant était à peine moins désert que tout à l'heure. Quelques hommes en costume sombre s'entretenaient à voix basse autour d'une longue table. A sa surprise, Wallander fut conduit au même endroit que précédemment. Il mangea un potage de légumes et une côtelette desséchée. La bière lettone en revanche avait bon goût. Il se sentait agité ; il décida de ne pas prendre de café et de partir à la recherche du night-club de l'hôtel. L'homme en costume gris était encore à son poste sur la banquette.

Soudain Wallander eut la sensation de se trouver dans un labyrinthe. Un dédale d'escaliers qui ne semblaient mener nulle part le ramena devant l'entrée du restaurant. Il tenta de s'orienter d'après la musique et finit par découvrir un panneau éclairé au bout d'un couloir. Un homme lui ouvrit en marmonnant une phrase incompréhensible en letton. Il pénétra dans un bar. Le contraste avec la salle de restaurant était total. L'endroit était bondé. Derrière la tenture séparant le comptoir de la piste de danse, un orchestre jouait un air strident. Wallander crut reconnaître l'un des succès du groupe Abba. L'air était irrespirable ; il se rappela à nouveau les cigarettes du major. En se frayant un passage vers une table qui semblait inoccupée, il crut sentir des regards fixés sur lui. Il avait toutes les raisons d'être prudent. Dans les pays de l'Est, les boîtes de nuit étaient le repaire notoire de gangs qui gagnaient leur vie en dépouillant les visiteurs occidentaux.

Il dut crier pour se faire entendre du serveur. Quelques minutes plus tard un verre de whisky apparut sur la table. Le prix annoncé était presque l'équivalent de celui du repas qu'il venait de prendre. Il renifla son verre en imaginant un complot à base d'alcool empoisonné – et se porta à lui-même un toast résigné.

La fille avait surgi de nulle part. Il ne s'aperçut de sa présence que lorsqu'elle se pencha tout contre lui. Son parfum lui rappela celui des pommes d'hiver. Elle lui adressa la parole en allemand, puis, comme il secouait la tête, dans un anglais hésitant, bien pire que celui du major. Il crut comprendre qu'elle lui proposait sa compagnie et qu'elle voulait boire quelque chose. Il se sentit pris de court. Une prostituée sans aucun doute… Il chassa cette pensée. Dans cette ville froide, il avait envie de parler à quelqu'un qui ne soit pas un policier. Un verre, pourquoi pas ? C'était lui qui posait les limites. A condition de ne pas être ivre mort. Quand cela lui arrivait, exceptionnellement, il était capable de tout. La dernière fois remontait à la nuit où, dans un accès d'excitation mêlée de rage, il s'était jeté sur la procureure Anette Brolin. Il frissonna à ce souvenir. Jamais plus. Surtout pas ici, à Riga.

En même temps, il ne pouvait nier que l'attention de cette fille le flattait.

Mais elle vient trop tôt. Je débarque à peine, je ne suis pas encore habitué à cet étrange pays.

– Pas ce soir, dit-il. Peut-être demain.

En la regardant, il vit soudain qu'elle n'avait pas vingt ans. Sous la couche de maquillage, il crut entrevoir un visage qui lui rappelait celui de sa fille.

Il vida son verre, se leva et quitta le bar.

C'était moins une. Je dois faire attention.

Dans le hall, l'homme en gris lisait toujours son journal. *Dors bien. On se reverra sûrement.*

Wallander passa une nuit agitée. La couverture trop lourde, le matelas inconfortable… Du fond du sommeil, il entendait un téléphone sonner sans interruption. Il voulait se lever et répondre, mais lorsque enfin il ouvrit les yeux, tout était silencieux.

Il fut réveillé par des coups frappés à la porte.

– Entrez ! cria-t-il.

On frappa à nouveau. Il s'aperçut que la clef était dans la serrure. Il enfila son pantalon et alla ouvrir. Une femme vêtue d'une blouse de travail tenait un plateau de petit déjeuner. Il fut surpris ; il n'avait rien commandé. Mais cela faisait peut-être partie des habitudes de l'hôtel. A moins que le sergent Zids s'en soit occupé à son insu ?

La femme de chambre lui souhaita bonjour en letton. Il tenta de mémoriser la formule. Elle posa le plateau sur une table, sourit timidement et fit mine de repartir. Wallander la suivit dans l'idée de refermer à clef.

Tout alla très vite. Au lieu de sortir, elle ferma la porte de l'intérieur et se retourna, un doigt sur les lèvres. Puis elle tira un papier de sa poche. Wallander voulut protester mais elle lui couvrit la bouche de la main. Il perçut en vrac qu'elle avait peur, qu'elle était tout sauf une femme de chambre, mais qu'elle ne représentait pas une menace pour lui. Il prit le papier et lut le texte rédigé en anglais. Il le relut lentement, le mémorisa. Puis il la regarda. Elle lui tendait à présent autre chose, qui ressemblait à une affiche froissée. Il la déplia. C'était la jaquette du livre de photos sur la Scanie qu'il avait offert la semaine précédente au major Liepa. Il la regarda de nouveau. Il y avait sur son visage, outre la peur, une expression toute différente, de volonté farouche, de défi peut-être. Il traversa la chambre, prit un crayon sur le bureau et griffonna trois mots au dos de la jaquette, qui représentait la cathédrale de Lund. *I have understood*. J'ai compris. Il la lui rendit en songeant que Baiba Liepa ne ressemblait pas du tout à ce qu'il avait imaginé. Mais qu'avait-il imaginé au juste le soir où le major, assis dans son canapé de Mariagatan à Ystad, lui avait parlé de sa femme, disant qu'elle se prénommait Baiba ?

Il toussota. Elle avait déjà ouvert la porte, doucement. Puis elle disparut.

Elle était venue parce qu'elle voulait lui parler du major, son mari. Elle avait peur. Quelqu'un l'appellerait, dans sa chambre, en demandant *M. Eckers*. Alors il devait prendre l'ascenseur jusqu'à la réception, puis l'escalier conduisant au sauna de l'hôtel. Il trouverait, à côté de l'entrée de service du restaurant, une porte en fer grise qui n'était pas fermée à clef. Cette porte donnait sur la rue, à l'arrière de l'hôtel. Elle le retrouverait là.

Please, avait-elle écrit. *Please, please.* Il était tout à fait certain maintenant que son visage n'avait pas exprimé la peur seulement, mais aussi du défi, peut-être de la haine.

Ça va bien au-delà de ce que j'imaginais. Il a fallu une messagère déguisée en femme de chambre pour que je le comprenne. J'oublie sans cesse que je me trouve dans un autre monde.

Peu avant huit heures, il prit l'ascenseur et descendit au rez-de-chaussée.

L'homme au journal avait disparu. Un autre examinait un présentoir de cartes postales.

Wallander sortit dans la rue. Le temps s'était un peu radouci. Le sergent Zids, debout à côté de la voiture, lui souhaita le bonjour. Il monta à l'arrière. Le jour se levait sur Riga. La circulation était dense, contraignant le sergent à ralentir.

Intérieurement, Wallander voyait le visage de Baiba Liepa.

Puis, sans que rien l'eût annoncée, la peur l'étreignit.

8

Il était huit heures trente lorsque Wallander découvrit que Murniers fumait les mêmes cigarettes fortes que le major Liepa. Il reconnut la marque – PRIMA – sur le paquet que le commandant venait de tirer d'une poche de son uniforme et de poser sur la table.

Il avait, plus encore qu'à l'hôtel, le sentiment de se trouver au cœur d'un labyrinthe. Le sergent Zids l'avait entraîné dans un dédale d'escaliers avant de s'arrêter devant une porte qui se révéla être celle de Murniers. Comme un jeu de piste masquant une intention délibérée. Il y avait sûrement un chemin plus simple pour se rendre dans le bureau du commandant; mais on ne tenait pas à le lui faire connaître.

Le bureau était assez étroit et meublé de façon spartiate. Un détail retint l'attention de Wallander : il n'y avait pas moins de trois téléphones. L'un des murs était occupé par une armoire à documents cabossée. Sur le bureau, à part les téléphones, il vit un grand cendrier en fonte orné d'un motif tarabiscoté. Un couple de cygnes, crut-il tout d'abord. Puis il s'aperçut que c'était un homme aux bras gonflés de muscles qui portait une bannière en luttant contre le vent.

Cendrier, téléphones... mais aucun papier. Les stores des deux hautes fenêtres, dans le dos du commandant, étaient à moitié baissés. Ou peut-être hors d'usage ?

Wallander les contempla en réfléchissant à la grande nouvelle que venait de lui annoncer Murniers.

– Nous avons arrêté un suspect. Au cours de la nuit, nos recherches ont donné le résultat que nous espérions.

Wallander avait cru qu'il s'agissait du meurtrier du major. Mais Murniers parlait des hommes du canot.

– Le prévenu appartient à un gang qui possède des ramifications à Tallinn et à Varsovie. Spécialisé dans la contrebande, le vol, le cambriolage, tout ce qui peut rapporter de l'argent. Ces derniers temps, ils étaient aussi impliqués dans le trafic de drogue qui sévit depuis peu dans notre pays. Le commandant Putnis l'interroge en ce moment même. Nous en saurons bientôt beaucoup plus.

Il avait prononcé ces derniers mots avec une assurance tranquille, comme un constat soutenu par une longue expérience. Wallander vit aussitôt un homme auquel le commandant Putnis extorquait lentement des aveux par la torture. Que savait-il de la police lettone ? Existait-il une limite aux méthodes autorisées sous une dictature ? La Lettonie était-elle une dictature ?

Il repensa au visage de Baiba Liepa, à son expression. La peur, et puis le contraire de la peur.

Quelqu'un va vous appeler en demandant M. Eckers. Vous devez venir.

Murniers sourit, comme s'il n'avait aucune difficulté à lire les pensées du policier suédois. Wallander tenta de protéger son secret en lâchant une information qui ne correspondait à aucune vérité.

– Le major Liepa m'a laissé entendre qu'il était inquiet pour sa sécurité. Mais il n'a pas précisé les raisons de cette inquiétude. C'est l'une des réponses que devrait tenter d'obtenir le commandant Putnis. Existe-t-il un lien direct entre les hommes du canot et le meurtre du major Liepa ?

Il crut voir un changement imperceptible dans l'expression de Murniers. Ce qu'il venait de dire contenait donc un élément imprévu. Mais lequel ? Il choisit de poursuivre.

– Qu'est-ce qui a pu pousser le major Liepa à ressortir de chez lui en pleine nuit ? Qui pouvait avoir une raison de le tuer ? Il faut envisager un possible mobile d'ordre privé. C'est vrai dans tous les cas, même celui d'une personnalité politique de premier plan. On l'a fait lors de l'assassinat de Kennedy, et lorsque le Premier ministre suédois a été abattu en pleine rue il y a quelques années. Vous avez dû envisager cette hypothèse, j'imagine, et conclure par la négative. Autrement vous ne m'auriez pas demandé de venir.

– C'est exact, commissaire Wallander. Le major Liepa était heureux en ménage. Il n'avait pas de dettes. Il ne jouait pas, il n'avait pas de maîtresse. C'était un policier consciencieux, convaincu d'œuvrer pour le bien du pays. Nous pensons en effet que sa mort a un lien avec son travail. Ces derniers temps, il se consacrait de façon exclusive à l'enquête concernant le canot échoué sur vos côtes. C'est pourquoi nous faisons appel à vous. Peut-être vous a-t-il dit quelque chose qu'il n'a pas eu le temps ou le désir de nous communiquer à son retour ? Nous avons besoin de savoir.

– Le major Liepa a parlé de la drogue. Il a évoqué la prolifération récente de fabriques d'amphétamines dans les pays de l'Est. Il était convaincu que ces deux hommes avaient été victimes d'un règlement de comptes interne. Mais s'agissait-il d'une vengeance ? Ou d'une tentative pour leur extorquer des renseignements, qui aurait échoué ? D'autre part, il soupçonnait que le canot contenait de la drogue, et que c'est la raison pour laquelle il avait été volé dans notre commissariat. Mais nous n'avons pas réussi à combiner ces éléments de façon satisfaisante.

– J'espère que le commandant Putnis obtiendra les réponses qui nous manquent. Il est très compétent pour cela. Pendant ce temps, je vous propose de voir par vous-même l'endroit où le major Liepa a été assassiné. Le commandant Putnis n'hésite pas à prendre son temps lorsqu'un interrogatoire l'exige.

– Le quai où le corps a été retrouvé est-il le lieu du crime ?

– Rien n'indique le contraire. Il s'agit d'un endroit très isolé. De nuit, la zone portuaire est déserte.

Non, pensa Wallander. Le major aurait opposé une résistance. Il aurait été très difficile de l'emmener en pleine nuit jusqu'à ce quai. L'argument du lieu isolé ne tient pas.

– J'aimerais rencontrer la veuve du major Liepa, dit-il. Je suppose que vous l'avez déjà entendue plusieurs fois, mais une conversation avec elle peut se révéler importante aussi pour moi.

– Oui, dit Murniers. Nous l'avons entendue dans le plus grand détail. Mais si vous le souhaitez, nous allons bien entendu vous ménager une entrevue avec elle.

La matinée était froide et grise. Le sergent Zids avait reçu l'ordre de contacter Baiba Liepa tandis que Wallander et le commandant Murniers se rendaient dans la zone portuaire.

Ils longeaient le fleuve, installés à l'arrière de la voiture de Murniers, qui était plus spacieuse et plus confortable que celle mise à la disposition de Wallander.

– Quelle est votre théorie ?

– La drogue, répondit Murniers sans hésiter. Les principaux acteurs du trafic entretiennent des armées de gardes du corps, qui sont presque sans exception des toxicomanes prêts à tout pour obtenir leur dose. Les chefs ont peut-être estimé que le major Liepa les serrait d'un peu trop près.

— Était-ce le cas ?

— Non. Ou alors, une dizaine d'officiers supérieurs auraient dû figurer avant lui sur une éventuelle liste noire. Le major ne s'était jamais encore occupé d'affaires liées à la drogue. S'il a été choisi pour se rendre en Suède, c'est pour des raisons fortuites.

— De quel type d'enquête s'occupait le major Liepa ?

Murniers répondit sans se détourner du paysage qui défilait de l'autre côté de la vitre.

— C'était un enquêteur extrêmement compétent. Nous avons eu récemment quelques crimes crapuleux à Riga. Le major Liepa a brillamment surmonté tous les obstacles et retrouvé les auteurs. On faisait souvent appel à lui là où d'autres enquêteurs, tout aussi expérimentés pourtant, avaient échoué.

La voiture s'était arrêtée à un feu rouge. Wallander contempla un groupe de personnes qui frissonnaient à un arrêt de bus. Il eut l'impression que le bus n'arriverait jamais.

— La drogue, reprit-il après un silence. Pour nous, à l'Ouest, c'est un vieux souci. Pour vous, c'est un problème récent.

— Pas tout à fait. La nouveauté tient plutôt à l'ampleur du phénomène. L'ouverture des frontières a suscité un mouvement et révélé un marché qui n'existait pas jusque-là. Je reconnais volontiers qu'il nous est arrivé de nous sentir impuissants. Il va falloir développer la collaboration avec les polices de l'Ouest, dans la mesure où une grande partie de la drogue qui transite par la Lettonie est destinée à vos marchés. Toujours la même histoire de devises fortes. Pour nous, la Suède représente indiscutablement l'un des marchés les plus convoités par les gangs de Lettonie, pour des raisons évidentes : il n'y a pas loin en bateau de Ventspils à la côte suédoise, qui est de surcroît longue et difficile à surveiller. On pourrait même dire que c'est une route de contrebande classique qui s'est rouverte. Avant, les tonneaux d'alcool prenaient le même chemin.

— Continuez, dit Wallander. Où est fabriquée la drogue ? Qui sont les protagonistes ?

— Vous devez comprendre que vous êtes ici dans un pays exsangue, aussi pauvre et délabré que ses voisins. Pendant des années, nous avons vécu comme enfermés dans une cage, réduits à contempler de loin les richesses de l'Occident. Soudain, elles nous deviennent accessibles. Mais à une seule condition : avoir de l'argent. Pour celui qui n'hésite pas sur le choix des moyens, la drogue est la façon la plus rapide de se procurer cet argent. Quand vous nous avez aidés à faire tomber nos murs et à ouvrir les portes de la cage, vous avez libéré une convoitise incontrôlable. Nous sommes des affamés. Affamés de tout ce qu'on nous a obligés pendant des années à *voir* tout en nous interdisant d'y toucher. Bien entendu, nous ne savons pas encore comment cela va finir.

Murniers dit deux mots au chauffeur qui freina aussitôt. Murniers indiqua une façade.

— Impacts de balles, dit-il. Vieux d'un mois environ.

Wallander se pencha pour mieux voir. Le mur était criblé de trous.

— Quel est ce bâtiment ?

— Un ministère. Je vous le montre pour que vous compreniez. Nous ne savons pas comment cela va finir. La liberté va-t-elle grandir ? Se réduire, une fois de plus ? Ou disparaître tout à fait ? Vous devez comprendre, commissaire Wallander, que vous êtes dans un pays où rien n'est encore joué.

Ils parvinrent enfin à la zone portuaire. Wallander tentait d'assimiler ce que venait de lui dire Murniers. Il ressentait soudain de la sympathie pour l'homme pâle au visage bouffi. Comme si tout ce qu'il disait le concernait aussi, plus que n'importe qui peut-être.

– Nous savons qu'il existe des laboratoires qui produisent des amphétamines et peut-être aussi des drogues de synthèse comme la morphine et l'éphédrine, poursuivit Murniers. Nous soupçonnons de plus que certains cartels asiatiques et sud-américains tentent de constituer de nouvelles filières de transport pour remplacer celles qui ont été démantelées en Europe occidentale. Les pays de l'Est sont à cet égard une terre vierge, où ces gens voient la possibilité d'échapper aux policiers trop vigilants. Disons que nous sommes plus faciles à corrompre.

– Le major Liepa par exemple ?

– Le major Liepa ne se serait jamais abaissé à accepter un pot-de-vin.

– Je voulais dire le contraire. C'était peut-être un policier trop vigilant.

– Si c'est cela qui a signé son arrêt de mort, le commandant Putnis le saura bientôt.

– Qui est le suspect ?

– Un homme qu'on retrouve dans plusieurs affaires impliquant les deux morts du canot. Un ancien boucher de Riga devenu l'un des chefs du crime organisé dans ce pays et qui, étrangement, a toujours échappé à la prison. Cette fois-ci sera peut-être la bonne.

La voiture freina sur un quai encombré de ferraille et de grues dépecées. Ils descendirent et approchèrent du bord de l'eau.

– C'est là qu'on a retrouvé le major Liepa, dit Murniers.

Wallander regarda autour de lui. A l'affût des impressions les plus élémentaires.

Comment le major et ses meurtriers étaient-ils parvenus jusque-là ? Pourquoi cet endroit ? Le quai était situé à l'écart, mais ce n'était pas suffisant. Wallander contempla les débris d'une grue de chantier. *Please*, avait écrit Baiba Liepa. Murniers fumait une cigarette un peu plus loin tout en battant la semelle pour se réchauffer.

Pourquoi refuse-t-il de me renseigner sur le lieu du crime ? Pourquoi Baiba Liepa veut-elle me rencontrer en secret ? On va vous appeler en demandant M. Eckers, vous devez venir. Qu'est-ce que je fais à Riga ?

Le malaise du matin revint avec force. Sans doute était-ce le fait d'être un étranger en visite dans un pays inconnu. En tant que policier, il avait l'habitude de manipuler une réalité dont il faisait lui-même partie. Ici, il restait à l'extérieur. Peut-être pourrait-il pénétrer ce paysage fermé dans le rôle de *M. Eckers* ? Le policier Kurt Wallander, lui, était impuissant dans ce contexte.

Il retourna à la voiture.

— Je voudrais étudier vos rapports. L'autopsie, l'analyse du lieu du crime, les photographies.

— Nous allons faire traduire le dossier.

— Un interprète irait peut-être plus vite ? L'anglais du sergent Zids est excellent.

Murniers sourit d'un air absent et alluma une autre cigarette.

— Vous êtes un homme pressé, dit-il. Bien sûr, le sergent Zids pourra vous traduire le dossier de vive voix.

De retour au QG, ils se rendirent dans une pièce d'où ils pouvaient observer le commandant Putnis et le suspect par un miroir sans tain. La salle d'interrogatoire était vide à l'exception d'une petite table en bois et de deux chaises. Putnis avait enlevé sa veste d'uniforme. L'homme assis en face de lui avait une barbe de deux jours et paraissait épuisé. Il répondait très lentement aux questions.

— Ça va prendre du temps, dit Murniers d'un air pensif. Mais tôt ou tard, nous apprendrons la vérité.

— Quelle vérité ?

— Si nous avions raison ou pas.

Ils reprirent les couloirs du labyrinthe. On indiqua à

Wallander un petit bureau situé non loin de celui de Murniers. Le sergent Zids arriva avec le dossier relatif au meurtre du major. Avant de les laisser seuls, Murniers échangea quelques phrases en letton avec le sergent. Sur le seuil, il se retourna.

– J'oubliais. Baiba Liepa sera ici à quatorze heures pour l'interrogatoire.

Wallander se rétracta intérieurement. *Vous m'avez trahie, monsieur Eckers. Pourquoi ?*

– J'envisageais une conversation, dit-il. Pas un interrogatoire.

– J'aurais dû utiliser un autre mot. Laissez-moi vous dire qu'elle se réjouit de vous rencontrer.

Murniers disparut. Deux heures plus tard, Zids avait fini de lui traduire le rapport. Wallander avait contemplé les photographies floues montrant le corps du major. Sa conviction en était sortie renforcée : ça ne collait pas. Sachant par expérience qu'il réfléchissait mieux lorsqu'il était occupé, il pria le sergent de le conduire dans un magasin où il pourrait acheter des caleçons longs. *Long underpants*, avait-il dit, et le sergent ne manifesta aucune surprise. Wallander perçut toute l'absurdité de la situation au moment d'entrer dans le magasin, flanqué du sergent. Comme s'il allait acheter des caleçons sous escorte policière. Zids lui servit de porte-parole, et insista pour que Wallander essaie la marchandise avant de se décider. Il en acheta deux paires, qu'on lui enveloppa dans du papier kraft entouré de ficelle. Dans la rue, il proposa au sergent d'aller déjeuner.

– Mais pas à l'hôtel. N'importe où, mais pas à l'hôtel Latvia.

Le sergent Zids quitta les grandes artères et s'engagea dans les ruelles de la vieille ville. Wallander eut la sensation de pénétrer dans un nouveau labyrinthe dont il ne pourrait jamais ressortir par ses propres moyens.

Le restaurant s'appelait Sigulda. Wallander choisit une omelette, le sergent une assiette de potage. L'air était irrespirable, la fumée suffocante. A leur entrée, toutes les tables étaient occupées. Mais deux mots du sergent avaient suffi à faire apparaître comme par magie une table libre. Wallander commenta le sujet entre deux bouchées.

– En Suède, ça n'aurait pas été possible. Qu'un policier débarque dans un restaurant et obtienne une table alors que tout est complet.

– Chez nous, c'est différent. Les gens préfèrent être en bons termes avec la police.

Il avait dit cela comme une évidence. Wallander s'en irrita. Le sergent Zids était trop jeune pour manifester une telle arrogance.

– A l'avenir, je ne veux plus de passe-droit.

Le sergent parut surpris.

– Alors, nous ne mangerons pas.

– La salle à manger de l'hôtel Latvia est toujours vide, répliqua Wallander sèchement.

Peu avant quatorze heures, ils étaient de retour au QG. Wallander avait consacré la fin du repas à méditer en silence sur ce qui le gênait à ce point dans le rapport traduit par le sergent. Son côté *définitif* peut-être. Comme s'il avait été rédigé dans l'intention expresse de rendre toute question superflue. Il n'avait pas poussé le raisonnement plus loin, et se méfiait de son propre jugement. Peut-être voyait-il des fantômes là où il n'y en avait aucun...

Murniers n'était pas là, et le commandant Putnis se trouvait encore dans la salle d'interrogatoire. Le sergent partit à la rencontre de Baiba Liepa ; Wallander resta seul dans le bureau qu'on lui avait attribué. Était-il placé sur écoute ? L'observait-on par un miroir sans tain dissimulé quelque part ? Comme pour démontrer son innocence, il ouvrit le paquet de papier kraft, ôta son pantalon et enfila un caleçon long. Il venait de constater que ça le grattait lorsqu'on frappa à la porte. « Entrez ! » cria-t-il. Le sergent s'effaça pour laisser passer Baiba Liepa. *Maintenant je suis Wallander. Pas M. Eckers. C'est pour cela que je veux vous voir.*

– Parlez-vous anglais, madame ?

Elle hocha la tête.

– Alors vous pouvez nous laisser seuls, dit Wallander au sergent.

Il avait tenté de se préparer à l'entrevue. *Je dois garder à l'esprit que chacun de mes faits et gestes est surveillé. Nous ne pouvons pas poser un doigt sur nos lèvres, encore moins échanger des billets. Et Baiba Liepa doit comprendre que M. Eckers existe encore.*

Elle portait un manteau sombre, un bonnet de fourrure et des lunettes – ce qui n'avait pas été le cas le matin. Elle ôta son bonnet et secoua ses cheveux noirs.

– Je vous en prie, madame Liepa, asseyez-vous.

Il sourit, très vite, comme on envoie un signal secret avec une lampe de poche. Elle l'enregistra à l'évidence, sans surprise, comme si elle n'attendait pas autre chose de sa part. Il devait à présent poser toutes les questions dont il connaissait déjà la réponse. Mais peut-être parviendrait-elle à lui communiquer un message subliminal, un aperçu des secrets destinés au seul *M. Eckers* ?

Il exprima ses condoléances, de façon officielle mais avec chaleur. Puis il posa les questions qui s'imposaient, sans jamais lâcher l'idée qu'un inconnu écoutait et observait leur moindre parole, leur moindre geste.

– Depuis combien de temps étiez-vous mariée au major Liepa ?

– Huit ans.

– J'ai cru comprendre que vous n'aviez pas d'enfants.

– Nous voulions attendre. J'ai mon métier

– Quel est votre métier ?

– Je suis ingénieur. Mais ces dernières années j'ai surtout traduit des textes scientifiques. Pour notre institut de formation technique, entre autres.

Comment as-tu réussi à venir m'apporter mon petit déjeuner dans la chambre ? Qui est ton complice à l'hôtel Latvia ?

Il ne fallait pas se laisser distraire.

– Et ce n'est pas compatible avec le fait d'avoir des enfants ?

Il regretta aussitôt cette question d'ordre privé, dénuée de toute pertinence. Il se fit pardonner en enchaînant sans attendre la réponse.

– Madame Liepa, vous avez dû réfléchir à ce qui a pu arriver à votre mari. J'ai lu le compte rendu de vos auditions. Vous dites ne rien savoir, ne rien comprendre, ne rien deviner. C'est sûrement vrai. Vous souhaitez plus que quiconque que l'auteur soit retrouvé et puni. Cependant je voudrais revenir sur le jour où votre mari est rentré de Suède. Vous avez pu oublier quelque chose. Ce serait compréhensible, après le choc que vous avez subi.

Sa réponse lui fournit le premier signal secret.

– Je n'ai rien oublié, dit-elle. Rien du tout. *Monsieur Eckers, je n'ai pas été sous le choc d'un événement imprévu. Ce que nous redoutions est arrivé.*

– Peut-être faut-il remonter plus loin, reprit Wallander avec précaution, pour ne pas l'exposer à des difficultés auxquelles elle ne pourrait faire face.

– Mon mari ne parlait pas de son travail. Il n'aurait jamais violé le secret auquel il était astreint en tant que policier. C'était un homme d'une haute moralité.

Tout juste, pensa Wallander. Et cette morale l'a tué.

– C'est l'impression qu'il m'a faite, bien que je ne l'aie fréquenté que l'espace de quelques jours en Suède.

Comprenait-elle maintenant qu'il était de son côté ?

Que c'était pour cela qu'il l'avait fait venir ? Qu'il était nécessaire de déployer cet écran de questions dépourvues de sens ?

Il réitéra sa demande. Un élément, un souvenir qu'elle aurait pu omettre lors de ses précédentes auditions… Ils continuèrent ainsi pendant un certain temps jusqu'à ce que Wallander estimât possible de conclure décemment. Il enfonça le bouton de sonnette fixé à la table, et dont le signal parvenait sans doute directement au sergent Zids. Puis il se leva et lui serra la main.

Comment as-tu appris que j'étais à Riga ? Quelqu'un a dû te le dire. Quelqu'un qui voulait qu'on se rencontre. Mais pourquoi ? En quoi penses-tu qu'un policier suédois de province puisse t'aider ?

Le sergent apparut et raccompagna Baiba Liepa vers une lointaine sortie. Wallander se posta dans le courant d'air de la fenêtre et contempla la cour intérieure. Une pluie mêlée de neige tombait sur la ville. Au-delà des murs de la forteresse, il apercevait des clochers et le haut de quelques immeubles.

Soudain il pensa qu'il se faisait des idées. Il avait laissé filer son imagination sans lui opposer la moindre résistance rationnelle. Il soupçonnait des conspirations inexistantes, il était gavé de mythes concernant les dictatures de l'Est, où chacun complotait contre chacun, selon une manipulation savamment orchestrée. Quelles raisons objectives avait-il de se défier de Murniers et de Putnis ? Le fait que Baiba Liepa ait surgi à son hôtel déguisée en femme de chambre pouvait avoir une explication nettement moins dramatique qu'il ne l'imaginait.

Il fut interrompu dans ses réflexions par l'entrée de Putnis. Le commandant paraissait fatigué, son sourire était crispé.

– L'interrogatoire est suspendu, dit-il. Le suspect n'a malheureusement pas reconnu les faits. Nous contrôlons en ce moment les informations qu'il nous a fournies. Ensuite je le questionnerai à nouveau.

– Sur quoi se fondent les soupçons ?

– Nous savons qu'il a souvent eu recours aux services de Leja et de Kalns, en tant que coursiers et hommes de main. Nous espérons prouver qu'ils ont été impliqués dans des affaires de drogue au cours de l'année écoulée. Hagelman – c'est le nom du suspect – est un homme qui n'hésiterait pas à torturer ou à assassiner ses complices s'il le jugeait nécessaire. Bien entendu, il n'a pas agi seul. Nous recherchons en ce moment même d'autres membres du réseau. Plusieurs d'entre eux sont des citoyens d'Union soviétique ; ils sont peut-être là-bas en ce moment, ce qui ne nous facilite pas la tâche. Mais patience... De plus, nous avons retrouvé plusieurs armes auxquelles Hagelman aurait eu accès. Nous sommes en train de vérifier ce point : si les balles qui ont tué Leja et Kalns pouvaient provenir de ces armes.

– Le lien avec la mort du major Liepa, qu'en faites-vous ?

– Rien pour l'instant. Mais c'était un meurtre prémédité, une exécution. Il n'a même pas été volé. Nous devons croire que sa mort est liée à son travail.

– Le major Liepa pouvait-il avoir une double vie ?

Putnis eut un faible sourire.

– Nous vivons dans un pays où le contrôle de nos concitoyens atteint à la perfection. Sans parler du contrôle interne qui existe dans la police. Si le major Liepa avait mené une double vie, nous le saurions.

– A moins qu'il ait été protégé.

Putnis parut surpris.

– Par qui ?

– Je ne sais pas. Je réfléchis à haute voix. Une réflexion sans pertinence, j'en ai peur.

Putnis se leva pour partir.

– Je voulais vous inviter à dîner ce soir. C'est malheureusement impossible, car je dois poursuivre l'interrogatoire. Mais le commandant Murniers a peut-être eu la même idée ? C'est un manque de courtoisie impardonnable de vous laisser seul dans une ville étrangère.

– L'hôtel Latvia est parfait. D'ailleurs, j'aurais besoin de faire la synthèse des idées qui me sont venues autour de la mort du major. La soirée ne sera pas de trop.

– Demain alors. Ce sera un honneur de vous recevoir chez moi. Ma femme Ausma est une excellente cuisinière.

– Le plaisir sera pour moi.

Putnis parti, Wallander appuya sur le bouton de la sonnette. Il voulait quitter la forteresse sans attendre une éventuelle invitation de Murniers.

– Je rentre, dit-il lorsque le sergent Zids apparut sur le seuil. Je vais travailler dans ma chambre ce soir. Vous pourrez passer me prendre à huit heures demain matin.

Quand le sergent l'eut déposé devant l'hôtel, Wallander acheta quelques cartes postales et des timbres à la réception. Il demanda aussi un plan de la ville, le trouva trop sommaire et se fit indiquer le chemin de la librairie la plus proche.

Il parcourut le hall du regard mais n'aperçut aucun homme en gris buvant du thé ou lisant un journal.

Ça signifie qu'ils sont encore là. Visibles un jour sur deux, afin que je doute de leur existence.

Il partit en quête de la librairie. Il faisait déjà nuit ; le trottoir était luisant de pluie. Beaucoup de monde dehors. Wallander s'arrêtait de temps à autre devant une vitrine. La marchandise était rare et uniforme. Parvenu à la boutique, il jeta un rapide regard derrière lui mais ne vit personne ralentir le pas.

Un homme âgé qui ne parlait pas un mot d'anglais lui vendit un plan de la ville tout en jacassant sans discontinuer en letton, comme s'il nourrissait l'espoir que Wallander le comprendrait malgré tout. Il retourna à l'hôtel. Quelque part, devant lui ou derrière, il y avait une ombre qu'il ne pouvait voir. Il décida d'interroger les commandants dès le lendemain. Pourquoi le surveillait-on ? Il le ferait sur un ton aimable. Sans sarcasme ni irritation

A la réception, il demanda si quelqu'un avait cherché à le joindre. Le portier secoua la tête. *No calls, mister Wallander*

Il prit l'ascenseur jusqu'à sa chambre, éloigna la table de la fenêtre pour échapper aux courants d'air et se mit à noircir ses cartes postales. Celle qu'il adressa à Björk représentait la cathédrale de Riga. Baiba Liepa habitait dans ce quartier, c'était là que le major Liepa avait reçu l'appel le soir de sa mort. *Qui a téléphoné, Baiba ? M. Eckers attend dans sa chambre, il voudrait une réponse.*

Il écrivit à Björk, à Linda et à son père. Devant la dernière carte, il hésita. Puis il la remplit et l'adressa à sa sœur Christina.

Il était dix-neuf heures. Il fit couler un bain, un verre de whisky en équilibre sur le rebord de la baignoire. L'eau était tiède. Il ferma les yeux et déroula le film des événements depuis le début.

Les hommes morts dans le canot, leur étreinte étrange… Il tentait de voir quelque chose qui lui aurait échappé. Rydberg parlait souvent de *voir l'invisible*. De découvrir l'inattendu dans ce qui semblait à première vue anodin. Il avançait méthodiquement. Où était la piste qu'il avait négligée jusque-là ?

Il s'extirpa de la baignoire, se rhabilla, s'assit à la table et commença à prendre des notes. Il était à présent convaincu que les deux policiers lettons étaient sur la bonne piste. Rien ne contredisait l'hypothèse que les hommes du canot eussent été victimes d'un règlement de comptes. Le fait qu'ils avaient été tués sans leur veste n'avait pas de réelle importance, pas plus que l'idée d'une volonté délibérée que les corps soient retrouvés. Mais le canot… *Qui l'a volé? Comment ces gens ont-ils pu venir si vite de Lettonie? Ou bien a-t-il été récupéré par des Suédois, ou par des Lettons vivant en Suède, capables d'organiser la chose sur place?* Il nota ces questions par écrit et poursuivit. Le major Liepa avait été assassiné le soir même de son retour de Suède. Tout portait à croire qu'on avait voulu le faire taire. *Que savait le major Liepa? Et pourquoi me présente-t-on un rapport lacunaire qui évite soigneusement d'identifier le lieu du crime?*

Il relut ses notes et poursuivit. *Baiba Liepa. Que sait-elle, qu'elle ne souhaite pas révéler à la police?* Il repoussa son bloc et se versa un autre whisky. Il était vingt et une heures, il avait faim. Après avoir vérifié que le téléphone fonctionnait, il descendit à la réception et informa le portier qu'on pouvait le joindre dans la salle à manger. Il jeta un regard circulaire. Aucun préposé à la surveillance, apparemment… Le serveur le conduisit une fois de plus à la même table. *Peut-être y a-t-il un micro dans le cendrier? Ou un homme caché sous la table qui enregistre les battements de mon cœur?* Il but une demi-bouteille de vin arménien et mangea une volaille bouillie accompagnée de pommes de terre. Chaque fois que la porte à double battant s'ouvrait, il s'attendait à voir surgir le portier, lui annonçant qu'il avait une communication. Il prit un cognac avec son café et regarda autour de lui. Ce soir, le restaurant était presque plein. Quelques Russes dans un coin, un groupe d'Allemands assis autour d'une longue table en compagnie de leurs hôtes lettons. Il était vingt-deux heures trente lorsqu'il paya la somme dérisoire indiquée en bas de l'addition. Il hésita un instant à se rendre au night-club, puis renonça à cette idée et remonta au quinzième étage. Au moment où il tournait la clef dans la serrure, il entendit la sonnerie du téléphone. Avec un juron, il se précipita pour prendre le combiné. *Je voudrais parler à M. Eckers.* Une voix d'homme, s'exprimant en anglais avec un très fort accent. Wallander répondit comme convenu que c'était une erreur, qu'il n'y avait pas de M. Eckers. L'homme s'excusa et raccrocha. *Passez par la porte de service. Please, please.*

Il mit son manteau et enfonça son bonnet sur ses oreilles. Puis il se ravisa et rangea le bonnet dans sa poche. Parvenu au rez-de-chaussée, il rasa le mur de manière à ne pas être vu de la réception. Les Allemands sortirent au même moment de la salle de restaurant. Il se dépêcha de descendre l'escalier conduisant au sauna et prit le couloir qui aboutissait à l'entrée de service du restaurant. La porte grise correspondait en tout point à la description de Baiba Liepa. Il l'ouvrit doucement ; le vent froid lui cingla le visage. Il longea à tâtons la rampe de service et se retrouva dans la rue, derrière l'hôtel.

La rue était mal éclairée. Tant mieux. Il s'enfonça dans l'ombre. A part un vieil homme qui promenait son chien, il n'y avait personne. Il attendit. Toujours personne. Le chien leva la patte contre une poubelle tandis que le vieil homme patientait. En passant devant Wallander, il dit très vite, en anglais : *Quand j'aurai tourné au coin de la rue, suivez-moi.* Un tramway passa au loin avec un bruit de ferraille. Wallander mit son bonnet. La pluie mêlée de neige avait cessé et la température était à nouveau en chute libre. Lorsque l'homme eut disparu, Wallander prit le même chemin, sans se presser. Une autre ruelle se présentait devant lui ; l'homme au chien était invisible. Soudain, une portière s'ouvrit sans bruit à sa hauteur. *Monsieur Eckers*, dit une voix de l'intérieur de la voiture, *nous devons partir*. Il se glissa à l'arrière, en même temps qu'une pensée inquiétante lui traversait l'esprit. *Je ne devrais pas faire ça, c'est de la folie.* Il se rappela la sensation qu'il avait eue le matin même, dans une autre voiture, conduite par le sergent Zids.

La peur était revenue.

9

Une odeur âcre de laine mouillée.

C'est ainsi que Wallander se rappellerait la traversée de Riga cette nuit-là. A peine s'était-il glissé dans la voiture que des mains inconnues lui avaient enfilé une cagoule. En laine ! Dès qu'il commença à transpirer, les démangeaisons devinrent insupportables. Mais la peur, la sensation intense d'une erreur fatale avaient disparu à l'instant même où la portière s'était refermée et qu'une voix calme – qui devait correspondre aux mains qui lui avaient passé la cagoule – s'était adressée à lui. *We are no terrorists. We just have to be cautious*. Il reconnut la voix du téléphone, celle qui avait demandé *M. Eckers* avant de s'excuser de son erreur. Cette voix était absolument convaincante. Après coup, il pensa que c'était un art que les gens devaient apprendre à maîtriser, dans le chaos des pays de l'Est en pleine décomposition : se montrer très convaincant en disant qu'il n'y avait aucun danger alors qu'en réalité la menace était partout présente.

La voiture était inconfortable. Le bruit du moteur signalait une fabrication soviétique. Une Lada sans doute. Combien de personnes à bord ? Au moins deux, en plus de lui. Quelqu'un à l'avant qui toussait et conduisait, et l'homme qui s'était adressé à lui, sur la banquette arrière. De temps à autre, quelqu'un baissait une vitre pour aérer l'habitacle enfumé et il sentait le courant d'air froid. L'espace d'un instant, il crut percevoir une trace de parfum – celui de Baiba Liepa –, c'était sans doute une illusion, ou plutôt un vœu pieux. Impossible de savoir s'ils roulaient vite ou lentement. Mais soudain le revêtement de la route changea, et il devina qu'ils avaient quitté la ville. La voiture freina, tourna à deux reprises, contourna un rond-point, tourna une troisième fois, puis continua tout droit, en cahotant comme si elle avait quitté la route. Le chauffeur coupa le contact, les portières s'ouvrirent, et on l'aida à descendre.

Il faisait froid. Wallander crut percevoir une odeur de résine. Quelqu'un le prit par le bras pour lui éviter de trébucher. On lui fit monter un escalier, une porte grinça en pivotant sur ses gonds. Il pénétra dans une pièce chauffée qui sentait le pétrole. Sans prévenir, on lui retira sa cagoule. Il sursauta ; le choc de voir à nouveau était plus grand que celui d'avoir été aveuglé. Il se trouvait dans une pièce tout en longueur aux murs de rondins. Sa première pensée fut qu'il était dans une cabane de chasse. Le massacre de cerf cloué au-dessus de la cheminée, les meubles en bois clair… Deux lampes à pétrole constituaient l'unique source d'éclairage.

L'homme à la voix calme reprit la parole. Son visage ne correspondait pas du tout à ce qu'avait imaginé Wallander – à supposer qu'il eût imaginé quelque chose. L'homme était de petite taille et d'une maigreur infinie, comme s'il avait enduré de longues souffrances ou une grève de la faim. Il était très pâle. Ses lunettes à monture de corne semblaient beaucoup trop grandes et trop lourdes pour ses pommettes émaciées. Difficile de lui donner un âge. Il pouvait avoir vingt-cinq ans, ou cinquante. Mais il souriait. Puis il indiqua une chaise. *Sit down please*, dit-il de sa voix paisible. Un autre homme se détacha silencieusement de l'ombre, portant une

Thermos et quelques tasses. Peut-être le chauffeur ? Il était plus âgé que l'autre, l'air sombre. Il ne devait pas sourire souvent… Wallander s'assit et accepta la tasse de thé qu'il lui tendait. Les deux hommes prirent place de l'autre côté de la table. Le chauffeur tourna avec précaution le bouton du globe de porcelaine blanc. Wallander crut percevoir un bruit infime dans l'ombre, de l'autre côté du cercle de lumière. Il y a d'autres personnes ici. Quelqu'un nous attendait, quelqu'un a préparé le thé…

– Nous n'avons que du thé à vous offrir, dit l'homme à la voix calme. Mais vous avez dîné, monsieur Wallander. Et nous n'allons pas vous retenir longtemps.

Wallander sentit le malaise le reprendre. Tant qu'il était *M. Eckers*, les événements ne le concernaient pas à titre personnel. Mais voilà que ces gens l'appelaient M. Wallander ; ils l'avaient surveillé, l'avaient vu dîner à l'hôtel. Leur seule erreur avait été de téléphoner quelques secondes trop tôt, avant qu'il ait refermé la porte de sa chambre.

– J'ai toutes les raisons de me méfier. J'ignore qui vous êtes. Où est Baiba Liepa ?

– Pardonnez ce manque de courtoisie. Mon nom est Upitis. A la fin de cette conversation, vous retournerez à votre hôtel, je vous en donne ma parole.

Upitis, pensa Wallander. Quel que soit son nom, je peux être sûr que ce n'est pas celui-là.

– La parole d'un inconnu ne vaut rien. Vous m'embarquez en pleine nuit avec une cagoule sur la tête (était-ce bien *hood*, le mot anglais pour « cagoule » ?). J'ai accepté de rencontrer Mme Liepa selon ses conditions, parce que je connaissais son mari et qu'il me semblait qu'elle pouvait m'aider à faire la clarté sur la mort du major. Quant à vous, encore une fois, je ne sais pas qui vous êtes et je n'ai aucune raison de me fier à vous.

L'homme qui s'était présenté sous le nom d'Upitis hocha lentement la tête.

– Je suis d'accord. Mais ne croyez pas que ces précautions soient superflues. Nous n'avons malheureusement pas le choix. Mme Liepa n'a pas été en mesure de nous rejoindre ce soir. Je parle en son nom.

– Comment puis-je le savoir ? Et que voulez-vous ?

– Votre aide.

– Pourquoi m'avoir affublé d'un faux nom ? Pourquoi ce rendez-vous secret ?

– Au risque de me répéter, nous n'avons malheureusement pas le choix. Vous êtes en Lettonie depuis peu de temps, monsieur Wallander. Vous allez comprendre.

– Et en quoi croyez-vous que je peux vous aider ?

A nouveau le bruit imperceptible dans l'ombre. Baiba Liepa, pensa-t-il. Elle ne se montre pas, mais elle est là…

– Je vais vous demander quelques minutes de patience, dit Upitis. Laissez-moi d'abord vous expliquer ce qu'est la Lettonie.

– Est-ce vraiment utile ? La Lettonie est un pays comme les autres. Même si j'avoue ne pas connaître les couleurs de votre drapeau.

– Je crois qu'une explication est nécessaire. Déjà lorsque vous dites que la Lettonie est un pays comme les autres, je constate que certains éléments doivent vous être précisés.

Wallander goûta le thé tiède en scrutant l'obscurité où il lui semblait discerner un mince rai de lumière, comme d'une porte mal fermée.

Le chauffeur réchauffait ses mains autour de sa tasse. Il avait baissé les yeux, et Wallander comprit que la conversation se déroulerait entre Upitis et lui.

– Qui êtes-vous ? Dites-moi au moins cela.

– Nous sommes lettons. Nés par hasard dans ce pays malmené au cours d'une période particulièrement noire de son histoire. Nos chemins se sont croisés, et nous avons compris qu'une mission nous incombait, à laquelle nous ne pouvions échapper.

– Le major Liepa… ?

– Permettez-moi de commencer par le commencement. Vous devez comprendre que notre pays est au bord de l'effondrement. Tout comme les deux autres États baltes et le reste des pays satellites administrés par l'Union soviétique comme des provinces coloniales, nous voulons reconquérir la liberté perdue après la Seconde Guerre mondiale. Mais la liberté naît dans le chaos, monsieur Wallander, au milieu de monstres qui nourrissent des intentions terrifiantes. C'est une illusion, une illusion catastrophique, de croire qu'on puisse être simplement pour ou contre la liberté. La liberté a de nombreux visages. L'importante minorité russe implantée dans le pays afin de « dissoudre » en quelque sorte le peuple letton et nous vouer, à terme, à disparaître – cette population ne s'inquiète pas seulement d'une éventuelle remise en question de sa présence. Elle craint pour ses privilèges. L'Histoire ne connaît pas d'exemple de gens qui aient renoncé à leurs privilèges de leur plein gré. C'est pourquoi ils s'arment pour se défendre, dans le plus grand secret. C'est la raison des événements de l'automne dernier, lorsque la puissance militaire soviétique est intervenue et a instauré l'état d'urgence. Une autre illusion consiste à croire qu'on puisse passer en douceur d'une dictature brutale à quelque chose qu'on pourrait appeler démocratie. Pour nous, la liberté est une tentation, comme une belle femme à laquelle on ne résiste pas. Pour d'autres, la liberté est une menace qui doit être combattue par tous les moyens.

Upitis se tut, comme si ses paroles contenaient une révélation qui l'ébranlait lui-même.

– Une menace ? répéta Wallander.

– Il y a un risque de guerre civile. Le débat politique peut céder le pas à la folie de gens qui n'ont que la vengeance au cœur. Le désir de liberté peut se transformer en une horreur indescriptible. Des monstres rôdent à l'arrière-plan ; la nuit, on aiguise les couteaux. L'issue de ce règlement de comptes est aussi difficile à prévoir que l'avenir tout court.

Une mission à laquelle nous ne pouvions échapper. Wallander tentait de saisir l'implication réelle des paroles d'Upitis. Mais il savait d'avance qu'il n'y parviendrait pas. Ses connaissances quant aux changements à l'œuvre en Europe se réduisaient à presque rien. L'action politique n'avait jamais eu de place dans son univers de policier. Il votait lors des élections, point. Sans passion et sans réel dessein. Les changements qui ne concernaient pas directement sa propre vie lui restaient étrangers.

– La chasse aux monstres n'entre pas vraiment dans le cadre de mon travail, dit-il dans une tentative pour excuser son ignorance. J'enquête sur des crimes réels commis par des gens réels. J'ai accepté d'être *M. Eckers* dans l'optique où Baiba Liepa voulait me rencontrer sans témoins. La police lettone a demandé mon aide pour élucider le meurtre du major Liepa et pour enquêter sur un lien éventuel avec deux citoyens lettons retrouvés assassinés en Suède. Tout à coup, c'est vous qui me demandez de l'aide. On doit pouvoir se parler plus simplement, sans longues digressions sur des problèmes de société que je ne comprends pas de toute manière.

– En effet. Disons plutôt que nous nous aidons mutuellement.

Wallander chercha en vain le mot anglais pour « rébus ».

– C'est trop confus pour moi, reconnut-il. Dites-moi juste ce que vous voulez. Sans périphrases.

Upitis approcha un bloc jusque-là masqué par la lampe, et tira un crayon de sa veste élimée.

– Le major Liepa vous a rendu visite en Suède parce que deux citoyens lettons assassinés s'étaient échoués sur la côte suédoise. Vous avez collaboré avec lui ?

– Oui. C'était un policier compétent.

– Mais il n'a passé que quelques jours en Suède.

– Oui.

– Comment avez-vous pu juger de sa compétence en si peu de temps ?

– La compétence, tout comme l'expérience d'ailleurs, se discerne immédiatement.

Ces questions paraissaient innocentes. Mais il avait d'emblée perçu l'intention d'Upitis. Comme un enquêteur de haut niveau, il tissait sa toile, en gardant le regard fixé sur un but précis. Peut-être est-il de la police ? Peut-être n'est-ce pas Baiba Liepa qui se cache dans l'ombre, mais le commandant Putnis ? Ou Murniers ?

– Vous avez donc apprécié le travail du major Liepa.

– Naturellement. Je viens de vous le dire.

– Et si l'on fait abstraction de son expérience et de sa compétence professionnelles ?

– Comment pourrait-on en faire abstraction ?

– Quelle impression vous a-t-il faite en tant qu'homme ?

– La même. Il était calme, consciencieux, patient, cultivé, intelligent.

– Le major Liepa a eu la même impression de son côté, monsieur Wallander. Que vous étiez un policier compétent.

Wallander sentit le signal d'alarme familier. Intuitivement, il comprit qu'Upitis venait de pénétrer sur le territoire où attendaient les questions décisives. Par ailleurs il était confronté à une énigme. Le major Liepa n'était de retour chez lui que depuis quelques heures lorsqu'il avait été tué. Pourtant, cet Upitis détenait des informations détaillées sur le voyage du major en Suède. Des informations qui n'avaient pu être communiquées que par le major lui-même.

– J'en suis très honoré, répondit-il.

– Vous aviez beaucoup à faire pendant la visite du major Liepa.

– Une enquête pour meurtre est rarement reposante.

– Vous n'avez donc pas eu le temps de vous fréquenter ?

– Je ne comprends pas la question.

– Vous fréquenter. Vous détendre. Rire, chanter. J'ai entendu dire que les Suédois chantaient volontiers.

– Le major Liepa et moi-même n'avons pas constitué une chorale, si c'est ce que vous pensez. Je l'ai invité chez moi un soir, c'est tout. Nous avons vidé une bouteille de whisky en écoutant de la musique. Il y avait une tempête de neige ce soir-là. Puis il est retourné à son hôtel.

– Le major Liepa aimait beaucoup la musique. Il se plaignait d'avoir trop rarement le temps d'aller au concert.

Le signal d'alarme était de plus en plus insistant. Que veut-il savoir ? Qui est cet Upitis ? Où est Baiba Liepa ?

– Puis-je demander quelle musique vous avez écoutée ?

– De l'opéra. Maria Callas. Je ne me souviens pas très bien. *Turandot*, je crois.

– Pardon ?

– L'un des plus beaux opéras de Puccini.

– Et vous avez bu du whisky ?

– Oui.

– Et il y avait une tempête de neige ?

– Oui.

On y est, pensa fébrilement Wallander. Que veut-il me faire dire à mon insu ?

– Quelle marque de whisky buviez-vous ?

– J&B, je crois.

– Le major Liepa était un buveur modéré. Mais de temps en temps, il aimait bien se détendre avec un verre.

– Ah bon.

– Il était très modéré à tout point de vue.

– Je crois bien que j'étais plus ivre que lui. Si c'est ce que vous voulez savoir.

– Vous semblez pourtant avoir un souvenir précis de cette soirée ?

– Nous avons écouté de la musique. Nous avons bu. Nous avons bavardé. Pourquoi ne m'en souviendrais-je pas ?

– Vous avez naturellement parlé des deux hommes échoués sur la côte ?

– Pas dans mon souvenir. C'est surtout le major Liepa qui parlait. De la Lettonie. C'est d'ailleurs ce soir-là que j'ai appris qu'il était marié.

Soudain il perçut un changement dans l'atmosphère. Upitis l'observait attentivement, le chauffeur avait imperceptiblement bougé sur sa chaise. Wallander se fiait absolument à son intuition, et son intuition lui disait qu'ils venaient de dépasser le point de la conversation auquel tendait Upitis depuis le début. Mais de quoi s'agissait-il ? Intérieurement, il revoyait le major dans le canapé, le verre Duralex appuyé contre un genou, la musique sortant des enceintes de la bibliothèque.

Mais il devait y avoir autre chose… Quelque chose qui justifiait la création de M. Eckers, double secret d'un policier suédois.

– Vous avez offert un livre au major Liepa lors de son départ.

– J'avais acheté un livre de photographies sur la Scanie. Ce n'est peut-être pas original, mais je n'ai pas trouvé de meilleure idée.

140

– Le major Liepa a apprécié le cadeau.

– Comment le savez-vous ?

– Sa femme nous l'a dit.

C'est la fin de la conversation, pensa Wallander. Ces questions-ci ne servent qu'à nous éloigner du cœur du sujet.

– Avez-vous déjà collaboré avec des policiers des pays de l'Est ?

– Nous avons reçu une fois la visite d'un enquêteur polonais. Ah, oui, un groupe d'étude lituanien aussi.

Upitis repoussa son bloc-notes. Il n'avait rien noté de toute la conversation, mais Wallander avait la certitude qu'il avait appris ce qu'il voulait savoir. Quoi ? *Qu'ai-je dit de si important sans en avoir moi-même conscience ?*

Il but une gorgée du thé qui avait complètement refroidi. A mon tour, pensa-t-il. Je dois tourner cette conversation à mon avantage.

– Pourquoi le major est-il mort ?

– Le major Liepa était très préoccupé de la situation dans le pays, répondit lentement Upitis. Nous en parlions souvent. Pour savoir ce que nous pouvions faire.

– Est-ce pour cela qu'il est mort ?

– Pourquoi sinon l'aurait-on assassiné ?

– Ce n'est pas une réponse. C'est une autre question.

– C'est la vérité, j'en ai peur.

– Qui pouvait avoir une raison de le tuer ?

– Rappelez-vous ce que j'ai dit tout à l'heure. Sur les gens qui redoutent la liberté.

– Les couteaux qu'on aiguise pendant la nuit ?

Upitis hocha la tête. Wallander tentait de réfléchir, d'assimiler tout ce qu'il venait d'entendre.

– Si j'ai bien compris, dit-il, vous représentez une organisation.

– Plutôt un groupe informel. Une organisation est beaucoup trop facile à identifier et à écraser.

141

– Que voulez-vous ?

Upitis parut hésiter.

– Nous sommes des gens libres, monsieur Wallander. Malgré notre manque de liberté objective. Nous sommes libres en ce sens que nous avons la possibilité d'analyser ce qui se passe autour de nous. Peut-être faut-il ajouter que la plupart d'entre nous sont des intellectuels. Des journalistes, des chercheurs, des poètes. Peut-être sommes-nous le noyau d'un mouvement politique capable de sauver ce pays du désastre. Si le chaos s'installe. Si l'Union soviétique intervient militairement. Si la guerre civile ne peut être évitée.

– Le major Liepa était-il impliqué dans votre groupe ?

– Oui.

– En tant que dirigeant ?

– Nous n'avons pas de dirigeants, monsieur Wallander. Mais le major Liepa était un membre important de notre cercle. Par son rang, il jouissait d'un poste d'observation privilégié. Nous pensons qu'il a été trahi.

– Trahi ?

– La police de ce pays est aux mains de la puissance d'occupation. Le major Liepa était une exception. Il jouait double jeu avec ses collègues. Il prenait de grands risques.

Wallander se rappela les paroles de l'un des commandants. *Nous vivons dans un pays où le contrôle de nos concitoyens atteint à la perfection. Si le major Liepa avait mené une double vie, nous le saurions.*

– Pensez-vous qu'un membre de la police puisse être à l'origine du meurtre ?

– Nous n'avons pas de certitude. Mais nous soupçonnons que les choses se sont passées ainsi. C'est la seule hypothèse plausible.

– Qui, dans ce cas ?

– Nous espérons que vous nous aiderez à le découvrir.

Enfin, pensa Wallander. Une cohérence possible. Il songea aux lacunes de l'enquête relative à la mort du major, et à la surveillance dont lui-même faisait l'objet depuis son arrivée à Riga. Un ensemble de manœuvres de diversion apparaissait soudain en toute clarté.

– L'un des commandants, proposa-t-il. Putnis ou Murniers ?

Upitis répondit sans hésiter. Wallander pensa après coup qu'il y avait eu une note de triomphe dans sa voix.

– Nous soupçonnons le commandant Murniers.

– Pourquoi ?

– Nous avons nos raisons.

– Quelles sont-elles ?

– Le commandant Murniers s'est distingué à différents titres comme le loyal citoyen soviétique qu'il est.

– Il est russe ?

Wallander était surpris.

– Murniers est arrivé pendant la guerre. Son père appartenait à l'Armée rouge. Il a débuté dans la police en 1957. Il était très jeune. Très jeune et très prometteur.

– Il aurait assassiné l'un de ses subordonnés ?

– Il n'y a pas d'autre explication. Mais nous ignorons s'il l'a fait de ses propres mains. Ce peut être quelqu'un d'autre.

– Pourquoi le major a-t-il été tué le soir de son retour de Suède ?

– Le major Liepa était un homme taciturne. C'est une chose qu'on apprend dans ce pays. Nous étions très proches. Mais, même à moi, il ne disait que le strict minimum. On apprend à ne pas encombrer ses amis de confidences. Il nous a cependant laissés entendre qu'il avait découvert une piste.

– Laquelle ?

– Nous l'ignorons.

– Vous devez bien savoir quelque chose ?

Upitis secoua la tête. Il paraissait soudain épuisé. Le chauffeur était toujours immobile sur sa chaise.

– Comment savez-vous que vous pouvez me faire confiance ? reprit Wallander.

– Nous n'en savons rien. Mais nous devons prendre le risque. Nous imaginons bien qu'un policier suédois n'a pas envie d'être impliqué dans le chaos qui règne dans notre pays.

Tout juste, pensa Wallander. Je n'aime pas être surveillé, je n'aime pas être emmené en pleine nuit dans une cabane de chasse au milieu des sapins. En fait, j'ai surtout envie de rentrer à Ystad.

– Je dois rencontrer Baiba Liepa, dit-il.

Upitis acquiesça.

– Nous reprendrons contact avec vous en demandant *M. Eckers*. Peut-être dès demain.

– Je peux demander une nouvelle audition.

– Non. Trop d'oreilles sont à l'affût. Nous allons organiser une rencontre.

Le silence retomba. Upitis paraissait perdu dans ses pensées. Wallander jeta un regard sur sa droite. Le rai de lumière avait disparu.

– Avez-vous obtenu la réponse que vous espériez ?

Upitis sourit sans répondre.

– Le soir où le major Liepa est venu chez moi boire du whisky et écouter *Turandot*, il n'a rien dit qui puisse éclairer sa mort. Vous auriez pu me poser la question directement.

– Il n'y a pas de raccourcis dans notre pays. Souvent, le détour se révèle le seul chemin praticable et sûr.

Upitis se leva. Le chauffeur l'imita précipitamment.

– Je préférerais ne pas avoir la cagoule au retour, dit Wallander. Elle gratte.

– Bien entendu. Vous devez comprendre que notre prudence est aussi destinée à vous protéger.

La voiture reprit la route de Riga. Il faisait froid. A la faveur de la lune, Wallander distingua la silhouette de villages endormis. Ils traversèrent des banlieues, ombres d'immeubles sans fin, rues plongées dans le noir.

La voiture le laissa au même endroit que précédemment. Upitis lui avait recommandé d'entrer dans l'hôtel par le même chemin, mais il trouva la porte fermée à clef. Il se demandait quoi faire lorsqu'elle s'ouvrit doucement de l'intérieur. Avec surprise, il reconnut l'homme qui, deux jours plus tôt, lui avait ouvert la porte du night-club de l'hôtel. L'homme lui fit emprunter un escalier de secours et ne le laissa que lorsqu'il eut ouvert la porte de la chambre 1506. Il était deux heures passées de trois minutes.

Il faisait froid dans la chambre. Il se versa un whisky, s'enveloppa dans une couverture et s'assit à la table. Malgré la fatigue, il savait qu'il ne s'endormirait pas avant d'avoir résumé par écrit les événements de la nuit. Le stylo-bille était glacé entre ses doigts. Il rassembla les notes déjà rédigées, goûta le whisky et se mit à réfléchir.

Reviens au point de départ, aurait dit Rydberg. Laisse tomber les failles et les zones d'ombre. Commence par ce que tu sais avec certitude.

Mais que savait-il au juste ? Deux Lettons assassinés s'échouent à Mossby Strand dans un canot de sauvetage yougoslave. Voilà un point de départ incontestable. Un major de la police de Riga vient passer quelques jours à Ystad dans le cadre de l'enquête. Lui-même commet l'erreur impardonnable de ne pas examiner le canot à fond. Le canot est volé. Par qui ? Le major Liepa retourne à Riga. Il présente son rapport aux deux commandants, Putnis et Murniers. Puis il rentre chez lui et montre à sa femme le livre que lui a offert le policier suédois Wallander. *De quoi parle-t-il avec sa femme ?* Pourquoi se tourne-t-elle vers Upitis ? Pourquoi se déguise-t-elle en femme de chambre ? *Pourquoi invente-t-elle M. Eckers ?*

Wallander vida son verre et le remplit à nouveau. Ses doigts étaient tout blancs ; il se réchauffa les mains dans la couverture.

Cherche le lien même là où tu ne penses pas pouvoir le trouver, disait souvent Rydberg. Mais quel lien ? Le seul dénominateur commun était le major Liepa. Celui-ci avait parlé de contrebande, de trafic de drogue. Le commandant Murniers également. Mais il n'y avait pas de preuves, seulement des hypothèses.

Wallander parcourut ses notes tout en pensant à une phrase d'Upitis. *Il nous a laissés entendre qu'il avait découvert une piste.*

Une piste conduisant à l'un des monstres dont parlait ce même Upitis ?

Pensif, il contempla le rideau qui bougeait doucement dans le courant d'air.

Il a été trahi. Nous soupçonnons le commandant Murniers.

Était-ce possible ? Wallander repensa à un épisode survenu l'année précédente à Malmö. Un policier avait abattu de sang-froid un demandeur d'asile. Tout était possible.

Il reprit son stylo-bille. *Morts dans canot – drogue – major Liepa – commandant Murniers.* Que signifie cette chaîne ? Que cherchait Upitis ? Croyait-il que le major m'avait révélé quelque chose tout en écoutant Maria Callas dans mon canapé ? Voulait-il savoir ce que nous nous étions dit, ou seulement si le major Liepa m'avait fait une confidence ?

Trois heures et quart. Wallander comprit qu'il n'obtiendrait rien de plus cette nuit. Il alla dans la salle de bains et se brossa les dents. Dans la glace, il vit que la cagoule en laine avait laissé des marques rouges sur son visage.

Que sait Baiba Liepa ? Qu'est-ce que je ne vois pas ?

Il se déshabilla et se glissa dans le lit après avoir programmé le réveille-matin pour sept heures. Pas moyen de s'endormir. Il regarda sa montre. Quatre heures moins le quart. Les aiguilles du réveille-matin brillaient dans le noir. Trois heures trente-cinq. Il ajusta son oreiller et ferma les yeux. Soudain il tressaillit et regarda à nouveau sa montre. Quatre heures moins neuf. Le réveil indiquait quatre heures moins dix-neuf minutes. Il se redressa. Sa montre était-elle en avance ? Cela ne s'était encore jamais produit. Il prit le réveille-matin et le régla sur sa montre. Quatre heures moins six minutes. Puis il éteignit la lumière et ferma les yeux. Sur le point de sombrer, il fut ramené à la surface. Immobile dans le noir, il pensa que c'était une illusion. Pour finir, il ralluma, se redressa dans le lit et dévissa le boîtier du réveil.

Le microphone n'était pas plus grand qu'une pièce de dix centimes ; trois ou quatre millimètres d'épaisseur.

Il était coincé entre les deux piles. Wallander crut d'abord que c'était un nid de poussière ou un morceau d'adhésif gris.

Il resta longtemps immobile, le boîtier à la main. Puis il revissa le couvercle.

Peu avant six heures, il glissa dans un demi-sommeil inquiet.

Il avait laissé la lampe de chevet allumée.

10

Au réveil, sa colère était intacte. Il se sentait tout à la fois ébranlé et humilié. Sous la douche, tandis que la fatigue le quittait peu à peu, il résolut d'en avoir le cœur net le plus vite possible. Les commandants étaient forcément en cause. Mais pourquoi lui avoir demandé son aide s'ils se méfiaient à ce point de lui ? L'homme en costume gris, c'était une chose ; un élément de l'image qu'il se faisait de l'existence ordinaire derrière ce rideau de fer qui, apparemment, n'avait pas disparu. Mais s'introduire dans sa chambre pour y dissimuler un microphone…

A sept heures trente, il prenait son café dans le restaurant de l'hôtel. Il regarda autour de lui pour découvrir une ombre éventuelle. Mais il était seul, à part deux Japonais qui s'entretenaient à voix basse avec une mine soucieuse. Peu avant huit heures, il sortit dans la rue. L'air s'était radouci. Prémonition de printemps ? Le sergent Zids, debout à côté de la voiture, lui fit un signe de la main. Pour marquer son mécontentement, Wallander garda un silence renfrogné pendant tout le trajet et refusa d'être escorté jusqu'à son bureau. Il croyait connaître la direction, mais se trompa bien entendu de couloir et fut obligé de demander plusieurs fois son chemin. Il était exaspéré. Il faillit frapper à la porte de Murniers, mais se ravisa et entra dans son propre bureau. Il était encore fatigué. Il devait rassembler ses esprits avant d'affronter les commandants. Il venait d'ôter sa veste lorsque le téléphone sonna.

– Bonjour, monsieur Wallander, dit la voix de Putnis. J'espère que vous avez bien dormi.

Tu sais sûrement que je n'ai pas fermé l'œil. Le rapport circonstancié doit déjà être sur ton bureau.

– Je n'ai pas à me plaindre. Comment va l'interrogatoire ?

- Pas très bien, j'en ai peur. Mais je vais continuer ce matin. Nous avons de nouvelles informations à soumettre au prévenu, qui le pousseront peut-être à réévaluer sa situation.

– Je me sens inutile. J'ai du mal à comprendre en quoi je peux vous assister.

– Les bons policiers sont toujours impatients. Je pensais passer vous voir, si cela vous convient.

– Je suis là.

Un quart d'heure plus tard, le commandant Putnis entra, suivi d'un jeune policier portant un plateau avec deux tasses de café. Putnis avait des cernes mauves sous les yeux.

– Vous paraissez fatigué, commandant.

– L'air est malsain dans la salle d'interrogatoire.

– Vous fumez peut-être trop ?

Putnis haussa les épaules.

– Sûrement. J'ai entendu dire que les policiers suédois fumaient rarement. Mais je ne vois pas comment je supporterais une existence sans tabac.

Le major Liepa, pensa Wallander. A-t-il eu le temps de te parler de cet étrange commissariat en Suède où l'on n'a pas le droit de fumer en dehors des zones réglementaires ?

Putnis sortit son paquet de cigarettes.

– Vous permettez ?

– Je vous en prie.

Wallander goûta le café. Très fort, avec un arrière-goût amer. Putnis considérait pensivement la volute de fumée montant vers le plafond.

– Pourquoi me faites-vous surveiller ? demanda Wallander.

– Pardon ?

La colère le reprit aussitôt, devant cette innocence feinte.

– Vous me faites suivre, c'est une chose. Mais pourquoi un micro dans mon réveille-matin ?

Putnis le considéra d'un air pensif.

– Ce doit être un malentendu. Certains de mes subordonnés sont un peu trop zélés. Quant aux policiers en civil, c'est pour votre sécurité.

– Que pourrait-il m'arriver ?

– Nous souhaitons qu'il ne vous arrive rien. Mais tant que le meurtre du major Liepa n'est pas élucidé, nous observons la plus grande prudence.

– Je sais me défendre. Si je découvre un autre microphone, je rentre immédiatement en Suède.

– Tous mes regrets. Je vais passer un savon à la personne concernée.

– Mais l'ordre venait bien de vous ?

– Pas pour le microphone. L'un de mes capitaines a dû prendre une initiative malheureuse.

– Le micro était très petit. Très sophistiqué. Je suppose que quelqu'un écoutait dans une chambre voisine ?

– Bien sûr.

– Je croyais que la guerre froide était terminée.

– Lorsqu'une époque cède la place à une autre, certaines personnes restent en place, dit Putnis sur un ton philosophe. Cela vaut aussi pour les policiers, je le crains.

– Me permettez-vous de poser quelques questions qui ne sont pas directement liées à l'enquête ?

Le sourire fatigué reparut.

– Bien sûr. Mais je ne suis pas certain de pouvoir vous répondre de façon satisfaisante.

La politesse excessive de cet homme ne cadrait pas avec l'idée que se faisait Wallander d'un policier des pays de l'Est. Il se rappela que lors de leur première rencontre, Putnis lui avait fait l'effet d'un félin. Un fauve souriant, pensa-t-il. Un fauve souriant et courtois.

– Je reconnais mes lacunes en ce qui concerne la situation en Lettonie. Mais j'ai suivi les événements de l'automne, les chars dans les rues, les morts, les exactions des « Bérets noirs ». J'ai vu les façades criblées de balles. Il existe ici une volonté de s'affranchir de l'occupation soviétique. Et cette volonté se heurte à une résistance.

– La légitimité de cette ambition, dit lentement Putnis, est sujette à controverse.

– Où se situe la police dans ce contexte ?

Putnis parut surpris.

– Nous sommes naturellement les garants de l'ordre.

– Comment fait-on régner l'ordre face à des chars ?

– Nous veillons à ce que les gens se tiennent tranquilles. Afin que personne ne soit blessé inutilement.

– Les chars doivent pourtant être considérés comme la principale cause de désordre, n'est-ce pas ?

Putnis écrasa soigneusement son mégot avant de répondre.

– Vous êtes policier, tout comme moi. Nous partageons le même objectif élevé, qui est de combattre le crime et de faire en sorte que les gens se sentent en sécurité. Mais nous travaillons dans des conditions très différentes. Cela influe naturellement sur la manière dont nous envisageons notre mission.

– Vous avez parlé de controverse. Cela doit aussi concerner la police...

– Je sais qu'à l'Ouest les policiers sont considérés comme des fonctionnaires sans obédience politique. La police n'est pas censée prendre parti pour ou contre le gouvernement en place. En principe, il en va de même chez nous.

– Sauf que chez vous, il n'existe qu'un seul parti.

– Plus maintenant. De nouvelles organisations ont germé au cours des dernières années.

Putnis esquivait toutes les questions avec adresse. Wallander décida de l'attaquer de front.

– Quelle est votre position personnelle ?

– A quel sujet ?

– L'indépendance. La fin de l'occupation.

– Un commandant de la police lettone n'est pas censé s'exprimer à ce sujet. Du moins lorsqu'il s'adresse à un étranger.

– Il n'y a pas de micros ici, que je sache, insista Wallander. Votre réponse restera entre nous. De plus, je vais bientôt retourner en Suède. Il n'y a pas de risque que je m'empare d'un porte-voix pour répéter ce que vous m'aurez dit en confiance.

Putnis le considéra longuement avant de répondre.

– Je vous fais confiance, bien entendu, monsieur Wallander. Disons que je sympathise avec le mouvement qui existe chez nous, comme chez nos voisins, comme en Union soviétique. Mais je crains que tous mes collègues ne partagent pas ce point de vue.

Le commandant Murniers par exemple. Mais ça, tu ne le diras jamais.

Putnis se leva.

– Merci pour cette intéressante conversation, dit-il. Hélas, un individu désagréable m'attend dans la salle d'interrogatoire. En fait, je venais seulement vous dire que ma femme Ausma est occupée aujourd'hui et demande si vous pourriez plutôt venir dîner chez nous demain soir.

– Avec plaisir.

– Le commandant Murniers souhaite que vous passiez le voir ce matin afin de définir ensemble les tâches prioritaires. Si j'obtiens des résultats de mon côté, je vous en informerai aussitôt.

Putnis quitta le bureau. Wallander relut les notes prises pendant la nuit. *Nous soupçonnons le commandant Murniers,* avait dit Upitis. *Nous pensons que le major Liepa a été trahi. Il n'y a pas d'autre explication.*

Il se posta à la fenêtre et laissa son regard errer par-dessus les toits. Jamais encore il n'avait été impliqué dans une enquête pareille. Les gens d'ici menaient une vie dont il n'avait aucune idée. Comment devait-il se comporter ? Peut-être ferait-il mieux de rentrer en Suède ? En même temps, la curiosité le rongeait, impossible de le nier. Il voulait savoir pourquoi le petit major myope avait été assassiné. *Où était le lien ?* Il se rassit et parcourut à nouveau ses notes. Le téléphone sonna sur la table. Il prit le combiné en s'attendant à entendre la voix de Murniers.

Le grésillement était épouvantable. Soudain, il s'avisa que c'était Björk qui tentait de se faire comprendre dans son mauvais anglais.

– C'est moi ! cria-t-il. Wallander !

– Kurt ? Je t'entends très mal. C'est dingue ce que les communications sont mauvaises. Tu m'entends ?

– Je t'entends. Pas la peine de crier.

– Que dis-tu ?

– Ne crie pas. Parle lentement.

– Comment ça va ?

– On n'avance pas beaucoup.

– Allô ?

– J'ai dit que ça avançait lentement. Tu m'entends ?

– Mal. Parle moins vite et ne crie pas. Comment ça va ?

Soudain la réception devint parfaite. Björk aurait pu l'appeler de la pièce voisine.

– Ça va mieux, dit Björk. Tu peux répéter ?

– On avance lentement. Et je ne sais même pas si on avance. Un commandant du nom de Putnis interroge un suspect depuis hier. Pas moyen de savoir ce que ça va donner.

– Tu peux te rendre utile ?

Wallander hésita avant de répondre.

– Oui, dit-il enfin. Je crois que ma présence est utile. Si vous pouvez vous passer de moi encore un moment.

– Oui. C'est plutôt calme ici.

– Des nouvelles du canot ?

– Aucune.

– Et à part ça ? Martinsson est dans le coin ?

– Il est chez lui avec la grippe. On a laissé tomber l'enquête, puisque la Lettonie a pris le relais. Nous n'avons rien de neuf.

– Est-ce que vous avez eu de la neige ?

La question demeura sans réponse ; la communication venait d'être interrompue comme si quelqu'un avait coupé le fil du téléphone. Wallander raccrocha en pensant qu'il devait essayer d'appeler son père. Il n'avait pas envoyé ses cartes postales. Ne devait-il pas aussi acheter quelques souvenirs de Riga ? Mais lesquels ? Que pouvait-on rapporter de Lettonie ?

Un vague mal du pays le submergea l'espace d'un instant. Puis il finit son café froid et se pencha sur ses notes. Après une demi-heure il repoussa le fauteuil et s'étira. La fatigue commençait enfin à lâcher prise. *Je dois avant tout parler à Baiba Liepa. Tant que je ne l'aurai pas fait, je ne peux que jouer aux devinettes. C'est elle qui détient les informations décisives. Je dois comprendre le sens de l'interrogatoire de cette nuit. Ce qu'Upitis espérait m'entendre dire, ou redoutait que je sache…*

Il nota le nom de Baiba Liepa et l'entoura d'un cercle assorti d'un point d'exclamation ; puis le nom de Murniers, suivi d'un point d'interrogation. Rassemblant ses papiers, il se leva et frappa à la porte du commandant. Un grognement lui parvint. Il entra. Murniers parlait au téléphone et lui indiqua une chaise. Il s'assit. La conversation était houleuse. La voix du commandant poussait par moments jusqu'au rugissement, et Wallander pensa distraitement que ce corps usé et lourd recelait des forces non négligeables. Il ne comprenait pas un traître mot de son baragouin. Mais soudain, il s'aperçut que ce n'était pas du letton ; la mélodie était différente. Après un moment, il réalisa que Murniers s'exprimait en russe. Le commandant conclut par une tirade saccadée qui ressemblait à un ordre plein de menace. Puis il raccrocha brutalement.

– Imbéciles, marmonna-t-il en s'essuyant le visage avec un mouchoir.

Lorsqu'il se tourna vers Wallander, il était à nouveau calme et souriant.

– C'est compliqué d'avoir affaire à des subordonnés incompétents. Avez-vous le même problème en Suède ?

– Ça arrive, répondit poliment Wallander.

Il contemplait l'homme assis en face de lui. Pouvait-il avoir assassiné le major Liepa ? Bien sûr que oui. Son expérience lui avait appris au moins cela : il n'existait pas de meurtriers ; mais des êtres humains qui commettaient des meurtres.

– Il m'a semblé utile de refaire un point ensemble, dit Murniers. Je suis convaincu que l'homme interrogé en ce moment par le commandant Putnis est impliqué d'une manière ou d'une autre dans cette affaire. En attendant, nous pouvons peut-être chercher ensemble de nouveaux angles, de nouvelles approches ?

Wallander décida brusquement de passer à l'offensive.

– Mon sentiment est que l'enquête menée sur le lieu du crime présente des lacunes.

Murniers haussa les sourcils.

– De quelle manière ?

– Lorsque le sergent Zids m'a traduit le rapport, plusieurs éléments m'ont semblé étranges. Tout d'abord, on ne s'est apparemment pas préoccupé d'examiner le quai lui-même.

– Qu'y aurait-on trouvé, d'après vous ?

– Des traces de pneus. Le major Liepa ne s'est pas rendu à pied jusqu'au port, cette nuit-là.

Wallander attendit un commentaire qui ne vint pas.

– On n'a pas davantage recherché l'arme, poursuivit-il. De manière générale, il me paraît peu probable que le meurtre ait été commis à cet endroit. Dans le rapport que m'a traduit le sergent Zids, le lieu du crime est désigné comme étant celui-là. Cette affirmation n'est étayée par aucun argument. Mais ce qui me paraît le plus étrange, c'est l'absence de toute audition de témoins.

– Il n'y avait pas de témoins.

– Comment le savez-vous ?

– Nous avons parlé au personnel de surveillance du port. Personne n'a vu quoi que ce soit. De plus, Riga est une ville qui dort la nuit.

– Je pense davantage au quartier où vivait le major Liepa. Il est sorti de chez lui tard dans la soirée. Quelqu'un a pu entendre une porte claquer et jeter un coup d'œil au-dehors par curiosité. Une voiture a pu s'arrêter. Avec un peu de persévérance, on trouve presque toujours quelqu'un qui a vu ou entendu quelque chose.

Murniers hocha la tête.

– Nous nous en occupons en ce moment même. Plusieurs policiers circulent dans le quartier avec une photo du major Liepa.

– N'est-ce pas un peu tard ? Les gens oublient vite. Ou alors ils confondent les heures et les dates. Le major Liepa entrait et sortait de chez lui tous les jours.

– Il est parfois préférable d'attendre. Quand la rumeur de la mort du major Liepa s'est répandue, beaucoup de gens se sont imaginé avoir vu des choses. En laissant passer quelques jours, on leur donne le temps de réfléchir, de faire le tri parmi leurs observations, réelles ou imaginaires.

Murniers avait peut-être raison. D'un autre côté, dans l'expérience de Wallander, on pouvait avec profit faire deux tournées à quelques jours d'intervalle.

– D'autres remarques ? demanda Murniers.

– Comment était habillé le major Liepa ?

– Pardon ?

– Était-il en uniforme ou en civil ?

– Il portait l'uniforme. Il avait dit à sa femme qu'il devait travailler.

– Qu'a-t-on trouvé dans ses poches ?

– Des cigarettes et des allumettes. Quelques pièces de monnaie. Un stylo. Sa carte de police était dans la poche intérieure de sa veste. Il avait laissé son portefeuille à son domicile.

– Avait-il une arme de service ?

– Le major Liepa préférait ne pas porter d'arme, sauf en cas de risque immédiat.

– Par quel moyen avait-il l'habitude de se rendre à son travail ?

– Il disposait bien sûr d'une voiture avec chauffeur. Mais il choisissait souvent d'aller à pied, Dieu sait pourquoi.

– Dans le rapport d'audition de Baiba Liepa, j'ai lu qu'elle ne se rappelle pas avoir entendu une voiture s'arrêter dans la rue.

– Bien entendu. Nous ne l'avions pas appelé. Il a été piégé.

– Il l'ignorait encore à ce moment-là. Et il n'est pas rentré chez lui. Il a dû croire qu'il était arrivé quelque chose à la voiture. Qu'a-t-il fait alors ?

– Il a sans doute choisi d'aller à pied. Mais nous n'avons pas de certitude à ce sujet.

Wallander n'avait pas d'autres questions. Cet échange avec Murniers renforçait son sentiment que l'enquête avait été bâclée – conduite avec une négligence délibérée. Mais pour dissimuler quoi ?

– Je consacrerais volontiers quelques heures à visiter le quartier où vivait le major, dit Wallander. Le sergent Zids peut m'aider.

– Vous ne trouverez rien. Mais faites à votre guise. S'il y a du nouveau du côté de l'interrogatoire, je vous préviendrai.

Il enfonça le bouton et le sergent Zids apparut presque aussitôt. Wallander lui demanda de commencer par un tour de la ville. Il avait besoin de s'aérer l'esprit avant de se confronter à nouveau au sort du major Liepa.

La mission parut amuser le sergent Zids, qui lui fit les honneurs des parcs et des avenues, avec force commentaires. Ils longèrent l'interminable boulevard Aspasias, le fleuve sur leur gauche ; le sergent freina pour lui faire admirer le monument à la liberté. Wallander tenta de comprendre ce que représentait le gigantesque obélisque. Il pensait aux paroles d'Upitis, sur la liberté qu'on pouvait désirer et craindre à la fois. Quelques hommes en piteux état, mal vêtus et transis de froid, étaient recroquevillés au pied du monument. Wallander vit l'un d'entre eux ramasser un mégot sur le trottoir. Riga est une ville aux contrastes durs, pensa-t-il. Tout ce que je perçois est aussitôt démenti par une impression contraire. Des immeubles de béton nu côtoient des chefs-d'œuvre en péril datant de l'avant-guerre. D'immenses esplanades aboutissent à des ruelles étroites, qui voisinent avec les champs d'exercice en béton gris de la guerre froide et des monuments grossiers en granit.

Lorsque la voiture s'arrêtait aux feux rouges, Wallander regardait les passants qui avançaient le long des trottoirs. Étaient-ils heureux ? Étaient-ils différents des gens en Suède ? Impossible à dire.

– Le parc Verman, annonça le sergent Zids. Là-bas vous avez deux cinémas, le Spartak et le Riga. A gauche vous voyez l'Esplanade. Nous tournons maintenant dans la rue Valdemar. Quand nous aurons franchi le canal, vous verrez le théâtre sur votre droite. Voilà, nous tournons à gauche, c'est le quai du 11-Novembre. Dois-je continuer, commandant ?

– Ça suffit, dit Wallander – qui se faisait l'effet de tout sauf d'un commandant. Plus tard vous m'aiderez à acheter des souvenirs. Dans l'immédiat, je veux que vous vous arrêtiez près de la maison du major Liepa.

– La rue Skarnu. Le cœur de la vieille ville de Riga.

Il s'arrêta derrière un camion puant qui déchargeait des sacs de pommes de terre. Wallander hésita un instant à emmener le sergent. Sans lui, il ne pourrait poser aucune question. D'un autre côté, il voulait être seul avec ses observations et ses pensées.

– Voilà la maison du major Liepa, dit le sergent en indiquant un bâtiment coincé entre deux immeubles, qui semblaient le soutenir.

– Son appartement donne-t-il sur la rue ?

– C'est au deuxième étage, les quatre fenêtres de gauche.

– Attendez-moi ici, dit Wallander.

La rue était presque déserte bien qu'on fût en milieu de journée. Wallander s'éloigna lentement en direction de la maison qu'avait quittée le major Liepa le soir de sa dernière sortie. Rydberg avait dit une fois qu'un policier doit être comme un comédien : capable d'appréhender l'inconnu avec empathie, de se glisser dans la peau d'un tueur ou d'une victime, d'imaginer les pensées et les schémas de réaction d'un étranger

Wallander ouvrit la porte et pénétra dans le hall où flottait une âcre odeur d'urine. Il lâcha la porte qui se referma sans bruit.

D'où lui vint l'intuition ? Il ne put jamais le dire avec certitude. Mais là, soudain, dans la cage d'escalier plongée dans l'ombre, il lui sembla comprendre en un éclair ce qui avait pu se passer. Ce fut un flash, aussitôt consumé, d'une importance capitale. Ne rien oublier de ce qu'il venait d'entrevoir. *Il y a eu quelque chose avant.* Au moment où le major Liepa est venu en Suède, beaucoup d'événements étaient déjà intervenus. Le canot découvert par la veuve Forsell sur la plage de Mossby Strand n'était qu'un élément dans un contexte beaucoup plus vaste dont le major avait flairé la piste. C'est à cela que tendait Upitis avec ses questions : le major Liepa avait-il dévoilé ses soupçons, avait-il fait part de ce qu'il savait, ou devinait, concernant un crime commis dans son pays d'origine ? Il parut soudain parfaitement clair à Wallander qu'il avait sauté un maillon essentiel dans son raisonnement. Si le major Liepa avait été trahi par l'un des siens – peut-être par le commandant Murniers –, ne pouvait-on envisager que d'autres qu'Upitis se posent la même question ? *Que sait au juste le policier suédois Kurt Wallander ?* Se peut-il que le major Liepa ait fait état de ce qu'il savait ou soupçonnait ?

Au même moment, il comprit que la peur qu'il avait ressentie à deux reprises depuis qu'il se trouvait à Riga était un signal d'alarme. Peut-être n'avait-il pas été suffisamment sur ses gardes ? Ceux qui avaient tué les deux hommes du canot et le major Liepa n'hésiteraient pas une seconde à récidiver, s'ils l'estimaient nécessaire.

Il ressortit, traversa la rue et leva la tête vers les fenêtres. *Baiba Liepa doit savoir... Mais pourquoi n'est-elle pas venue à la cabane de chasse ? Est-elle surveillée ? Est-ce pour cela que je suis devenu M. Eckers ? Pourquoi m'a-t-on fait parler à Upitis ? Qui est Upitis ? Et qui écoutait par la porte entre-bâillée ?*

Empathie, pensa-t-il. Le théâtre solitaire, maintenant ou jamais. C'est ce que Rydberg aurait fait à ma place.

Le major Liepa revient de Suède. Il fait son rapport à Putnis et à Murniers, puis il rentre chez lui. Quelque chose, dans son compte rendu de l'enquête menée en Suède, vient de signer son arrêt de mort. Il dîne avec sa femme, lui montre le livre qu'il a reçu du policier suédois. Il est content d'être de retour, il n'a aucune idée qu'il est en train de vivre sa dernière soirée. Après sa mort, sa veuve prend contact avec le policier suédois, elle invente M. Eckers. Un homme qui dit s'appeler Upitis le soumet à un interrogatoire afin d'établir ce qu'il sait ou ne sait pas. Le policier suédois est appelé à l'aide, sans qu'il soit précisé de quelle manière il peut se rendre utile. Il comprend cependant qu'il existe un lien entre un crime et la tension politique qui règne dans le pays. Voilà donc un maillon supplémentaire à ajouter aux précédents : la politique. Est-ce de cela qu'il est question entre le major et sa femme au cours de cette dernière soirée ? Peu avant vingt-trois heures, le téléphone sonne. Qui appelle ? Le major Liepa, en tout cas, ne semble pas se douter que son arrêt de mort entre dans sa phase d'exécution. Il dit qu'il est appelé par son travail, il quitte la maison. Il ne revient pas.

Aucune voiture n'est venue, pensa Wallander. Il attend quelques minutes. Il ne soupçonne encore rien. Après un moment, il se dit que la voiture est peut-être tombée en panne. Il décide de marcher.

Wallander tira le plan de Riga de sa poche et se mit en marche.

Le sergent Zids le contemplait de la voiture. A qui

rend-il compte de mes agissements ? pensa Wallander. Au commandant Murniers ?

La voix au téléphone a dû le mettre en confiance. Il n'a rien soupçonné – alors même qu'il devait avoir des raisons de se méfier de tous. *A qui faisait-il confiance ?*

La réponse coulait de source : à Baiba Liepa, sa femme.

Wallander comprit qu'il n'arriverait à rien en se promenant ainsi, un plan de la ville à la main. Ceux – ils devaient être au moins deux – qui étaient venus chercher le major pour son dernier voyage avaient observé une grande prudence. S'il voulait avancer, il devait suivre d'autres pistes.

En revenant vers la voiture, il pensa à l'étrange absence d'un rapport écrit concernant le voyage du major Liepa en Suède. Le major n'avait cessé de prendre des notes au cours de son séjour à Ystad, Wallander l'avait vu de ses propres yeux. Et il avait à plusieurs reprises souligné l'importance de rédiger sur le vif des rapports détaillés. La mémoire orale était tout à fait insuffisante pour un policier consciencieux.

Mais le sergent Zids ne lui avait traduit aucun rapport signé du major. C'étaient Putnis ou Murniers qui lui avaient rendu compte de vive voix de leur dernière entrevue.

Il lui semblait voir intérieurement le major : l'avion avait à peine décollé de Sturup qu'il dépliait la tablette et commençait à rédiger son rapport. Pendant l'attente à l'aéroport de Stockholm il continuait d'écrire et au cours de la dernière partie du voyage, au-dessus de la Baltique, il travaillait encore.

Il remonta à l'arrière de la voiture.

– Le major Liepa n'a-t-il pas laissé de rapport concernant son séjour en Suède ?

Le sergent Zids lui jeta un regard surpris dans le rétroviseur.

162

– Comment en aurait-il eu le temps ?

Il en aurait eu le temps, pensa Wallander. Ce rapport doit exister quelque part. Mais quelqu'un souhaite peut-être que je ne le voie pas.

– On va acheter les souvenirs, dit-il. Ensuite on déjeunera. Mais pas de passe-droit cette fois-ci.

Zids gara la voiture devant le magasin central. Wallander fit le tour des rayons pendant une heure, suivi du sergent. Les clients étaient nombreux, la marchandise rare. Son intérêt ne s'éveilla que devant les livres et les disques. Il trouva quelques enregistrements d'opéra avec des orchestres et des chanteurs russes, à très bas prix. Il prit aussi quelques livres d'art, tout aussi bon marché. Il ne savait pas encore à qui il les offrirait. On lui emballa ses achats, et le sergent, qui semblait bien connaître les lieux, le conduisit tranquillement d'une caisse à l'autre. La procédure était si longue que Wallander se mit à transpirer.

Dans la rue, il proposa sans détour de déjeuner à l'hôtel Latvia. Le sergent hocha la tête avec satisfaction, comme si ses conseils étaient enfin entendus.

Wallander monta déposer ses cadeaux dans la chambre. Il se débarrassa de sa veste et prit le temps de se laver les mains dans l'espoir idiot que le téléphone sonnerait et que quelqu'un demanderait *M. Eckers*. Mais le téléphone resta silencieux et il reprit l'ascenseur poussif jusqu'au rez-de-chaussée. Malgré la présence du sergent Zids, il avait demandé en prenant sa clef s'il y avait des messages pour lui ; il n'y en avait pas. Il parcourut la réception du regard à la recherche d'une ombre. Rien. Il avait envoyé le sergent Zids en éclaireur dans la salle à manger, pour voir si on lui attribuerait une autre table.

Soudain il découvrit une femme qui lui faisait signe. Elle était assise derrière un comptoir proposant des journaux et des cartes postales. Il jeta un regard par-dessus son épaule, mais c'était bien à lui qu'elle s'adressait. Il approcha.

– M. Wallander souhaite-t-il acheter des cartes postales ?

– Peut-être pas tout de suite, dit Wallander, surpris de s'entendre appeler par son nom.

La femme pouvait avoir une cinquantaine d'années. Elle portait un tailleur gris, et un rouge à lèvres cramoisi qui ne lui allait pas du tout.

Elle lui tendit quelques cartes postales.

– N'est-ce pas qu'elles sont belles ? Ne vous donnent-elles pas envie de découvrir notre pays ?

– Je n'en ai malheureusement pas le temps. Sinon, ç'aurait été avec plaisir.

– Mais vous aurez peut-être le temps d'assister à un concert d'orgue ? Après tout, vous aimez la musique classique.

Il tressaillit. Comment pouvait-elle connaître ses goûts musicaux ? Ils n'étaient pas notés sur son passeport...

– Il y a un concert ce soir à l'église Sainte-Gertrud, à sept heures. Voici l'itinéraire, si vous désirez vous y rendre à pied.

Elle lui tendit un itinéraire dessiné au crayon, au dos duquel étaient tracés deux mots. *Monsieur Eckers.*

– Le concert est gratuit, ajouta-t-elle en le voyant sortir son portefeuille.

Wallander hocha la tête et rangea le papier dans sa poche. Il choisit quelques cartes postales et se rendit dans la salle à manger.

Cette fois, il était sûr qu'il rencontrerait Baiba Liepa.

Le sergent Zids lui fit signe. Il était à la table habituelle. La salle était pleine, pour une fois. Les serveurs paraissaient débordés.

Wallander s'assit et exhiba les cartes postales.

– Nous vivons dans un très beau pays, dit le sergent Zids.

Un pays malheureux, pensa Wallander. Blessé, exsangue, comme un animal poussé à bout par les chasseurs

Ce soir, je vais rencontrer l'un de ces oiseaux aux ailes meurtries Baiba Liepa.

11

Wallander quitta l'hôtel à dix-sept heures trente. S'il n'arrivait pas à se débarrasser dans l'heure des ombres qui le suivaient partout, il pouvait aussi bien déclarer forfait et admettre qu'il n'y parviendrait jamais. Après avoir pris congé du sergent Zids à l'issue de leur déjeuner – il s'était excusé en prétextant du travail à terminer dans sa chambre –, il avait consacré l'après-midi à imaginer des stratagèmes pour fausser compagnie à ses gardiens.

Il n'avait aucune expérience dans ce domaine. Lui-même n'avait qu'exceptionnellement suivi un suspect. Il fouilla sa mémoire. Rydberg avait-il jamais prononcé quelques paroles sages sur l'art difficile de la filature ? Mais pour autant qu'il se souvienne, Rydberg n'avait pas d'opinion sur ce sujet. En plus, il se trouvait dans le pire des cas de figure, puisqu'il ne connaissait pas du tout la ville. Il serait contraint de saisir l'occasion au vol, et ses chances de réussite paraissaient infimes.

Pourtant il devait essayer, il n'avait pas le choix. Baiba Liepa n'aurait jamais déployé autant d'efforts pour protéger leurs rencontres si elle ne le jugeait pas indispensable. Il ne pouvait imaginer que la femme qui avait été l'épouse du major fût encline à des dramatisations superflues.

La nuit était tombée lorsqu'il quitta sa chambre. Il déposa sa clef à la réception sans préciser à quelle heure il comptait revenir. L'église où devait avoir lieu le concert se trouvait non loin de l'hôtel. Il nourrissait le vague espoir de se fondre dans la foule des gens qui rentraient du travail.

Le vent s'était levé. Il boutonna sa veste jusqu'au col et jeta un rapide regard circulaire. Aucune ombre en vue. Naturellement. Combien étaient-ils ? Il avait lu quelque part que les experts ne suivent pas leur cible ; ils la précèdent, en occupant sans cesse de nouvelles positions. Sans se presser, il se mit en marche, en s'arrêtant régulièrement devant les vitrines. Faute de mieux, il avait décidé de jouer les flâneurs du soir, un étranger en visite à Riga, peut-être en quête de souvenirs à rapporter chez lui. Il traversa l'Esplanade et prit la rue qui obliquait derrière la chancellerie. Un court instant, il fut tenté de prendre un taxi et de faire un bout de chemin avant de changer de voiture. Mais c'était sans doute une ruse par trop naïve. Ceux qui le suivaient avaient sûrement accès à des véhicules et la possibilité d'établir en très peu de temps la destination de tous les taxis de la ville et l'identité de leurs passagers.

Il s'arrêta devant un lugubre magasin de confection pour hommes. Il ne reconnut aucun des visages qui, passant derrière lui, se reflétaient dans la vitrine. *Qu'est-ce que je fais ? Baiba, tu aurais dû dire à M. Eckers comment se rendre à l'église incognito.* Il se remit en marche. Il avait froid aux mains et regretta de ne pas avoir emporté de gants.

Par une impulsion subite, il entra dans un café. Le local bondé et enfumé sentait la bière, le tabac, la sueur. Il chercha une table du regard mais ne trouva qu'une chaise vacante, à côté de deux hommes âgés plongés dans leur conversation. Lorsqu'il demanda d'un geste s'il pouvait s'asseoir, ils se contentèrent de hocher la tête. Une serveuse qui avait des taches de sueur sous les aisselles lui cria quelque chose, et il indiqua les verres

167

de ses voisins, sans quitter du regard la porte d'entrée. La serveuse lui apporta une bière et déposa la monnaie de son billet sur la table poisseuse. Un homme en veste de cuir élimée entra. Wallander le suivit du regard. L'homme prit place au milieu d'une tablée qui semblait l'attendre avec impatience. Wallander goûta la bière et regarda sa montre. Dix-huit heures moins cinq minutes. Il fallait prendre une décision. Les toilettes étaient juste derrière lui. Une odeur d'urine lui parvenait chaque fois que quelqu'un ouvrait ou refermait la porte. Il but la moitié de son verre et se leva à son tour. Une ampoule nue pendait au plafond. Il se trouvait dans un couloir étroit, avec des cabines de part et d'autre, et un urinoir droit devant. Il avait espéré trouver une porte de service, mais il n'y avait qu'un mur de briques. *Je n'y arriverai pas. Ce n'est même pas la peine d'essayer. Comment échapper à ce qu'on ne voit pas ? M. Eckers sera malheureusement accompagné au concert ce soir.* Sa propre impuissance l'exaspérait. Il fit mine de se poster devant l'urinoir. La porte s'ouvrit au même instant. Un homme entra et s'enferma dans une cabine.

Cet homme-là était entré dans le café après lui. Il en était sûr, il avait une bonne mémoire des visages et des vêtements. Il n'hésita pas. Le risque de commettre une erreur était énorme. Tant pis. Il sortit sans se retourner, traversa le local enfumé. Une fois dans la rue, il scruta la pénombre. Rien. Il revint sur ses pas, bifurqua dans une ruelle et se mit à courir. Parvenu à l'Esplanade, il aperçut un bus à l'arrêt et réussit à monter juste avant que les portes se referment. Il descendit à l'arrêt suivant – personne ne lui avait demandé de payer –, quitta l'avenue et s'enfonça à nouveau dans les ruelles. Il s'arrêta sous un lampadaire, sortit le plan de la ville pour s'orienter. Il était encore en avance. Il se glissa sous un porche. Dix minutes plus tard, il n'avait vu passer personne dont l'apparence lui parût suspecte. Il n'était pas du tout certain d'avoir déjoué la vigilance de ses gardiens ; du moins, il avait fait son possible.

Il franchit le seuil de l'église à dix-neuf heures moins neuf minutes. Il y avait déjà beaucoup de monde. Il chercha du regard une place libre à l'extrémité d'un banc et en découvrit une dans la nef latérale. Il s'assit et observa les gens qui continuaient d'affluer. Il ne remarqua aucun visage suspect, et pas davantage Baiba Liepa.

La musique de l'orgue s'éleva. Ce fut un choc. Comme si l'espace explosait sous l'impact de l'énorme sonorité. Wallander pensa au jour où son père l'avait emmené dans une église alors qu'il était encore enfant. Le son de l'orgue lui avait causé un effroi tel qu'il avait éclaté en sanglots. Là au contraire, elle l'apaisait. Bach n'a pas de patrie, pensa-t-il. Sa musique est partout. Il la laissa pénétrer en lui sans résistance. *Le coup de fil venait peut-être de Murniers. Quelque chose dans ce qu'a dit le major à son retour de Suède l'aurait contraint à le faire taire sans attendre. Le major a pu recevoir l'ordre de se rendre immédiatement au quartier général de la police. Il a même pu être assassiné là-bas. Rien ne contredit cette hypothèse.*

Il fut soudain tiré de ses pensées, comme si quelqu'un l'observait. Il regarda autour de lui mais ne vit que des visages fermés, concentrés sur la musique. Devant lui, des dos et des nuques. Il tourna la tête vers la nef centrale.

Baiba Liepa croisa son regard. Elle se trouvait au milieu d'une rangée, entourée de gens âgés. Elle portait son bonnet de fourrure. Lorsqu'elle eut la certitude que Wallander l'avait vue, elle détourna la tête. Jusqu'à la fin du concert, qui dura plus d'une heure, il essaya de ne pas se retourner vers elle. Mais son regard était comme aimanté, et il se surprit deux ou trois fois à l'observer malgré lui. Elle écoutait la musique, les yeux fermés. Une sensation d'irréalité le submergea. Quelques semaines plus tôt, le mari de cette femme était assis dans son canapé de Mariagatan. Ensemble ils avaient écouté la voix de Maria Callas dans *Turandot*, tandis que la tempête faisait rage au-dehors. Maintenant, il se trouvait dans une église de Riga, le major était mort, et sa veuve écoutait, les yeux fermés, une fugue de Bach.

Elle doit savoir comment nous allons sortir d'ici. C'est elle qui a choisi le lieu du rendez-vous, pas moi.

A la fin du concert, le public se leva sans attendre et convergea vers la sortie. Cette hâte surprit Wallander. Comme si la musique n'avait jamais existé, comme si les auditeurs évacuaient l'église après une alerte à la bombe. Dans la cohue, il perdit Baiba Liepa du regard et se trouva entraîné par la foule. Soudain il l'aperçut, cachée dans l'ombre de la nef latérale opposée. Il crut percevoir un signe d'elle, se dégagea tant bien que mal et la rejoignit.

– Suivez-moi, souffla-t-elle.

Contournant une chapelle mortuaire, Wallander découvrit une petite porte qu'elle ouvrit en tournant une clef plus grande que sa main. Ils se retrouvèrent dehors. Elle jeta un rapide regard circulaire avant de s'éloigner entre les tombes mal entretenues surmontées de croix en fer rouillées. Il la suivit. Parvenue au bout du cimetière, elle ouvrit un portail qui donnait sur une ruelle. Wallander vit une voiture aux feux éteints. Le moteur démarra en toussant. Cette fois, il était certain que c'était une Lada. Ils montèrent à l'arrière. Le chauffeur était très jeune, il fumait lui aussi des cigarettes fortes. Baiba Liepa adressa un sourire furtif à Wallander, et la voiture s'engagea dans une grande artère qu'il devina être l'avenue Valdemar. Ils prirent vers le nord, dépassant un parc que Wallander reconnut pour l'avoir longé en compagnie du sergent Zids. Baiba Liepa posa une question au chauffeur, qui secoua la tête. Wallander vit qu'il jetait de fréquents coups d'œil au rétroviseur. La voiture tourna à gauche, puis de nouveau à gauche. Soudain le chauffeur appuya à fond sur l'accélérateur et fit demi-tour sur la chaussée. A nouveau, ils passèrent devant le parc, Wallander avait maintenant la certitude que c'était le parc Verman. Ils se dirigeaient à nouveau vers le centre-ville, Baiba Liepa penchée en avant comme si elle donnait au chauffeur des ordres silencieux, son souffle sur sa nuque. Ils longèrent le boulevard Aspasias, puis une nouvelle place déserte, avant de traverser le fleuve sur un pont dont Wallander ignorait le nom.

Le quartier où ils venaient de pénétrer était un composite d'usines délabrées et d'immeubles sinistres. Le chauffeur ralentit, Baiba Liepa se laissa aller sur la banquette ; Wallander crut comprendre qu'ils pensaient avoir semé d'éventuels poursuivants.

Quelques minutes plus tard, la voiture freinait devant une maison à deux étages en mauvais état. Baiba Liepa fit signe à Wallander de descendre à sa suite. Elle franchit un portail en fer, remonta l'allée gravillonnée et ouvrit la porte avec une clef qu'elle tenait déjà à la main. Wallander entendit la voiture démarrer derrière lui. Il entra dans un hall où flottait une vague odeur de désinfectant, éclairé par une ampoule de faible voltage sous un abat-jour de tissu rouge – comme l'entrée d'une boîte de nuit douteuse. Elle se débarrassa de son lourd manteau, il posa sa veste sur une chaise et la suivit dans une salle de séjour où il ne remarqua tout d'abord que le grand crucifix accroché au mur. Elle alluma quelques lampes. Elle paraissait maintenant très calme. Elle lui fit signe de s'asseoir.

Après coup, il s'étonnerait de n'avoir gardé aucun souvenir de la pièce où s'étaient déroulées ses rencontres avec Baiba Liepa. Rien, à part le crucifix noir d'un mètre de haut suspendu entre deux fenêtres aux rideaux soigneusement tirés, et l'odeur de désinfectant dans l'entrée. Mais le fauteuil déglingué où il avait écouté son effrayante histoire, de quelle couleur était-il ? Aucune idée. Comme si leurs entretiens avaient eu lieu dans une pièce aux meubles invisibles. Le crucifix noir aurait pu planer dans les airs, chargé d'énergie divine.

Elle portait un tailleur de couleur rouille – il apprit plus tard que le major le lui avait acheté dans un grand magasin d'Ystad. Elle l'avait mis pour honorer sa mémoire, dit-elle. En même temps, c'était un rappel de la façon atroce dont son mari avait été trahi et assassiné. Ils ne quittaient la pièce que pour se rendre aux toilettes, qui se trouvaient à gauche dans l'entrée, ou lorsque Baiba Liepa se levait pour préparer du thé à la cuisine. C'était surtout lui qui parlait, posant toutes les questions auxquelles elle répondait de sa voix contenue.

Leur première initiative fut de supprimer *M. Eckers*. Celui-ci avait rempli sa fonction, on n'avait plus besoin de lui.

– Pourquoi ce nom-là ? avait-il demandé.

– Un nom. Qui existe peut-être, ou peut-être pas. C'est moi qui l'ai trouvé. Il est facile à retenir. Il y a peut-être quelqu'un avec ce nom-là dans l'annuaire, je ne sais pas.

Au début, sa façon de parler lui avait rappelé Upitis. Comme si elle avait besoin de temps pour parvenir au cœur du sujet – peut-être redoutait-elle le moment de l'aborder ? Il l'avait écoutée attentivement, de peur de manquer un sous-entendu, un sens caché ; il commençait à s'habituer à cette société cryptée. Mais elle confirma les paroles d'Upitis sur les monstres, sur le mal tapi dans l'ombre, sur la lutte à mort engagée en

172

Lettonie. Elle parla de vengeance et de haine, d'une peur qui commençait lentement à relâcher son étau, d'une génération opprimée depuis la guerre. Il pensa qu'elle était naturellement anti-communiste, anti-soviétique, qu'elle faisait partie de ces amis de l'Occident que les pays de l'Est avaient toujours paradoxalement fournis à leurs ennemis officiels. Mais toutes ses affirmations étaient étayées par des arguments solides. Il réalisa peu à peu qu'elle tentait de lui faire *comprendre*. Elle était son professeur, elle ne voulait pas qu'il reste ignorant de l'arrière-plan secret, qui expliquait un certain nombre d'événements encore difficiles à interpréter. Il comprit qu'il ne savait rien jusque-là de ce qui se jouait en fait dans les pays de l'Est.

– Appelez-moi Kurt, dit-il.

Mais elle secoua la tête et conserva la distance qu'elle avait instaurée dès le départ. Pour elle, il était M. Wallander.

Il lui demanda où ils se trouvaient.

– Dans l'appartement d'une amie. Pour tenir le coup et survivre, nous devons tout partager. Surtout dans un pays et un temps où chacun est censé ne penser qu'à soi.

– Je croyais que c'était le contraire. Que dans un pays communiste, seul est recevable ce qui est pensé ou réalisé en commun.

– Autrefois oui. Mais en ce temps-là, tout était différent. Peut-être pourra-t-on recréer ce rêve un jour. Mais si ça se trouve, les rêves morts ne peuvent être ressuscités. Pas plus que les êtres humains.

– Que s'est-il passé ?

Elle parut hésiter avant de comprendre qu'il parlait de son mari.

– Karlis a été trahi et assassiné, dit-elle. Il était sur les traces d'un crime majeur, impliquant plusieurs personnalités de premier plan. Il savait qu'il courait un

173

grand danger. Mais il ne pensait pas avoir été identifié en tant que traître. *A traitor inside the nomenklatura.*

– Quand il est revenu de Suède, on m'a dit qu'il s'est rendu directement au QG de la police pour faire son rapport. Est-ce vous qui l'avez accueilli à l'aéroport ?

– Je n'étais même pas informée de son retour. Peut-être a-t-il essayé de me joindre ? Je ne le saurai jamais. Peut-être avait-il envoyé un télégramme à ses collègues, leur demandant de me transmettre l'information ? Ça non plus, je ne le saurai jamais. Il m'a appelée alors qu'il était déjà à Riga. Je n'avais même pas de quoi manger à la maison pour célébrer son retour. Un ami m'a donné une poule. Je venais de finir de préparer le repas lorsqu'il est arrivé avec le beau livre.

Wallander éprouva comme un sentiment de honte. Ce livre, acheté en grande hâte, n'avait eu pour lui aucune valeur affective. En l'écoutant à présent, il eut l'impression de l'avoir trompée.

– Il a dû vous dire quelque chose en rentrant, dit-il de plus en plus exaspéré par l'indigence de son vocabulaire en anglais.

– Il était de très bonne humeur. Inquiet aussi, et fou de rage, bien sûr. Mais je me souviens surtout de sa joie.

– Comment cela ?

– Il a dit qu'il avait enfin compris. *Maintenant je suis sûr de moi.* Il l'a répété plusieurs fois. Comme il soupçonnait l'appartement d'être sur écoute, il m'a entraînée dans la cuisine, il a ouvert tous les robinets et il m'a parlé à l'oreille. Il a dit qu'il venait de dévoiler un complot tellement grossier, tellement barbare que vous autres, à l'Ouest, seriez enfin contraints de comprendre ce qui se passe dans les pays baltes.

– C'est ce qu'il a dit ? Un complot dans les pays baltes ? Pas en Lettonie ?

– Oui. Il s'irritait souvent de ce que les États baltes

174

soient considérés comme un tout homogène, malgré les grandes différences qui existent entre nos trois pays. Mais cette fois, il ne parlait pas seulement de la Lettonie.

– Il a utilisé le mot « complot » ?

– Oui. *Conspiracy.*

– Saviez-vous ce que cela impliquait ?

– Comme tout le monde, il connaissait l'existence d'un réseau impliquant des criminels, des politiques et certains fonctionnaires de police, qui se protégeaient les uns les autres et se partageaient le butin. Karlis lui-même a souvent été sollicité ; mais il n'a jamais accepté de pot-de-vin. Depuis longtemps, il enquêtait en secret pour identifier les responsables. Bien entendu, je savais tout cela. Que nous vivions dans une société qui n'était au fond rien d'autre qu'une immense conspiration. De notre univers de représentation collectif était né un monstre, le complot était pour finir notre seule idéologie vivante.

– Depuis combien de temps enquêtait-il ?

– Nous étions mariés depuis huit ans. Il avait commencé bien avant notre rencontre.

– Que pensait-il pouvoir obtenir ?

– Au début, rien d'autre qu'une vérité.

– C'est-à-dire ?

– Pour la postérité. Pour une époque future dont il était certain qu'elle adviendrait. Un temps où il serait possible de dévoiler les dessous de l'occupation.

– C'était donc un opposant au régime communiste. Comment avait-il pu dans ce cas devenir un officier de police de haut rang ?

Sa réponse fut véhémente, comme s'il venait de formuler une accusation grave à l'encontre de son mari.

– Vous ne comprenez donc pas ? C'était précisément cela ! Il était communiste ! C'était la grande trahison qui le désespérait. La corruption et l'indifférence. Le rêve d'une société différente transformé en mensonge.

– Il menait donc une double vie ?

– Vous ne pouvez pas imaginer ce que c'est d'être contraint, année après année, de se faire passer pour ce qu'on n'est pas, de soutenir des opinions qu'on déteste, de défendre un régime que l'on hait. Ça ne valait pas seulement pour Karlis, mais aussi pour moi, et pour tous les autres dans ce pays qui refusent d'abandonner l'espoir d'un monde différent.

– Qu'avait-il découvert qui lui causait tant de joie ?

– Je ne sais pas. Nous n'avons pas eu le temps d'en parler. Nous échangions nos confidences sous les couvertures, là où personne ne pouvait nous entendre.

– N'a-t-il vraiment rien dit ?

– Il avait faim. Il voulait dîner, boire du vin. Je crois qu'il pensait enfin pouvoir se détendre pendant quelques heures. Se livrer à sa joie. Si le téléphone n'avait pas sonné, je crois qu'il se serait mis à chanter, son verre à la main.

Elle se tut brusquement. Wallander attendit. Il pensa qu'il ne savait pas même si le major Liepa était déjà enterré ou non.

– Réfléchissez, dit-il lentement. Il a pu suggérer quelque chose. Lorsqu'on détient un secret capital, on laisse parfois échapper un indice malgré soi.

Elle secoua la tête.

– J'ai réfléchi. Mais je suis sûre de moi. Peut-être avait-il découvert quelque chose en Suède ? Peut-être était-il simplement parvenu par le raisonnement à résoudre un problème ?

– A-t-il laissé des papiers à la maison ?

– J'ai cherché. Mais il était extrêmement prudent. Les traces écrites sont trop dangereuses.

– N'a-t-il rien laissé à ses amis ? Upitis ?

– Non. Je serais au courant.

– Il vous faisait confiance ?

– Nous nous faisions confiance.

– Quelqu'un d'autre ?

– Il se fiait bien entendu à ses amis. Mais vous devez comprendre que chez nous toute confidence peut devenir un fardeau pour son destinataire. Je suis certaine qu'à part Karlis lui-même, personne n'en savait autant que moi.

– Je dois tout savoir. La moindre information peut être importante.

Elle resta un instant silencieuse. Wallander s'aperçut que la concentration le faisait transpirer.

– Quelques années avant notre rencontre, à la fin des années soixante-dix, il s'est passé quelque chose qui lui a ouvert les yeux sur ce qui se tramait dans ce pays. Il en parlait souvent, en disant que chacun ouvre les yeux de façon singulière. Il utilisait une métaphore que je n'ai pas comprise tout d'abord. *Certains sont réveillés par le chant du coq, d'autres par un trop grand silence.* Maintenant je sais évidemment ce qu'il entendait par là. L'événement dont je parle, qui s'est produit il y a plus de dix ans, était une enquête longue et pénible qui l'avait conduit à identifier un criminel. Cet homme avait volé d'innombrables icônes dans nos églises – des œuvres d'art inestimables qu'il avait réussi à faire sortir du pays et à vendre pour des sommes faramineuses. Karlis avait réuni des preuves accablantes et il était certain que l'homme serait condamné. Mais les choses ne se sont pas passées ainsi.

– Qu'est-il arrivé ?

– Il n'a même pas été jugé. L'affaire a été classée sans suite. Karlis, qui ne comprenait rien, a naturellement exigé la tenue d'un procès. Mais un beau jour, l'homme, qui se trouvait en détention provisoire, a été libéré et le dossier a disparu aux archives. Karlis a été convoqué par son supérieur, et il a reçu l'ordre d'oublier l'affaire. Ce supérieur s'appelait Amtmanis.

Karlis était persuadé qu'Amtmanis avait personnelle-ment protégé le criminel, peut-être même partagé le butin avec lui. Cette histoire a été un coup très dur pour lui.

Wallander pensa au soir de tempête où le petit major myope était assis dans son canapé. *Je suis croyant*, avait-il dit. *Je ne crois pas en Dieu, mais cela ne m'em-pêche pas d'avoir la foi.*

– Que s'est-il passé ensuite ?

– Je ne connaissais pas Karlis à cette époque. Mais je crois qu'il a traversé une grave crise. Peut-être a-t-il envisagé de chercher refuge à l'Ouest ? Peut-être a-t-il envisagé de quitter la police ? De fait, je crois bien que c'est moi qui l'ai convaincu de continuer.

– Comment vous êtes-vous rencontrés ?

Elle le dévisagea.

– Est-ce important ?

– Je ne sais pas. Mais pour vous aider, je dois pou-voir vous interroger librement.

Elle eut un sourire mélancolique.

– Comment se rencontre-t-on ? Par des amis com-muns. J'avais entendu parler d'un jeune officier de police qui n'était pas comme les autres. Il n'avait pas un physique de séducteur, mais je suis tombée amou-reuse de lui dès le premier soir.

– Et ensuite ? Vous vous êtes mariés ? Il a continué son travail ?

– Il était capitaine à l'époque. Mais il a grimpé les échelons à une vitesse surprenante. A chaque nouvelle promotion, il rentrait à la maison en disant qu'un nou-veau voile de deuil était fixé à ses épaulettes. Il cher-chait des preuves du lien existant entre l'élite politique du pays, la police et différentes organisations crimi-nelles. Il avait décidé d'identifier tous les contacts, de dresser la carte du réseau. Un jour il a même dit qu'il existait un département invisible en Lettonie dont la seule mission était de coordonner les contacts entre la pègre, les apparatchiks et les policiers concernés. Il y a trois ans à peu près, je l'ai entendu prononcer pour la première fois le mot de complot. Vous ne devez pas oublier qu'il se sentait soutenu à cette époque. Le vent de la perestroïka de Moscou soufflait jusque chez nous, et nous nous retrouvions de plus en plus souvent pour discuter presque ouvertement de ce qu'on pouvait faire dans notre pays.

– Son chef s'appelait encore Amtmanis ?

– Amtmanis était mort. A cette époque, Murniers et Putnis étaient déjà ses plus proches supérieurs hiérarchiques. Il se défiait des deux, dans la mesure où il pensait que l'un ou l'autre était impliqué dans le complot en question, peut-être au plus haut niveau. Il disait qu'il y avait au sein de la police un *condor* et un *vanneau*. Mais il ignorait qui était qui.

– Un condor et un vanneau ?

– Le condor est un vautour, le vanneau un oiseau chanteur innocent. Karlis s'intéressait beaucoup aux oiseaux dans sa jeunesse. Il rêvait de devenir ornithologue.

– Mais il ignorait qui était qui ? Je croyais qu'il avait identifié le commandant Murniers ?

– Ça, c'était beaucoup plus tard. Il y a dix mois.

– Que s'est-il passé ?

– Karlis était sur la trace d'un gros trafic de stupéfiants. Il a dit que c'était un plan diabolique capable de nous tuer deux fois.

– Que voulait-il dire ?

– Je ne sais pas.

Elle se leva avec brusquerie, comme si elle avait soudain peur de poursuivre.

– Je peux vous proposer du thé, dit-elle. Du café malheureusement, je n'en ai pas.

– Je prendrai volontiers du thé.

Elle disparut dans la cuisine, pendant que Wallander tentait de mettre de l'ordre dans ses questions. Lesquelles étaient prioritaires ? Il avait l'impression qu'elle lui parlait avec franchise, mais il ne savait toujours pas en quoi Upitis et elle pensaient qu'il pouvait les aider. Il doutait d'être à la hauteur de leurs attentes. *Je ne suis qu'un simple enquêteur d'Ystad. Vous auriez eu besoin d'un Rydberg. Mais il est aussi mort que le major, il ne peut rien pour vous.*

Elle revint avec un plateau, une théière et deux tasses. *Il doit y avoir quelqu'un dans l'appartement. L'eau n'a pas pu bouillir en si peu de temps. Je suis entouré de gardiens invisibles. La Lettonie est un pays où tout ou presque a lieu à mon insu.*

Il vit qu'elle était fatiguée.

– Combien de temps avons-nous encore ?

– Plus beaucoup. Ma maison est sûrement surveillée. Je ne peux pas m'absenter trop longtemps. Mais nous pouvons reprendre notre conversation ici demain soir.

– Je suis invité à dîner chez le commandant Putnis.

– Je comprends. Alors après-demain ?

Il acquiesça en silence, goûta le thé trop léger et reprit ses questions là où il les avait laissées.

– Vous avez dû réfléchir aux propos de Karlis sur la drogue capable de tuer deux fois. Upitis aussi. Vous avez dû en parler ensemble.

– Karlis a dit un jour que tout peut servir à exercer un chantage. Quand je l'ai interrogé, il a juste dit qu'il répétait les propos de l'un des commandants. Je ne sais pas pourquoi cette phrase m'est revenue. Peut-être parce que Karlis était extrêmement silencieux et renfermé à cette époque.

– Un chantage ?

– C'est le mot qu'il a employé.

– Un chantage contre qui ?

– Notre pays. La Lettonie.

– A-t-il vraiment dit cela ? Un pays entier soumis au chantage ?

– Oui. Si j'avais un doute, je ne vous en parlerais pas.

– De quel commandant s'agissait-il ?

– Je crois que c'était Murniers. Mais je n'en suis pas sûre.

– Quelle opinion avait-il du commandant Putnis ?

– Il disait que Putnis n'était pas le pire.

– Que voulait-il dire ?

– Que Putnis respectait la loi. Il n'acceptait pas de pots-de-vin de n'importe qui.

– Mais il en acceptait ?

– Tout le monde le fait.

– Mais pas le major ?

– Jamais. Il était différent.

Elle commençait à montrer des signes d'inquiétude. Wallander comprit que les autres questions devraient attendre.

– Baiba, dit-il – c'était la première fois qu'il l'appelait par son prénom –, je veux que vous réfléchissiez à tout ce que vous m'avez dit ce soir. Après-demain, je vous reposerai peut-être les mêmes questions.

– Oui. Je ne fais rien d'autre que réfléchir.

Un court instant il crut qu'elle allait fondre en larmes. Mais elle se ressaisit et se leva. Écartant une tenture, elle découvrit une porte qu'elle ouvrit.

Une jeune femme entra dans la pièce. Elle adressa un sourire timide à Wallander et commença à ranger les tasses sur le plateau.

– Voici Inese, dit Baiba Liepa. C'est à elle que vous avez rendu visite ce soir. Ce sera votre alibi, si on vous pose des questions. Vous l'avez rencontrée dans le night-club de l'hôtel Latvia et elle est devenue votre maîtresse. Vous ne savez pas où elle habite exactement, sauf que c'est de l'autre côté du fleuve. Vous ne connaissez pas son nom de famille, puisqu'elle n'est votre petite amie que le temps de ces quelques jours à Riga. Vous croyez qu'elle est une simple employée de bureau.

Wallander resta muet de surprise. Baiba Liepa dit quelques mots en letton, et la fille qui s'appelait Inese se plaça devant lui.

– Regardez-la bien, dit Baiba Liepa. Mémorisez son visage. Après-demain, c'est elle qui viendra vous chercher. Allez au night-club après vingt heures. Elle y sera.

– Et vous ? Quel est votre alibi ?

– J'ai écouté un concert d'orgue et j'ai rendu visite à mon frère.

– Votre frère ?

– C'est lui qui conduit la voiture.

– Pourquoi m'a-t-on passé une cagoule l'autre nuit ?

– Le jugement d'Upitis est meilleur que le mien. Nous ne savions pas encore si nous pouvions vous faire confiance.

– Et maintenant ?

– Oui, dit-elle avec gravité. Je vous fais confiance.

– En quoi pensez-vous que je peux vous aider ?

– Après-demain, esquiva-t-elle. Il faut nous dépêcher maintenant.

La voiture attendait de l'autre côté du portail. Baiba Liepa ne dit rien de tout le trajet. Wallander devina qu'elle pleurait. Au moment de le laisser, non loin de l'hôtel, elle lui tendit la main et murmura quelques mots inaudibles en letton. Wallander se hâta de descendre et la voiture disparut. Il était affamé, mais se rendit tout droit dans sa chambre, se versa un verre de whisky et s'allongea sur le lit.

Il pensait à Baiba Liepa.

Il était deux heures du matin lorsqu'il se déshabilla et se glissa entre les draps. Il avait rêvé que quelqu'un était allongé près de lui. Pas Inese, l'amante officielle qu'on lui avait attribuée. Quelqu'un d'autre. Mais les commandants du rêve lui interdisaient de voir son visage.

Le sergent Zids passa le prendre à l'hôtel à huit heures précises. A huit heures trente, le commandant Murniers entrait dans son bureau.

– Nous pensons avoir retrouvé le meurtrier du major Liepa, annonça-t-il.

Wallander le dévisagea, incrédule.

– L'homme que le commandant Putnis interroge depuis deux jours ?

– Non. Celui-là est sûrement impliqué à l'arrière-plan, mais ce n'est pas lui. Suivez-moi !

Ils descendirent au sous-sol. Murniers ouvrit une porte, découvrant une pièce dont un mur entier était occupé par un miroir sans tain. Il fit signe à Wallander d'avancer.

La salle de l'autre côté du miroir était vide, à l'exception d'une table et de deux chaises. Sur l'une des chaises se tenait Upitis. Un bandage crasseux lui couvrait la tempe. Wallander vit qu'il portait la même chemise qu'au cours de leur conversation nocturne dans la cabane de chasse.

– Qui est-ce ? demanda-t-il sans lâcher Upitis du regard.

Il craignait que son agitation intérieure ne le trahisse. Mais Murniers savait peut-être déjà tout.

– Un homme que nous surveillons depuis longtemps. Universitaire raté, poète, collectionneur de papillons, journaliste. Boit trop, parle trop. Il a passé quelques années en prison pour détournement de fonds. Nous le soupçonnons de crimes plus graves, mais nous n'avons rien pu prouver jusqu'à présent. Un message anonyme a révélé qu'il pouvait être impliqué dans la mort du major Liepa.

– Y a-t-il des preuves ?

– Il nie tout en bloc, évidemment. Mais nous avons une preuve qui pèse aussi lourd que des aveux complets.

– Laquelle ?

– L'arme du crime.

Wallander se retourna et dévisagea longuement Murniers.

– L'arme du crime, répéta celui-ci. Je vous propose d'aller dans mon bureau pour un compte rendu de l'arrestation. Le commandant Putnis devrait être arrivé maintenant.

Wallander suivit Murniers dans l'escalier. Il l'entendait fredonner tout seul.

Quelqu'un m'a mené en bateau, pensa-t-il avec effarement.

Quelqu'un m'a mené en bateau, mais je ne sais pas qui.

Je ne sais pas qui, et je ne sais même pas pourquoi.

12

Upitis fut placé en garde à vue. Au cours d'une perquisition à son domicile, la police avait trouvé une batte en bois portant des traces de sang et de cheveux. Upitis n'avait pu rendre compte de façon satisfaisante de ses agissements le soir et la nuit de la mort du major Liepa. Il prétendait avoir été ivre, il prétendait avoir rendu visite à des amis, mais lesquels ? Il ne s'en souvenait pas. Au cours de la matinée, Murniers envoya une meute de policiers interroger différentes personnes qui auraient pu fournir un alibi à Upitis, mais aucune d'entre elles ne se rappelait l'avoir vu ce soir-là. Murniers déployait une énergie colossale, tandis que Putnis restait sur la réserve.

Wallander, lui, tentait fébrilement de comprendre la situation. Sa première pensée en découvrant Upitis derrière la vitre fut naturellement qu'il avait lui aussi été trahi. Puis le doute s'était insinué. Trop de choses restaient inexpliquées. Les paroles de Baiba Liepa – selon lesquelles ils vivaient dans une société où le complot était le plus grand dénominateur commun – résonnaient encore à ses oreilles. A supposer que les soupçons du major Liepa aient été fondés, que Murniers fût un policier corrompu ; à supposer même qu'il fût le véritable responsable de la mort du major – aux yeux de Wallander toute cette affaire commençait à prendre une dimension irréelle. Murniers était-il prêt à prendre le risque d'envoyer un innocent devant les juges, simplement pour se débarrasser de lui ? Cela semblait le fait d'une arrogance proprement invraisemblable.

— Si Upitis est reconnu coupable, demanda-t-il à Putnis, quelle sera la sentence ?

— Nous sommes assez vieux jeu dans ce pays pour avoir conservé la peine capitale. Le meurtre d'un officier de police de haut rang est à peu près le pire crime qu'on puisse commettre. Il sera sans doute exécuté. Personnellement, cela me paraît juste. Qu'en pensez-vous, commissaire Wallander ?

Le commissaire ne répondit pas. La pensée qu'il se trouvait dans un pays où l'on exécutait les criminels lui clouait la bouche d'effarement.

Putnis, donc, se tenait sur la réserve. Wallander comprit que les deux commandants avaient l'habitude de chasser chacun de son côté. Putnis n'avait même pas été prévenu du message anonyme parvenu à son collègue. En fin de matinée, Wallander profita de la frénésie d'activité de Murniers pour entraîner Putnis dans son bureau. Après avoir envoyé le sergent Zids chercher du café, il tenta de se faire expliquer ce qui se passait au juste. Dès le premier jour il avait deviné une tension entre les deux commandants ; à présent, en proie lui-même à une confusion totale, il lui semblait n'avoir rien à perdre en interrogeant Putnis sans détour.

— Est-ce vraiment lui ? Quel pouvait être son mobile ? Comment une batte de bois ensanglantée peut-elle être considérée comme une preuve tant que le sang n'a pas été analysé ? Les « cheveux » peuvent aussi bien provenir de la moustache d'un chat.

Putnis haussa les épaules.

— Nous verrons bien. Murniers a l'air de croire à ce qu'il fait, et il se trompe rarement de coupable. Il est beaucoup plus efficace que moi. Mais vous semblez douter, commissaire Wallander. Puis-je vous demander les raisons de ce scepticisme ?

– Je ne doute pas. Il m'est moi-même arrivé d'arrêter des auteurs complètement improbables. Je m'interroge, c'est tout.

Ils burent leur café en silence.

– Il faut évidemment arrêter le meurtrier du major Liepa, reprit Wallander. Mais cet Upitis ne me fait pas vraiment l'effet d'être à la tête d'un réseau capable d'ordonner le meurtre d'un officier de police.

– Il est peut-être toxicomane. Ces gens-là sont capables de tout. Il peut avoir reçu des ordres.

– De tuer le major Liepa avec une batte en bois ? Un couteau ou un revolver, oui. Mais pas une batte ! Et comment a-t-il réussi à traîner le corps jusqu'à la zone portuaire ?

– Je ne sais pas. C'est précisément ce que Murniers est en train d'établir.

– Et l'autre suspect ? Comment se passe la suite de l'interrogatoire ?

– Bien. Il n'est pas encore passé aux aveux, mais il le fera. Je suis convaincu qu'il était mêlé au même trafic que les hommes échoués en Suède. Pour l'instant, je le laisse attendre. Je lui donne le temps de réfléchir.

Putnis quitta le bureau. Immobile dans son fauteuil, Wallander tentait de se faire une image de la situation. Baiba Liepa savait-elle que son ami Upitis avait été arrêté pour le meurtre de son mari ? En pensée, il retourna à la cabane de chasse dans la forêt et à l'interrogatoire auquel il avait été soumis. A quelle fin ? Upitis craignait-il de découvrir une information qui l'aurait contraint à défoncer aussi à coups de batte le crâne d'un policier suédois ? Toutes ses théories s'effondraient, ses chaînes de raisonnement se brisaient une à une. Il tenta d'en rassembler les débris afin de récupérer le moindre élément encore utilisable.

Une heure plus tard, il était parvenu à la conclusion qu'il n'y avait au fond qu'une chose à faire : retourner en Suède. Il était venu parce que la police de Riga lui avait demandé son concours. Il n'avait rien pu faire, et maintenant que le coupable semblait avoir été identifié, il n'avait plus aucune raison de rester en Lettonie. Il ne pouvait que reconnaître sa propre confusion – il avait passé une nuit à être interrogé par un homme qui était peut-être le meurtrier qu'il recherchait, il avait tenu le rôle de *M. Eckers* sans rien savoir de la pièce où celui-ci était censé jouer. La seule issue raisonnable était de rentrer chez lui le plus vite possible et d'oublier toute l'affaire.

Pourtant, ce constat éveillait une résistance. Sous la répugnance et la confusion, il y avait autre chose : la peur et le défi de Baiba Liepa, le regard las d'Upitis. Comment dire ? Même si la société lettone était pour lui opaque, secrète, inaccessible, il avait peut-être la faculté de voir ce que d'autres ne voyaient pas…

Il résolut d'attendre encore quelques jours. Mû par un besoin d'action après ces ruminations solitaires, il demanda au sergent qui patientait dans le couloir de lui apporter les dossiers auxquels avait travaillé le major Liepa au cours de l'année écoulée. Toute initiative lui étant pour l'instant interdite, il avait décidé de se replonger brièvement dans le passé du major, dans l'espoir d'y découvrir un élément neuf.

Le sergent fit preuve d'une grande diligence et revint après une demi-heure avec une pile de dossiers poussiéreux.

Six heures plus tard, Zids avait la voix enrouée et se plaignait d'un mal de crâne. Wallander ne lui avait même pas accordé une pause pour déjeuner. Ils avaient épluché les dossiers un à un, le sergent Zids traduisant, expliquant, répondant aux questions de Wallander avant de poursuivre. Parvenu à la dernière page du dernier rapport, Wallander prit la mesure de sa déception en consultant ses notes. Le major Liepa avait consacré sa dernière année à arrêter un violeur, puis un voleur qui terrorisait depuis longtemps une banlieue de Riga ; il avait également résolu deux affaires d'escroquerie et trois meurtres, dont deux dans un cadre familial, où la victime et l'auteur se connaissaient. Pas la moindre trace de ce qui, selon Baiba Liepa, avait été la véritable mission de son mari. L'image du major Liepa en tant qu'enquêteur excessivement minutieux ne pouvait être mise en cause. Mais c'était bien le seul résultat de cette fouille dans les archives. Wallander renvoya Zids avec les dossiers en pensant que le seul élément remarquable brillait par son absence. *Il doit pourtant avoir laissé une trace écrite de ses recherches. Il ne pouvait pas travailler uniquement de mémoire.* Le major savait qu'il courait de grands risques. Comment avait-il pu conduire une enquête secrète avec l'ambition de la léguer à la postérité sans la documenter soigneusement ? Il aurait pu être écrasé par une voiture en traversant la rue et, dans ce cas, il ne serait rien resté de ses efforts… Non, il y avait forcément une trace écrite quelque part, et quelqu'un devait savoir où. Baiba Liepa ? Upitis ? Ou une tierce personne, dont le major aurait caché l'existence y compris à sa femme ? Ce n'était pas impossible. *Chaque confidence est un fardeau*, avait dit Baiba Liepa. Ces paroles reflétaient certainement la pensée de son mari.

Le sergent reparut.

– Le major Liepa avait-il de la famille, en dehors de sa femme ?

Zids secoua la tête.

– Je ne sais pas. Mais sa femme doit le savoir.

Wallander n'avait pas envie pour l'instant de poser cette question à Baiba Liepa. Désormais, pensa-t-il, il serait lui aussi obligé de se conformer à la norme du pays. Ne pas semer d'informations ou de confidences inutiles, chasser seul sur un territoire choisi par lui.

– Il doit exister un dossier personnel consacré au major. Je voudrais le voir.

– Je n'y ai pas accès. Très peu de gens ont le droit de consulter les archives du personnel.

Wallander indiqua le téléphone.

– Appelez quelqu'un qui en a le droit. Dites que le policier suédois voudrait voir le dossier personnel du major Liepa.

Après quelques efforts, le sergent réussit à joindre le commandant Murniers, qui s'engagea aussitôt à fournir le dossier en question. Trois quarts d'heure plus tard, il était sur le bureau de Wallander. La première chose qu'il vit en ouvrant la reliure rouge fut le visage du major. La photo était ancienne, et il fut surpris de voir que le major n'avait presque pas changé en dix ans.

– Traduisez, dit-il à Zids.

– Je n'ai pas le droit de voir le contenu des dossiers rouges.

– Si vous êtes allé le chercher, vous devez bien pouvoir me le traduire ?

Le sergent Zids secoua la tête, l'air malheureux.

– Je n'ai pas le droit.

– Alors je vous le donne. Vous devez juste me dire si le major Liepa avait de la famille. Ensuite je vous ordonne de tout oublier.

Le sergent Zids s'assit à contrecœur et se mit à feuilleter le dossier avec la même réticence, pensa Wallander, que s'il avait touché un cadavre.

Le major Liepa avait un père. D'après le dossier, il portait le même prénom que son fils, Karlis. Receveur des postes à la retraite, il habitait Ventspils. Wallander se rappela la brochure que lui avait montrée à l'hôtel la femme aux lèvres trop rouges, proposant un séjour sur la côte, dans la ville de Ventspils. D'après le dossier, le

190

père avait soixante-quatorze ans et il était veuf. Wallander le referma après avoir examiné à nouveau le visage du major. Murniers entra dans le bureau à cet instant et le sergent Zids se leva d'un bond pour s'éloigner le plus possible de la reliure rouge.

– Avez-vous trouvé quelque chose d'intéressant, commissaire Wallander ?

– Rien. J'allais justement renvoyer le dossier aux archives.

Le sergent prit le dossier et disparut.

– Alors ? demanda Wallander.

– Il va craquer. Je suis sûr que c'est notre homme, même si le commandant Putnis semble hésiter.

– Je partage son hésitation. Peut-être pourrai-je en parler avec lui ce soir, examiner le fondement de nos doutes respectifs…

Soudain, il résolut d'entamer sans attendre son expédition solitaire hors de la grande confusion. Il n'avait plus de raison de garder ses pensées pour lui.

Au royaume du mensonge, la demi-vérité est peut-être reine. Pourquoi dire ce qu'il en est lorsqu'on est autorisé à manipuler la vérité comme on veut ?

– Une réflexion du major Liepa, au cours de son séjour en Suède, m'a profondément dérouté, commença-t-il. Le sens de son propos n'était pas évident, et il avait bu pas mal de whisky. Mais il m'a laissé entendre qu'il se faisait du souci ; que certains de ses collègues n'étaient peut-être pas entièrement fiables.

Le visage de Murniers ne trahit aucune surprise.

– Il était ivre bien sûr, poursuivit Wallander, vaguement honteux de calomnier ainsi un mort. Mais si j'ai bien compris, il soupçonnait l'un de ses supérieurs d'être lié à certains réseaux criminels de ce pays.

Murniers avait pris un air pensif.

– C'est une affirmation intéressante, même de la part d'un homme ivre. S'il a utilisé le terme de « supérieur »,

il ne peut s'agir que du commandant Putnis ou de moi-
même.

– Il n'a pas cité de nom.

– A-t-il étayé ses soupçons ?

– Il a parlé de trafic de drogue, et de nouveaux cir-
cuits passant par les pays de l'Est. D'après lui, cela
impliquait nécessairement des protections en haut lieu.

– C'est intéressant, répéta Murniers. J'ai toujours
considéré le major Liepa comme un homme exceptionnellement raisonnable. Et doué d'une conscience tout à
fait singulière.

Il n'est pas affecté par ces allégations, pensa Wallander. Cela aurait-il été possible si elles l'avaient
concerné ?

– Quelles conclusions tirez-vous de ce propos du
major ?

– Aucune. Je voulais juste vous en faire part.

– Vous avez bien fait, dit Murniers. Répétez-le à mon
collègue, le commandant Putnis.

Murniers partit. Wallander enfila sa veste et retrouva le
sergent Zids dans le couloir. De retour à l'hôtel, il s'allongea et dormit une heure, enroulé dans le couvre-lit. Il
s'obligea à prendre une douche froide et enfila le costume bleu sombre qu'il avait emporté de Suède. Peu
après dix-neuf heures, il redescendit dans le hall où l'attendait le sergent, adossé au comptoir de la réception.

Putnis vivait à la campagne, à quelques dizaines de
kilomètres au sud de Riga. Au cours du trajet, Wallander pensa qu'il voyageait toujours de nuit, dans ce
pays. Il se déplaçait dans le noir, il réfléchissait dans le
noir. Là, à l'arrière de la voiture, il éprouva une fois de
plus le désir de rentrer chez lui. Mais cela tenait sans
doute au flou de sa mission. Fixant l'obscurité de
l'autre côté de la vitre, il pensa qu'il devait téléphoner à
son père dès le lendemain. Celui-ci lui demanderait
sûrement quand il avait l'intention de rentrer.

Bientôt, répondrait-il. Dans très peu de temps.

Le sergent Zids quitta la route et franchit un grand portail en fer forgé. L'allée conduisant à la maison était asphaltée. Le chemin privé du commandant Putnis était le plus soigné de tous ceux que Wallander avait empruntés depuis son arrivée en Lettonie. Le sergent Zids freina devant une terrasse éclairée par des projecteurs invisibles. Wallander eut le sentiment d'avoir été transporté dans un autre pays.

Le commandant Putnis sortit sur la terrasse pour l'accueillir. Il avait abandonné l'uniforme et portait un costume de coupe impeccable qui rappela à Wallander les deux morts du canot. A ses côtés se tenait sa femme, beaucoup plus jeune que lui – Wallander devina qu'elle n'avait pas trente ans. Lors des présentations, il s'avéra qu'elle parlait un excellent anglais. Wallander entra dans la belle demeure avec la sensation de bien-être très particulière qu'on éprouve après un long et pénible voyage. Le commandant Putnis lui servit un whisky et, verre de cristal à la main, lui fit les honneurs de la maison sans dissimuler son orgueil. Wallander constata que les pièces étaient remplies de meubles importés de l'Ouest, qui créaient une atmosphère à la fois surchargée et froide.

Je serais sûrement comme eux si je vivais dans un pays où tout semble sans cesse sur le point de s'écrouler. Mais cet intérieur a dû coûter très cher. Un commandant de police gagne-t-il vraiment autant d'argent ? Pots-de-vin. Pots-de-vin et corruption... Il chassa cette pensée. Il ne connaissait pas le commandant Putnis et sa femme Ausma. Peut-être existait-il encore des fortunes familiales en Lettonie, même si la puissance d'occupation avait disposé de près de cinquante ans pour transformer toutes les règles du jeu économique.

Que savait-il au fond ? Rien du tout.

Ils dînèrent dans une salle à manger éclairée par de grands candélabres. Wallander crut comprendre que la femme de Putnis travaillait elle aussi dans la police, mais dans un autre service, très secret apparemment. Peut-être le département letton du KGB ? Elle l'interrogea sur la Suède et il s'aperçut que le vin le rendait poseur malgré lui.

Après le dîner, Ausma disparut pour préparer le café tandis que Putnis lui servait un cognac dans un séjour où s'ordonnaient plusieurs groupes d'élégants fauteuils en cuir. Wallander n'aurait jamais de sa vie les moyens d'acheter de tels meubles. Cette pensée le rendit soudain agressif. Il se sentait confusément coupable. Comme si lui-même, par le simple fait de ne pas protester, contribuait aux dessous-de-table qui avaient financé la maison du commandant Putnis.

– La Lettonie est un pays de grands contrastes, dit-il dans son anglais hésitant.

– N'est-ce pas aussi le cas de la Suède ?

– Bien sûr. Mais ce n'est pas aussi frappant qu'ici. Pour un chef de police suédois, il serait impensable de vivre dans une maison comme la vôtre.

Le commandant Putnis écarta les mains comme pour s'excuser.

– Ma femme et moi ne sommes pas riches. Mais nous avons économisé pendant de longues années. J'ai cinquante-cinq ans. Je veux avoir une vieillesse confortable. Est-ce un mal ?

– Je ne parle pas de mal. Je parle de différences. Quand j'ai rencontré le major Liepa, j'ai cru comprendre qu'il venait d'un pays très pauvre.

– Il y a beaucoup de pauvres ici, je ne le nie pas.

– J'aimerais savoir ce qu'il en est en réalité.

Le commandant Putnis le scruta de son regard aigu.

– J'ai peur de ne pas comprendre votre question.

– Les enveloppes. La corruption. Je voudrais une

réponse à quelque chose que m'a dit le major lorsqu'il m'a rendu visite en Suède – alors qu'il était à peu près aussi ivre que je le suis maintenant.

– Bien entendu, dit Putnis en souriant. Je répondrai avec plaisir. Mais pour cela, je dois savoir ce qu'a dit le major Liepa.

Wallander répéta mot pour mot la citation mensongère qu'il avait présentée quelques heures plus tôt au commandant Murniers.

– Il est clair, répliqua Putnis, que la police lettone n'est pas à l'abri de pratiques irrégulières. Beaucoup de policiers ont de bas salaires, la tentation d'accepter un pot-de-vin est parfois grande. Mais je dois dire que le major Liepa avait malheureusement une certaine propension à exagérer. Son honnêteté et sa conscience professionnelle étaient admirables. Mais il n'était pas toujours objectif.

– D'après vous, il exagérait ?

– Oui, hélas.

– Par exemple en affirmant qu'un officier de police haut placé serait lié à des réseaux criminels ?

Le commandant Putnis réchauffait son verre de cognac entre ses mains.

– Cette affirmation devait viser le commandant Murniers ou moi-même, dit-il pensivement. Cela m'étonne. C'est une accusation à la fois malheureuse et déraisonnable.

– Qui devait pourtant avoir une raison d'être…

– Le major Liepa estimait peut-être que Murniers et moi mettions trop de temps à vieillir, sourit Putnis. Que nous barrions la route à ses propres ambitions…

– Le major Liepa ne m'a pas fait l'effet d'un homme obsédé par sa carrière.

Putnis hocha la tête.

– J'entrevois une explication, dit-il. Mais cela devra rester entre nous.

– Je ne suis pas bavard.

– Il y a une dizaine d'années, le commandant Murniers s'est laissé aller à une faiblesse regrettable, en acceptant une gratification de la part du chef de l'une de nos entreprises textiles. Cet homme était soupçonné de détournements d'une grande ampleur. Des complices avaient eu le loisir d'éliminer les documents contenant la preuve décisive de ces irrégularités. Murniers avait fermé les yeux, et cet argent était sa récompense.

– Et ensuite ?

– L'affaire a été étouffée. Le chef d'entreprise a écopé d'une peine symbolique. Un an plus tard, il se retrouvait à la tête de la plus grande scierie du pays.

– Et Murniers ?

– Rien du tout. Il regrettait amèrement cet écart. Il était à l'époque surmené et sortait tout juste d'un long et pénible divorce. Le bureau politique chargé de l'affaire a choisi de ne pas donner suite. Le major Liepa a peut-être confondu cette faiblesse momentanée avec un défaut chronique ? C'est la seule réponse que je peux vous fournir. Un autre cognac ?

Wallander tendit son verre. Quelque chose l'inquiétait dans ce que venait de dire Putnis. Quoi donc ? Au même instant, Ausma revint avec le café et se mit à évoquer avec enthousiasme tout ce que Wallander devait absolument voir avant de quitter Riga. Il l'écouta, tandis que l'inquiétude continuait de travailler sa conscience comme un courant souterrain. Une parole décisive avait été prononcée, imperceptible mais suffisante pour capter son attention.

– La Porte des Suédois, poursuivait Ausma. Vous voulez me dire que vous n'avez même pas vu notre monument datant de l'époque où la Suède était l'une des grandes puissances redoutées de l'Europe ?

– Cela a dû m'échapper.

196

– La Suède est encore une grande puissance, intervint le commandant Putnis. Un petit pays, mais d'une richesse enviable.

Craignant de perdre le fil de son intuition, Wallander s'excusa pour se rendre aux toilettes, tira le verrou et s'assit. Bien des années plus tôt, Rydberg lui avait enseigné de ne jamais remettre à plus tard l'exploration d'une intuition – la sensation qu'un indice se balançait si près de ses yeux qu'il ne le voyait pas.

Soudain il comprit : une observation qu'avait faite Murniers, et que Putnis venait de contredire, pratiquement dans les mêmes termes.

Murniers avait parlé du caractère raisonnable du major Liepa, et le commandant Putnis avait utilisé le mot « déraisonnable ». Compte tenu de ce que Putnis venait de révéler concernant Murniers, ce n'était peut-être pas surprenant. Mais Wallander comprit soudain la raison de son inquiétude : il avait imaginé que ce serait l'inverse.

Nous soupçonnons Murniers, avait dit Baiba Liepa. *Nous soupçonnons que mon mari a été trahi.*

Il s'était peut-être trompé du tout au tout. Peut-être avait-il cru voir chez Murniers ce qu'il aurait dû chercher du côté de Putnis ? Il tenta de se rappeler le ton de Murniers. Soudain, il eut l'impression que le commandant avait voulu lui dire autre chose, en filigrane. Le major Liepa est un homme raisonnable, un policier raisonnable. Autrement dit : *il a raison.*

Soupesant cette idée, il s'aperçut qu'il avait accepté beaucoup trop facilement des soupçons de deuxième, voire de troisième main.

Il tira la chasse d'eau et retourna à son café et à son cognac.

– Nos filles, annonça Ausma en lui tendant deux photographies encadrées. Alda et Lija.

– J'ai une fille moi aussi. Elle s'appelle Linda.

La conversation continua de rouler sans but. Wallander aurait voulu pouvoir se retirer sans paraître grossier à ses hôtes. Mais il était près d'une heure du matin lorsque le sergent Zids le déposa devant l'hôtel. Wallander s'était assoupi à l'arrière. Il avait trop bu. La gueule de bois paraissait inévitable.

Il resta longtemps allongé sans dormir, les yeux ouverts dans le noir.

Les visages des deux commandants se superposaient jusqu'à ne plus en faire qu'un seul. Wallander s'aperçut soudain qu'il ne supporterait pas de rentrer en Suède avant d'avoir fait tout son possible pour éclaircir le meurtre du major.

Les liens existent. Le major Liepa, les deux morts dans le canot, l'arrestation d'Upitis... Tout se tient. C'est moi qui ne vois rien. Et pendant ce temps, de l'autre côté du mur, des types invisibles enregistrent ma respiration.

Peut-être sont-ils capables d'en déduire que je ne dors pas ? Peut-être croient-ils pouvoir suivre le fil de mes pensées ?

Juste avant de s'endormir, il songea qu'il était en Lettonie depuis six jours déjà.

13

Wallander se réveilla comme prévu avec la gueule de bois. Une pulsation sourde dans les tempes – en se brossant les dents, il crut qu'il allait vomir. Il fit fondre deux comprimés dans un verre d'eau en pensant que l'époque où il pouvait boire de l'alcool sans en ressentir les effets le lendemain était définitivement révolue.

En se regardant dans le miroir, il constata qu'il ressemblait de plus en plus à son père. La gueule de bois ne lui donnait pas seulement des regrets d'ordre général, mais comme le sentiment d'avoir perdu quelque chose. Il crut aussi discerner dans ce visage pâle et bouffi les premiers signes du vieillissement.

A sept heures trente, il descendit à la salle à manger et déjeuna d'un café et d'un œuf frit. La nausée se dissipa un peu. Il consacra sa demi-heure de solitude à passer une fois de plus en revue les éléments de l'écheveau embrouillé qui avait pour point de départ l'échouement d'un canot à Mossby Strand. Il fit un effort pour assimiler sa découverte de la veille au soir : c'était peut-être Putnis et non Murniers qui jouait le rôle du traître invisible… Mais ses pensées le reconduisaient sans cesse à son point de départ. Tout était trop flou, trop confus. Une enquête en Lettonie n'avait sans doute rien à voir avec une enquête en Suède. L'État totalitaire avait un aspect fuyant qui rendait infiniment plus difficiles la collecte des informations et la constitution d'un ensemble de preuves.

Peut-être en Lettonie fallait-il tout d'abord déterminer si un crime devait être élucidé, ou s'il entrait dans la catégorie de *non-crime* qui imprégnait la société tout entière.

Lorsqu'il se leva enfin pour rejoindre le sergent qui l'attendait à côté de la voiture, il était tout de même parvenu à une conclusion : il devait consacrer plus d'énergie à interroger les deux commandants. Dans l'état des choses, il ne savait même pas s'ils ouvraient ou refermaient des portes invisibles devant ses pas. La voiture traversa la ville. Le mélange de bâtiments délabrés et de places infiniment tristes lui insuffla à nouveau cette mélancolie très spéciale qu'il n'avait jamais éprouvée avant d'arriver dans ce pays. Il s'imagina que les gens qu'il voyait, patientant aux arrêts de bus ou se hâtant le long des trottoirs, éprouvaient intérieurement la même désolation que dégageait la ville entière, et cette pensée le fit frémir. A nouveau, il eut envie de rentrer. Mais pour retrouver quoi ?

Le téléphone fit entendre sa sonnerie grelottante à l'instant où il franchit le seuil de son bureau après avoir envoyé le sergent Zids chercher du café.

— Bonjour, dit la voix de Murniers — le sombre commandant paraissait pour une fois d'humeur joyeuse. Avez-vous passé une bonne soirée ?

— Je n'ai pas aussi bien mangé depuis mon arrivée à Riga. Mais j'ai peur d'avoir un peu trop bu.

— La mesure est une vertu que nous ignorons dans ce pays. Si j'ai bien compris, le miracle suédois doit beaucoup à votre côté sobre et contrôlé.

Wallander ne trouva rien à répondre.

— J'ai devant moi un document intéressant, poursuivit Murniers. Je pense qu'il pourra vous faire oublier vos regrets d'avoir abusé de l'excellent cognac du commandant Putnis.

— Quel document ?

– Les aveux d'Upitis. Rédigés et signés pendant la nuit.

Silence.

– Vous êtes toujours là ? Vous devriez passer me voir tout de suite.

Dans le couloir, Wallander se heurta au sergent Zids portant une tasse de café. Il la prit et entra dans le bureau de Murniers, qui l'accueillit avec son habituel sourire fatigué et indiqua une chemise cartonnée posée devant lui.

– Voici le document, dit-il. Ce sera un plaisir pour moi de vous le traduire. Vous paraissez surpris, commissaire…

– Oui. C'est vous qui l'avez interrogé ?

– Non. Le commandant Putnis a demandé au capitaine Emmanuelis de prendre la relève, et il a réussi au-delà de toutes nos espérances. Emmanuelis est promis à un brillant avenir.

Y avait-il une nuance ironique dans sa voix ? Ou était-ce le ton habituel d'un policier las et désabusé ?

– Upitis, le poète et collectionneur de papillons alcoolique, décide donc de passer aux aveux. Avec l'aide de deux complices, MM. Bergklaus et Lapin, il reconnaît avoir assassiné le major Liepa dans la nuit du 23 février. Les trois hommes ont agi sur commande dans le but d'éliminer le major Karlis Liepa. Upitis prétend ignorer l'identité du commanditaire, et c'est sans doute vrai. Le contrat est passé par de nombreuses mains avant de lui parvenir. Dans la mesure où il s'agissait d'un officier de police haut placé, les gages étaient considérables. L'équivalent de cent années de salaire pour un ouvrier letton, à partager entre Upitis et les deux autres. Le contrat a été passé il y a deux mois. Le commanditaire n'avait pas fixé de délai au départ. Mais soudain, tout a changé. Trois jours avant le meurtre, alors que le major était en Suède, l'un des intermédiaires a pris contact avec Upitis pour l'informer que Liepa devait être éliminé dès son retour à Riga. On ne lui a pas précisé la raison, mais les gages ont été majorés et une voiture a été mise à sa disposition. Il a reçu l'ordre de se rendre deux fois par jour – une fois le matin, une fois le soir – à un certain cinéma de la ville, le Spartak pour être précis. Il devait guetter l'apparition sur l'un des piliers d'une inscription – ce que vous autres à l'Ouest appelez *graffiti*. Ce serait le signal. Le matin du retour du major, Upitis a trouvé l'inscription sur le pilier. Il a immédiatement pris contact avec Bergklaus et Lapin. L'intermédiaire avait précisé que le major Liepa devait être attiré hors de chez lui dans la soirée ; la suite était laissée à leur initiative. Cela a apparemment posé de grands problèmes au trio. Ils prévoyaient que le major serait armé, sur ses gardes, et prêt à opposer une sérieuse résistance. Il fallait donc frapper très vite. Le risque était énorme.

Murniers fit une pause et considéra Wallander.

– Je vais trop vite ?

– Non.

– Ils ont donc conduit la voiture dans la rue du major Liepa. Après avoir dévissé l'ampoule du lampadaire le plus proche de chez lui, ils se sont cachés. Auparavant, ils s'étaient raffermi le moral à coups d'alcool dans une taverne bien connue de la ville. Dès que le major Liepa est apparu, ils sont passés à l'attaque. Upitis prétend que c'est Lapin qui l'a frappé, à la nuque. Quand nous aurons mis la main sur Lapin et Bergklaus, ils vont sûrement se renvoyer la responsabilité. Mais ce n'est pas un problème ; notre législation, contrairement à la vôtre, permet de condamner les auteurs collectivement, même si on n'a pu établir qui tenait l'arme. Le major s'est effondré sur le trottoir. Ils l'ont fourré à l'arrière de la voiture. Sur le chemin du port il serait revenu à lui, et Lapin l'aurait de nouveau frappé à la tête. D'après Upitis, le major Liepa était mort lorsqu'ils l'ont traîné sur le quai. Leur idée était de mettre en scène un accident. C'était voué à l'échec bien entendu, mais Upitis et ses complices n'ont pas déployé beaucoup d'efforts pour égarer les soupçons.

Murniers laissa retomber le document.

Wallander pensait à la nuit passée dans la cabane de chasse, à Upitis et à ses questions, au rai de lumière du côté de la porte, à la présence qui écoutait dans l'ombre.

Nous soupçonnons que le major Liepa a été trahi, nous soupçonnons le commandant Murniers.

– Comment pouvaient-ils savoir que le major reviendrait ce jour-là ? demanda-t-il.

– Un employé de l'Aeroflot a peut-être reçu un pot-de-vin. Il y a des listes de passagers. Nous allons bien entendu éclaircir ce point.

– Pourquoi le major a-t-il été tué ?

– Les rumeurs circulent vite dans un pays comme le nôtre. Le major Liepa était peut-être devenu trop gênant pour certains réseaux.

Wallander réfléchit avant de poser la question suivante. En écoutant la transcription orale des aveux d'Upitis, il avait été épouvanté. Ces aveux étaient une pure machination. Mais où était la vérité ? Les mensonges se recouvraient les uns les autres, impossible de faire la lumière sur ce qui s'était réellement produit, et pour quelles raisons cela s'était produit.

Il renonça à interroger davantage le commandant. Il ne restait plus de questions, rien que des affirmations vagues et impuissantes.

– Vous savez aussi bien que moi qu'il n'y a pas un mot de vérité là-dedans, dit-il.

Murniers le dévisagea.

– Et pourquoi donc ?

– Pour la simple raison qu'Upitis n'a pas tué le major Liepa. Ces aveux sont complètement fabriqués. On a dû les lui extorquer sous la contrainte. Ou alors il est devenu fou.

– Pourquoi un personnage douteux tel qu'Upitis n'aurait-il pas pu tuer le major Liepa ?

– Parce que je l'ai rencontré, dit Wallander. Je lui ai parlé. S'il y a une personne dans ce pays qui n'a absolument pas pu tuer le major Liepa, c'est bien Upitis.

La surprise de Murniers ne pouvait être feinte. Ce n'était donc pas lui qui était tapi dans l'ombre de la cabane de chasse. Mais alors qui ? Baiba Liepa ? Ou le commandant Putnis ?

– Vous dites que vous avez rencontré Upitis ?

Wallander décida très vite de recourir à une demi-vérité. Il n'avait pas le choix, il se sentait le devoir de protéger Baiba Liepa.

– Il m'a rendu visite à l'hôtel. Il s'est présenté sous le nom d'Upitis. Je l'ai reconnu quand le commandant Putnis me l'a montré derrière le miroir sans tain. Lors de sa visite, il m'a dit être un ami du major Liepa.

Le commandant Murniers se tenait très droit dans son fauteuil. Tendu, à l'affût, entièrement concentré sur ce que venait de dire Wallander.

– Étrange, dit-il. Très étrange.

– Il est venu pour me faire part de ses soupçons. D'après lui, le major Liepa aurait été tué par ses propres collègues.

– Par la police lettone ?

– Oui. Upitis voulait connaître la vérité, et il a demandé mon aide. Comment pouvait-il savoir qu'un policier suédois se trouvait à Riga ? Ça, je n'en ai aucune idée.

– Qu'a-t-il dit encore ?

– Que les amis du major Liepa manquaient de preuves. Mais que le major lui-même affirmait être menacé.

– Par qui ?

– Quelqu'un de la police. Peut-être aussi par le KGB.

– Pourquoi l'aurait-on menacé ?

– Pour les raisons qu'Upitis invoque dans ses aveux. Un réseau criminel avait pris la décision de le liquider. On peut bien entendu voir un lien.

– Quel lien ?

– Upitis avait deux fois raison. Bien qu'il ait dû mentir une fois.

Murniers se leva avec brusquerie. Wallander pensa que le policier suédois était allé trop loin. Mais Murniers le dévisageait d'un regard presque implorant.

– Le commandant Putnis doit être informé de tout ceci, dit-il.

– Oui. C'est indéniable.

Murniers attrapa le combiné. Dix minutes plus tard, Putnis faisait son entrée dans le bureau. Wallander n'eut pas le temps de le remercier pour le dîner. Murniers s'était mis à parler en letton, d'une voix forcée et indignée, répétant à son collègue ce que venait de lui révéler Wallander. Celui-ci l'observait à la dérobée, en pensant que si Putnis s'était tenu dans l'ombre de la cabane de chasse, son expression le trahirait à présent. Mais Putnis resta impassible. Son visage ne révélait absolument rien. Intérieurement, Wallander cherchait une explication aux aveux truqués d'Upitis. Mais tout était tellement embrouillé qu'il renonça.

Putnis réagit différemment de Murniers.

– Pourquoi ne nous avez-vous pas informés de cette rencontre avec le criminel Upitis ?

Wallander n'avait pas de réponse. Aux yeux de Putnis, il était clair qu'il avait trahi la confiance qui pouvait exister entre eux. Mais était-ce un hasard s'il avait été invité à dîner chez le commandant le soir même où Upitis était passé aux « aveux » ? Le hasard existait-il dans un pays totalitaire ? Putnis n'avait-il pas dit qu'il préférait interroger ses prisonniers seul à seul ?

La colère de Putnis sembla retomber aussi vite qu'elle était venue. Il sourit et posa la main sur l'épaule de Wallander.

– Upitis est un monsieur plein de ressources. C'est une manœuvre très raffinée, je dois en convenir. Détourner les soupçons en rendant visite à un policier suédois de passage à Riga… Mais enfin, il a avoué. Il a seulement fallu attendre qu'il n'ait plus la force de résister. Le meurtre du major Liepa est élucidé. Il n'y a donc aucune raison de vous retenir davantage à Riga. Je vais régler les formalités de votre retour. Ensuite nous transmettrons nos remerciements au ministère des Affaires étrangères suédois par nos canaux officiels.

Ce fut à cet instant, en comprenant que son séjour en Lettonie touchait à sa fin, que Wallander entrevit en un éclair de quelle manière devait être organisé le complot. Il n'en saisit pas seulement l'énormité, pas seulement l'ingénieuse combinaison de vérité et de mensonge, de fausses pistes et d'enchaînements réels. Il comprit que le major Liepa était bel et bien le policier habile et honorable qu'il avait semblé être. Il comprit la peur de Baiba Liepa autant que son défi. Et même s'il était obligé de partir à présent, il savait qu'il devait la revoir au moins une fois. Il le lui *devait*, de la même manière qu'il lui semblait avoir une dette vis-à-vis du major.

– Je vais rentrer, dit-il. Mais pas avant demain. Je n'ai pas encore eu le temps de visiter votre belle ville.

Il se tourna vers Putnis.

– Je l'ai pleinement compris hier soir en écoutant votre femme. Le sergent Zids est un guide parfait. J'espère pouvoir profiter de ses services pendant le reste de la journée, même si ma mission est officiellement terminée.

– Bien entendu, dit Murniers. Peut-être devrions-nous célébrer le dénouement de cette étrange affaire ?

Il serait peu courtois de vous laisser repartir sans vous offrir un cadeau ou, du moins, une soirée d'adieu.

Wallander pensait à son rendez-vous avec Inese au night-club de l'hôtel, à Baiba Liepa qu'il devait absolument revoir.

– Restons simples, dit-il. Après tout, nous sommes des policiers, pas des acteurs célébrant l'heureuse issue d'une première. En plus j'ai des projets pour ce soir. Une dame a promis de m'accompagner.

Murniers sourit et tira des recoins de son bureau une bouteille de vodka.

– Nous n'allons pas entraver vos projets, dit-il. Je propose que nous levions nos verres maintenant.

Ils sont pressés. Si cela ne tenait qu'à eux, je serais déjà dans l'avion.

Ils portèrent un toast. Wallander trinqua avec les deux commandants. Saurait-il un jour lequel des deux avait signé l'arrêt de mort du major ? C'était à présent sa seule interrogation. Putnis ou Murniers ? Pour le reste, il ne doutait plus. Les recherches secrètes du major l'avaient bel et bien conduit à une vérité insoutenable. *Mais il devait y avoir une trace écrite.* Si Baiba Liepa voulait découvrir l'identité de l'assassin de son mari – Murniers ou Putnis –, il fallait qu'elle retrouve ces documents. Alors, elle apprendrait aussi pourquoi Upitis avait choisi de livrer ses faux aveux dans une dernière tentative désespérée, peut-être insensée, pour découvrir lequel des deux commandants était le coupable.

Je suis en train de trinquer avec l'un des pires criminels que j'aie approchés de ma vie. Mais qui est-ce ?

– Nous vous accompagnerons bien entendu à l'aéroport demain matin, dit Putnis en conclusion de la petite cérémonie.

Wallander quitta le quartier général, quelques pas derrière le sergent Zids. Il se faisait l'effet d'un prisonnier libéré à l'instant. Ils traversèrent la ville en voiture. Le sergent indiquait, décrivait, racontait ; Wallander suivait son regard, hochait la tête, marmonnait « oui » ou « très joli » aux moments appropriés. Mais en fait, il était complètement ailleurs. Il pensait à Upitis.

Qu'avaient murmuré à son oreille Murniers ou Putnis ?

Quel argument avaient-ils extrait de leur catalogue de menaces, dont Wallander osait à peine se représenter l'ampleur ?

Peut-être Upitis avait-il une Baiba à lui, peut-être avait-il des enfants. Tuait-on encore les enfants dans un pays comme la Lettonie ? Ou bien suffisait-il de brandir la menace d'un avenir barré, d'une vie détruite avant même d'avoir commencé ?

Était-ce ainsi que régnait l'État totalitaire ? En *verrouillant* les vies ?

Upitis avait-il eu le moindre choix ?

Avait-il sauvé sa vie, la vie de sa famille, celle de Baiba Liepa, en acceptant de tenir le rôle du meurtrier ? Wallander tenta de rassembler ses maigres connaissances quant aux faux procès qui couraient dans l'histoire des pays communistes comme un terrible chapelet d'injustices incompréhensibles. Upitis avait sa place dans cette histoire, et Wallander pensa que cela lui resterait à jamais hermétique : qu'on puisse forcer des gens à endosser précisément les crimes qu'ils n'auraient jamais pu commettre. Avouer qu'on avait de sang-froid tué son meilleur ami, la personne qui portait le rêve d'avenir pour lequel on brûlait soi-même…

Je ne saurai jamais.

Je ne saurai jamais ce qui s'est passé et ce n'est pas plus mal, puisque je ne le comprendrais pas. Mais Baiba, elle, comprendrait. Et elle doit avoir accès à la vérité. Le testament du major… Son enquête n'est pas morte. Elle vit, mais elle ne trouve pas le repos. Elle se cache dans un endroit où l'esprit du major n'est pas seul à la veiller.

La *sentinelle*, pensa-t-il. C'est cela que je dois transmettre à Baiba Liepa. Il existe quelque part un document, caché avec tant de soin qu'elle est seule à pouvoir le découvrir et l'interpréter. C'était à elle que se fiait le major. Elle était son ange, dans un monde où tous les autres anges étaient tombés…

Le sergent Zids s'arrêta devant une porte du vieux mur d'enceinte de la ville. Wallander réalisa en descendant de voiture qu'il se trouvait en présence de la fameuse Porte des Suédois évoquée par la femme du commandant Putnis. Il frissonna ; le vent s'était à nouveau refroidi. Distraitement, il contempla le mur de briques lézardé et tenta de décrypter quelques signes anciens gravés dans la pierre. Très vite il renonça et retourna à la voiture.

– On continue ? fit le sergent.

– Oui. Je veux voir tout ce qui vaut la peine d'être vu.

Zids aimait conduire. Et Wallander, malgré le froid, malgré les regards furtifs du sergent dans le rétroviseur, était tout de même mieux dans la solitude de cette voiture que dans sa chambre d'hôtel. Il pensa à la soirée qui l'attendait. Rien ne devait empêcher son rendez-vous avec Baiba Liepa. L'espace d'un instant, il se dit qu'il valait peut-être mieux prendre les devants, la rejoindre à l'université – où se trouvait l'université ? – et lui raconter ce qu'il savait dans un couloir désert. Mais il ignorait même quelle discipline elle enseignait, il ne savait même pas s'il y avait une ou plusieurs universités à Riga.

Il y avait aussi autre chose, dont il commençait tout juste à prendre conscience. Ses quelques entrevues avec Baiba Liepa, brèves et amères, n'avaient pas uniquement tourné autour de la mort du major. Il y avait autre chose – un sentiment qui dépassait de loin ce à quoi il était habitué. Cela l'inquiétait. Intérieurement il entendait la voix sardonique de son père, lui renvoyant l'image du fils perdu qui, non content d'entrer dans la police, était bête au point de tomber amoureux de la veuve d'un officier de police letton assassiné.

Était-ce bien cela ? Était-il vraiment tombé amoureux de Baiba Liepa ?

Comme si le sergent Zids avait eu la faculté enviable de lire dans les pensées, il indiqua au même instant un bâtiment en briques interminable et laid et annonça que celui-ci faisait partie de l'université de Riga. Wallander le contempla par la vitre embuée. Baiba Liepa se trouvait-elle quelque part derrière ces murs ? Tous les bâtiments officiels de ce pays ressemblaient à des prisons. Et les gens à l'intérieur étaient des prisonniers. Mais pas le major, et pas davantage Upitis – bien que celui-ci fût maintenant incarcéré pour de vrai, pas seulement dans un mauvais rêve qui ne prendrait peut-être jamais fin. D'un coup, il en eut assez de tourner dans la ville avec le sergent et demanda à être ramené à l'hôtel. Sans savoir pourquoi, il ordonna à Zids de revenir à quatorze heures.

Dans le hall, il découvrit tout de suite un homme en gris. Les commandants n'éprouvaient donc plus le besoin de donner le change. Il entra dans la salle à manger et s'installa ostensiblement à une autre table, malgré l'air malheureux du serveur. Je vais semer la pagaille en me révoltant contre l'entreprise d'État qui s'occupe du placement des clients, pensa-t-il avec une sorte de rage. Il s'assit lourdement, commanda de la vodka et de la bière. Puis il sentit qu'un furoncle commençait à éclore sur sa fesse – chose qui lui arrivait régulièrement – et cela acheva de le mettre hors de lui. Il resta attablé pendant deux heures, en demandant au serveur de remplir ses verres dès qu'ils étaient vides.

L'ivresse le gagnait, ses pensées chancelaient de plus en plus. Dans un accès de sentimentalité impuissante, il imagina que Baiba Liepa retournait en Suède avec lui. En quittant la salle, il ne put s'empêcher de faire signe à l'homme en gris qui veillait sur sa banquette. Il regagna la chambre, s'allongea et s'endormit. Soudain, quelque chose se mit à cogner contre ses tempes et il comprit après un certain temps que c'était Zids qui frappait à la porte. Il se leva d'un bond, cria au sergent d'attendre et s'aspergea le visage d'eau froide. Une fois dans la voiture, il demanda à être conduit hors de la ville, dans une forêt où il pourrait se promener – et, par la même occasion, se préparer à la rencontre avec sa maîtresse, qui le conduirait auprès de Baiba Liepa

Dans la forêt, il prit froid. La terre était dure sous ses semelles et il pensa que la situation était complètement impossible.

Je vis une époque où les souris chassent le chat. Sauf que personne ne sait plus qui est chat et qui est souris. C'est ça, mon époque. Comment rester policier quand rien n'est plus ce qu'il prétend être, quand rien ne colle plus à la réalité… Même la Suède, ce pays que je croyais autrefois comprendre, ne fait pas exception à la règle. Il y a un an, j'ai pris ma voiture en état d'ivresse grave. Mais les collègues qui m'ont arrêté sur la route ont choisi de fermer les yeux. Encore un exemple où le criminel serre la main de celui qui est censé le poursuivre.

Là, au milieu des sapins, il prit brusquement la décision d'envoyer sa candidature au poste de chef de la sécurité de l'usine de caoutchouc de Trelleborg. Il était parvenu au point où cette décision s'imposait d'elle-même. Aucune palabre intérieure, aucun doute. Il était temps de rompre.

Cette initiative imaginaire le mit de bonne humeur et il retourna à la voiture où l'attendait Zids. De retour à

Riga, il dit adieu au sergent devant l'hôtel et récupéra sa clef à la réception. On lui remit une lettre du commandant Putnis. L'avion à destination d'Helsinki décollerait le lendemain matin à neuf heures trente. Il monta dans sa chambre, prit un bain tiède et se glissa dans le lit. Trois heures à attendre avant de retrouver sa maîtresse. Une fois de plus, il déroula le fil des événements, en emboîtant le pas au major. Il lui sembla deviner l'intensité de la haine que devait nourrir Karlis Liepa. La haine et l'impuissance – d'avoir accès aux preuves, et de ne rien pouvoir faire pour autant. Le major avait contemplé le cœur noir de la corruption, le lieu où Putnis ou Murniers rencontrait les bandits et négociait ce que la mafia elle-même n'avait pas réussi à obtenir : une criminalité contrôlée par l'État. Il en avait trop vu, et il avait été liquidé. Restait son testament. L'enquête, et les preuves. Mais où ?

Soudain, Wallander se redressa.

Il avait négligé la conséquence la plus grave de l'existence de ce document. Putnis et Murniers étaient naturellement parvenus à la même conclusion que lui. Leur principal souci à l'heure actuelle devait être de retrouver les preuves cachées par le major.

La peur revint d'un coup. Rien ne devait être plus simple dans ce pays que de faire disparaître un policier suédois. On pouvait organiser un accident, remplir un rapport d'enquête comme une grille de mots croisés et renvoyer en Suède un cercueil plombé avec un mot de condoléances.

Peut-être le soupçonnaient-ils déjà d'en savoir trop ?

Ou bien la décision hâtive de le renvoyer chez lui signifiait-elle qu'ils se sentaient sûrs de son ignorance ?

Je ne peux me fier à personne. Je suis complètement seul ici. Je dois imiter Baiba. Prendre la décision de faire confiance à quelqu'un, avec le risque de me tromper. En sachant que je suis entouré d'yeux et d'oreilles contrôlés par des gens qui n'hésiteraient pas une seconde à me faire prendre le même chemin que le major.

Peut-être fallait-il renoncer à cette dernière entrevue avec Baiba Liepa. Le danger n'était-il pas trop grand ?

Il se leva, se posta à la fenêtre, laissa son regard errer par-dessus les toits. Il faisait nuit. Bientôt dix-neuf heures trente. Il devait prendre une décision.

Je ne suis pas courageux. Le policier qui brave la mort et ne recule devant aucune menace – ce n'est pas moi. Si j'avais le choix, je préférerais mille fois me cantonner à des cambriolages et à des escroqueries tranquilles dans un coin pacifique de la Suède.

Il repensa à Baiba Liepa, à sa peur et à son défi. Il comprit qu'il ne se supporterait plus lui-même s'il se dérobait en cet instant.

Il enfila son costume et prit l'ascenseur. Il était vingt heures passées de quelques minutes.

Un autre homme en gris lisait le journal dans le hall. Cette fois, Wallander ne lui fit pas signe. Il se rendit tout droit au night-club, déjà bondé bien qu'on fût en tout début de soirée. Il avança à tâtons entre les tables où des femmes lui souriaient d'un air encourageant et finit par trouver une chaise vacante. Il valait mieux éviter de boire, pour garder l'esprit clair. Mais lorsqu'un serveur approcha, il commanda un whisky. L'estrade de l'orchestre était vide ; la musique provenait des enceintes fixées au plafond noir. Il tenta de discerner les visages qui l'entouraient dans cet univers crépusculaire enfumé, mais ne perçut que des ombres et des voix qui se mêlaient à la bouillie sonore déversée par les enceintes.

Inese surgit de nulle part et l'aborda avec une assurance qui le prit complètement au dépourvu. Aucune trace de la femme timide brièvement croisée quelques jours plus tôt. Elle était très maquillée, vêtue d'une minijupe provocante. Wallander n'était pas du tout préparé à ce jeu. Maladroitement, il lui tendit la main ; elle l'ignora, se pencha sur lui et l'embrassa sur la bouche.

– On reste un peu, murmura-t-elle. Demandez-moi ce que je veux boire. Riez, soyez content de me voir.

Elle choisit un whisky et alluma une cigarette avec des gestes nerveux. Wallander joua tant bien que mal son rôle d'homme mûr flatté par l'attention d'une jeune femme. Forçant la voix pour se faire entendre par-dessus le vacarme, il lui raconta son voyage dans la ville sous la conduite du sergent. Elle s'était placée de manière à pouvoir surveiller l'entrée du night-club. Lorsqu'il lui dit qu'il rentrait en Suède le lendemain, elle tressaillit. A quel point était-elle impliquée ? Faisait-elle partie des *amis* dont avait parlé Baiba Liepa ? Ceux qui se considéraient comme les garants de ce que l'avenir du pays ne soit pas jeté aux loups…

Je ne peux pas me fier à Inese. Elle aussi joue peut-être double jeu, forcée et contrainte, ou sous l'effet ultime de l'impuissance et du désespoir.

– Payez, ordonna-t-elle. On va bientôt partir.

L'estrade s'éclaira. Des musiciens en veste de soie rose commencèrent à accorder leurs instruments. Wallander régla l'addition. Inese sourit et feignit de murmurer des paroles douces à son oreille.

– Au fond des toilettes, il y a une porte de service. Elle est fermée à clef mais si vous frappez, on l'ouvrira. Vous arrivez dans un garage. Il y a une Moskvitch blanche avec un garde-boue jaune sur la roue avant droite. La voiture n'est pas fermée. Montez à l'arrière, je vous rejoindrai. Souriez maintenant, murmurez à mon oreille, embrassez-moi. Ensuite partez.

Il obéit et se leva. Il frappa à la porte, et entendit le déclic de la serrure. Des gens entraient et sortaient des toilettes, mais personne ne parut faire attention à lui.

Je me trouve dans un pays rempli d'issues secrètes.
Rien ici ne se déroule au grand jour.

Le garage, étroit et mal éclairé, sentait l'essence et l'huile de graissage. L'homme qui lui avait ouvert s'était comme volatilisé. Il vit un camion auquel manquait une roue, quelques vélos, et la Moskvitch blanche. Il monta à l'arrière et attendit. Inese apparut. Elle était pressée. Elle mit le contact, les portes du garage s'ouvrirent. La voiture quitta l'hôtel et prit à gauche, s'éloignant des larges avenues du quartier dont l'hôtel Latvia constituait le centre. Inese surveillait le rétroviseur et changeait sans cesse de direction. Wallander perdit très vite ses repères. Au bout de vingt minutes, elle parut convaincue qu'ils n'étaient pas suivis. Elle lui demanda une cigarette, qu'il alluma pour elle. La voiture traversa un grand pont en ferraille et disparut dans un dédale d'usines et d'immeubles aux allures de casernes. Wallander ne fut pas certain de reconnaître l'immeuble devant lequel elle freina.

— Dépêchez-vous, dit-elle en coupant le contact. Nous n'avons pas beaucoup de temps.

Baiba Liepa les fit entrer et échangea quelques mots avec Inese. Savait-elle qu'il devait quitter Riga le lendemain ? Elle ne laissa rien paraître, prit sa veste et la déposa sur le dossier d'une chaise. Inese disparut. Ils se retrouvèrent seuls une fois de plus dans la pièce silencieuse aux lourdes tentures. Wallander ne savait pas par où commencer, ni même quoi dire. Il obéit donc à l'injonction souvent répétée de Rydberg : *Dis la vérité, il n'y a rien à perdre, alors dis ce qu'il en est !*

Lorsqu'il lui raconta qu'Upitis avait avoué le meurtre de son mari, elle se recroquevilla comme sous l'effet d'une douleur foudroyante.

— Ce n'est pas vrai, murmura-t-elle.

— On m'a traduit ses aveux, dit Wallander. Il aurait eu deux complices.

– Ce n'est pas vrai ! cria-t-elle.

On aurait dit un fleuve qui aurait enfin forcé un barrage. Inese apparut dans l'ombre de la porte et regarda Wallander. Soudain, il sut ce qu'il devait faire. Il se leva, s'assit dans le canapé à côté de Baiba et la serra dans ses bras. Elle sanglotait de façon convulsive. Pourquoi ? Parce que Upitis avait commis un acte de trahison inouï, incompréhensible ? Ou parce qu'on l'avait contraint à mentir par des méthodes terrifiantes ? Elle pleurait sans retenue, s'agrippant à lui comme une naufragée.

Après coup, il pensa que c'était à ce moment-là qu'il avait définitivement franchi la limite invisible et commencé d'accepter son amour pour Baiba Liepa. Cette émotion, bizarrement, s'enracinait dans le besoin qu'un autre être humain avait de lui. Il ne pensait pas avoir jamais éprouvé quelque chose de semblable.

Inese reparut avec deux tasses de thé. D'un geste furtif, elle caressa les cheveux de Baiba Liepa, qui cessa presque aussitôt de pleurer. Son visage était gris.

Wallander lui raconta tout, y compris le fait qu'il allait rentrer en Suède. Il lui livra l'histoire telle qu'il croyait l'avoir comprise, et s'étonna de sa propre conviction. Pour finir il parla de la *sentinelle* – le testament qui devait exister quelque part. Elle parut comprendre immédiatement.

– Oui. Il a dû cacher quelque chose. Un testament ne peut pas se réduire à des pensées.

– Mais vous ne savez pas où ?

– Il n'a rien dit.

– Quelqu'un d'autre peut-il être au courant ?

– Non. Il ne se fiait qu'à moi.

– Et son père, à Ventspils ?

Elle écarquilla les yeux.

– Je me suis renseigné, dit-il. J'ai pensé que c'était une possibilité.

– Il aimait beaucoup son père. Mais il ne lui aurait jamais confié un secret.

– Où peut-il avoir caché ce document ?

– Pas chez nous C'est trop dangereux. La police serait capable de raser l'immeuble si elle croyait pouvoir y trouver quelque chose.

– Réfléchissez. Remontez dans le temps. Où peut-il l'avoir caché ?

Elle secoua la tête.

– Je ne sais pas.

– Il a dû prévoir ce qui risquait de lui arriver. Il a dû penser que vous comprendriez que ces preuves vous attendaient. Dans un endroit que vous êtes seule à pouvoir imaginer.

Elle s'empara brusquement de sa main.

– Vous devez m'aider, dit-elle. Vous ne pouvez pas partir.

– Je ne peux pas rester. Les commandants ne comprendraient pas que je repousse mon départ. Et comment le faire à leur insu ?

– Vous pouvez revenir, dit-elle sans lâcher sa main. Vous avez une petite amie ici. Vous pouvez venir en tant que touriste.

Mais ce n'est pas elle que j'aime.

– Vous avez une femme ici, répéta-t-elle.

Il hocha la tête en silence. C'était vrai. Il avait une femme à Riga. Mais ce n'était pas Inese.

Elle n'insista pas. Elle paraissait convaincue qu'il reviendrait.

– Dans notre pays, dit-elle, on risque la mort si on parle. On risque la mort si on se tait. Ou si on ne dit pas ce qu'il faut. Ou pas aux personnes qu'il faut. Mais Upitis est fort. Il sait que nous ne l'abandonnerons pas. On lui a extorqué ces aveux. Il sait que nous le savons. C'est pourquoi nous finirons par remporter la victoire.

– Quelle victoire ?

– Nous exigeons seulement la vérité. Seulement ce qui est digne, ce qui est simple. La possibilité de vivre selon la liberté que nous avons choisie.

– C'est trop élevé pour moi. Moi, je veux savoir qui a tué le major Liepa. Et pourquoi deux cadavres se sont échoués sur la côte suédoise.

– Revenez, et je vous ferai connaître mon pays. Pas seulement moi. Inese aussi.

– Je ne sais pas...

Baiba Liepa le regarda en face.

– Vous n'êtes pas un lâche. Dans ce cas, Karlis se serait trompé. Et il ne se trompait jamais.

– C'est impossible, insista Wallander. Les commandants seraient tout de suite avertis de ma présence. J'aurais besoin d'une autre identité, d'un autre passeport.

– On peut arranger ça, dit-elle avec feu. Du moment que je sais que vous reviendrez.

– Je suis policier. Je ne peux pas risquer toute mon existence en voyageant dans le monde sous une fausse identité.

Il s'interrompit. Dans le regard de Baiba Liepa, il crut voir soudain le visage du major.

– C'est bon, dit-il lentement. Je reviendrai.

Il était minuit passé. Une fois de plus, il essaya de l'aider à imaginer où le major avait pu cacher ses documents. Baiba Liepa faisait preuve d'une concentration intense. Peine perdue.

Wallander pensait aux chiens qui l'attendaient dans le noir. Les chiens des commandants, dont la vigilance ne se relâchait jamais. Avec une sensation d'irréalité croissante, il s'aperçut qu'il était en train de se laisser entraîner dans un complot destiné à le faire revenir à Riga dans la peau d'un enquêteur clandestin. Il serait un non-policier dans un pays dont il ignorait tout, un non-policier cherchant à faire la lumière sur un crime considéré par tous comme une affaire classée. Il voyait pleinement la folie de l'entreprise, mais il ne pouvait quitter des yeux le visage de Baiba Liepa – cette femme dont la voix était habitée par une conviction capable de vaincre toutes ses résistances.

Il était près de deux heures du matin lorsque Inese vint lui annoncer qu'il était temps de partir. Puis elle le laissa à nouveau seul avec Baiba Liepa. Ils firent leurs adieux en silence.

– Nous avons des amis en Suède, dit-elle enfin. Ils prendront contact avec vous afin d'organiser votre retour.

Puis, très vite, elle se pencha et l'embrassa sur la joue.

Ils reprirent la voiture. Sur le pont, Inese indiqua le rétroviseur d'un signe de tête.

– Ça y est, ils nous suivent. Nous devons paraître amoureux et nous séparer à contrecœur devant l'hôtel.

– Je vais faire de mon mieux. Et si j'essayais de vous convaincre de monter dans ma chambre ?

Elle rit.

– Je suis une fille respectable. Mais quand vous reviendrez, on pourra peut-être envisager d'aller jusquelà.

Ils se séparèrent comme convenu. Wallander s'attarda quelques instants dans le froid devant l'hôtel en essayant de paraître triste et esseulé.

Le lendemain matin il partait pour l'aéroport.

Les commandants l'escortèrent jusque dans le terminal et lui firent des adieux chaleureux.

L'un de ces deux hommes a tué le major. A moins qu'ils soient de mèche ? Comment un policier d'Ystad aurait-il la prétention de découvrir la vérité ?

Tard le soir, il ouvrait la porte de son appartement de Mariagatan.

Toute l'histoire commençait déjà à lui apparaître comme un rêve. Il pensa qu'il ne reverrait pas Baiba

Liepa. Elle continuerait de pleurer son mari. Et elle ne saurait jamais qui avait ordonné son exécution.

Il goûta le whisky acheté dans l'avion.

Avant de se coucher, il resta longtemps assis dans le canapé à écouter un disque de Maria Callas.

Il se sentait fatigué et inquiet.

Qu'allait-il arriver maintenant ?

14

Il découvrit l'enveloppe le sixième jour de son retour à Ystad.

Elle l'attendait sur le tapis de l'entrée, alors qu'il revenait d'une longue et éprouvante journée au commissariat. La neige était tombée tout l'après-midi ; il s'était longuement essuyé les pieds sur le paillasson avant d'ouvrir la porte.

Après coup, il pensa que c'était comme s'il avait tenté, jusqu'à la toute dernière minute, de résister à l'idée qu'ils reprendraient contact avec lui. Au fond de lui, il savait que c'était imminent. Mais il ne se sentait pas prêt.

Il la ramassa. Une enveloppe de papier kraft ordinaire, portant le nom d'une entreprise en haut à gauche. Sans doute un envoi publicitaire ; il la posa sur l'étagère de l'entrée et l'oublia. Après le dîner – un gratin de poisson qui avait traîné trop longtemps dans le compartiment à glaçons du réfrigérateur –, il l'aperçut en passant et l'examina de plus près. « Lippman Fleurs ». Drôle de saison pour faire sa pub, pour un fleuriste. Il faillit la jeter à la poubelle. Mais un scrupule l'empêchait toujours de se débarrasser du courrier avant de l'avoir au moins parcouru. Déformation professionnelle. Quelque chose pouvait se dissimuler entre les dépliants multicolores. Il pensait souvent qu'il vivait comme un homme obligé de retourner chaque pierre sur son chemin. Contraint de découvrir ce qui se cachait dessous.

Lorsqu'il déchira l'enveloppe et découvrit la feuille manuscrite pliée à l'intérieur, il comprit.

Il posa la lettre sur la table de la cuisine et se prépara un café. Il avait besoin de prendre son temps. Tout cela, il le faisait pour Baiba Liepa.

A sa descente d'avion à Stockholm la semaine précédente, il avait éprouvé un sentiment confus, de chagrin peut-être. En même temps, il était soulagé d'avoir quitté ce pays où on le surveillait sans cesse. Cela avait provoqué un accès de spontanéité inhabituel pour lui. « Ça fait du bien de rentrer », avait-il dit à la femme du contrôle des passeports. Elle lui avait à peine jeté un regard, comme s'il avait fait une avance déplacée, et lui avait rendu son passeport sans même l'ouvrir.

Et voilà la Suède, pensa Wallander. En surface, tout est clair et lumineux. Nos aéroports sont conçus de telle sorte qu'aucune saleté, aucune ombre n'y trouve prise. Tout est visible, tout est conforme aux apparences. Notre religion et notre pauvre espoir national, c'est la *sécurité* inscrite dans notre Constitution, qui fait savoir au monde entier que chez nous, personne ne meurt de faim. Mais nous n'adressons pas la parole aux inconnus ; car l'inconnu peut nous faire du mal, salir notre propreté, obscurcir nos néons. Nous n'avons jamais bâti un empire, et cela nous a épargné la peine de le voir s'effondrer. Mais nous étions convaincus d'avoir créé le meilleur des mondes – quoique petit –, nous étions les gardiens officiels du paradis et maintenant que la fête est terminée, nous nous vengeons en ayant les contrôleurs de passeports les plus froids du monde.

Le soulagement avait presque aussitôt cédé la place à la déprime. Dans le monde de Wallander – ce paradis retraité en voie de démantèlement – il n'y avait aucune place pour Baiba Liepa. Il ne pouvait l'imaginer ici, dans cette lumière, sous ces néons au fonctionnement impeccable et trompeur. Pourtant, elle lui manquait déjà. Lorsqu'il eut traîné sa valise jusqu'au nouveau terminal des vols intérieurs où il devait attendre l'avion pour Malmö, sa rêverie l'entraîna à nouveau vers Riga, la ville des chiens invisibles. L'avion de Malmö avait du retard. Le billet qu'on lui avait remis donnait droit à un sandwich ; il resta longtemps assis à contempler les pistes où les avions atterrissaient et décollaient dans un tourbillon de neige fine. Autour de lui, des hommes costumés et cravatés parlaient sans interruption dans leurs portables. Un gros homme d'affaires passa devant lui, son appareil irréel coincé contre sa joue, et Wallander entendit avec surprise qu'il lisait à haute voix le conte de Hansel et Gretel. Cela le fit penser à sa propre fille. Il l'appela d'une cabine téléphonique et, contre toute attente, elle décrocha ; il fut submergé de joie de l'entendre. Un court instant il envisagea de rester quelques jours à Stockholm ; mais le ton de Linda lui fit comprendre qu'elle était très occupée, et il ne formula pas sa proposition. Au lieu de cela, il repensa à Baiba, à sa peur et à son défi... Osait-elle vraiment croire que le policier suédois ne la laisserait pas tomber ? Mais que pouvait-il faire ? S'il retournait là-bas, les chiens flaireraient aussitôt sa piste. Il ne réussirait jamais à les semer.

A l'aéroport de Sturup, personne ne l'attendait. Il prit un taxi jusqu'à Ystad. Pendant tout le trajet, il parla météo avec le chauffeur, qui conduisait beaucoup trop vite. Quand il n'y eut plus rien à dire du brouillard et de la neige qui voltigeait dans le faisceau lumineux des phares, il crut sentir fugitivement le parfum de Baiba Liepa dans la voiture, et une inquiétude féroce le saisit à l'idée qu'il ne la reverrait pas.

Le lendemain de son retour, il se rendit chez son père à Löderup. L'auxiliaire de vie payée par la commune lui avait coupé les cheveux, et il paraissait en meilleure forme que depuis longtemps. Wallander lui avait acheté une bouteille de cognac et son père hocha la tête avec satisfaction en identifiant la marque.

A son propre étonnement, il lui parla de Baiba.

Ils étaient dans l'ancienne écurie qui servait d'atelier. Sur le chevalet, une toile inachevée – de celles qui s'orneraient d'un coq de bruyère en bas à gauche. Lors de son arrivée, son père était en train de fignoler le bec de l'oiseau.

Il s'était essuyé les mains sur un chiffon imprégné de térébenthine et lui avait proposé de s'asseoir. Wallander lui avait parlé de son voyage à Riga. Soudain, sans savoir pourquoi, il avait cessé de décrire la ville pour lui raconter sa rencontre avec Baiba Liepa, sans préciser qu'elle était la veuve d'un major assassiné. Il dit juste son nom, qu'il l'avait rencontrée, qu'elle lui manquait.

– Elle a des enfants ?

– Non.

– Est-ce qu'elle peut en avoir ?

– Comment veux-tu que je le sache ? Je suppose que oui.

– Quel âge a-t-elle ?

– Plus jeune que moi. Trente-trois ans peut-être.

– Alors elle peut avoir des enfants.

– Je ne vois pas pourquoi tu insistes là-dessus.

– Je crois que c'est ce qu'il te faut.

– J'ai déjà Linda.

– Un enfant, c'est trop peu. Il faut en avoir au moins deux pour comprendre de quoi il retourne. Alors écoute-moi. Tu vas la ramener ici et l'épouser.

– Ce n'est pas si simple.

– Pourquoi dois-tu toujours tout compliquer sous prétexte que tu es flic ?

Et voilà, pensa Wallander. Ce n'est pas possible de

parler avec lui sans qu'il trouve un prétexte pour me reprocher d'avoir signé un jour.

— Tu peux garder un secret ? demanda-t-il après un silence.

Son père le considéra d'un air méfiant.

— Comment pourrais-je ne pas le faire ? Je n'ai personne à qui parler.

— Je vais peut-être quitter la police. Je vais peut-être chercher un autre emploi. Responsable de la sécurité dans une entreprise de Trelleborg. J'ai dit *peut-être*.

Silence.

— Il n'est jamais trop tard pour retrouver ses esprits, dit enfin son père. Ton seul regret sera peut-être d'avoir attendu si longtemps.

— J'ai dit *peut-être*, papa. Rien n'est encore certain.

Mais son père ne l'écoutait plus. Il était retourné à son chevalet et au fignolage du bec du coq de bruyère. Wallander s'assit sur un vieux traîneau et le contempla un moment en silence. Puis il rentra chez lui. Il pensa qu'il n'avait personne à qui parler. A quarante-trois ans, il n'avait personne qui lui fût vraiment proche. A la mort de Rydberg, il s'était retrouvé plus seul qu'il ne l'aurait cru possible. Il n'avait plus que Linda. Mona ne lui était plus accessible. Depuis qu'elle l'avait quitté, elle était une étrangère pour lui. Il ne savait presque rien de sa vie à Malmö.

Il dépassa la sortie vers Kåseberga en pensant qu'il pourrait rendre visite à Göran Boman au commissariat de Kristianstad. Avec lui, il serait peut-être possible de parler de tout ce qui s'était produit.

Mais il n'alla jamais à Kristianstad. Il reprit le service après avoir remis son rapport à Björk. Martinsson et les autres collègues l'interrogèrent vaguement au moment de la pause-café, et il comprit très vite que personne ne s'intéressait au fond à son histoire. Il envoya sa candidature à l'entreprise de Trelleborg. Puis il changea la disposition des meubles dans son bureau, dans l'espoir de ranimer un peu son ardeur au travail. Björk, le voyant distrait et abattu, tenta maladroitement de l'encourager en le chargeant de tenir à sa place une causerie pour le Rotary Club de la ville. Wallander accepta, participa au déjeuner à l'hôtel Continental et fit une conférence ratée sur l'influence des innovations techniques sur le travail des enquêteurs. A l'instant où il se tut, il oublia ce qu'il venait de dire.

Un matin au réveil il crut être tombé malade.

Björk l'envoya pour un bilan approfondi chez le médecin de la police, qui ne lui trouva rien, mais lui proposa de continuer à surveiller son poids. Il était rentré de Riga un mercredi. Le samedi soir, il prit la voiture jusqu'à Åhus, dîna au restaurant, dansa et fut invité à une table où se trouvait une kinésithérapeute de Kristianstad qui s'appelait Ellen. Mais le visage de Baiba Liepa s'interposait sans cesse, elle le suivait comme une ombre, et il reprit sa voiture de bonne heure. Longeant la côte, il s'arrêta au bord du champ abandonné où se déroulait chaque été la grande foire agricole de Kivik. L'année précédente, il avait couru comme un dératé dans ce champ, une arme à la main, à la poursuite d'un tueur. A présent, une mince couverture de neige recouvrait la terre, la pleine lune faisait scintiller la mer, et lui, il voyait le visage de Baiba Liepa. Il ne pouvait la chasser de ses pensées. Il retourna à Ystad. Une fois dans l'appartement, il se paya une bonne cuite. Il avait branché la musique si fort que les voisins se mirent à cogner aux murs.

Il se réveilla le dimanche matin avec des palpitations. Le reste de la journée se passa dans une longue attente d'il ne savait quoi.

La lettre arriva le lundi. Il s'assit à la table de la cuisine avec son café et déchiffra l'élégante calligraphie. La lettre était signée d'un certain Joseph Lippman.

Vous êtes un ami de notre pays. Riga nous a fait part de votre précieuse contribution. Nous reprendrons contact avec vous prochainement pour fixer les détails de votre retour.

Wallander se demanda en quoi consistait cette précieuse contribution. Et qui était ce « nous » qui se promettait de le recontacter prochainement.

Il s'irrita aussi de la brièveté du texte. Ce message ressemblait à un ordre. Et lui, alors ? N'avait-il plus voix au chapitre ? Il n'était pas du tout décidé à entrer au service de ces personnes invisibles. Son angoisse et ses hésitations étaient bien plus fortes que sa volonté. Il voulait revoir Baiba Liepa, certes, mais pour des raisons suspectes qui, de son propre avis, l'apparentaient moins à un héros qu'à un adolescent en mal d'amour.

A son réveil le mardi matin, une décision avait cependant pris forme. Il se rendit au commissariat, participa à une réunion syndicale désespérante et alla ensuite tout droit dans le bureau de Björk.

– J'ai quelques jours de congé à prendre. Est-ce que ça pose un problème ?

Björk le considéra avec un mélange d'envie et de profonde compréhension.

– J'aimerais pouvoir en dire autant. Je viens de lire un long mémo de la direction, en imaginant tous mes collègues dans le pays en train de faire pareil au même moment, tous penchés sur nos bureaux, les sourcils froncés. On nous demande de nous prononcer sur un certain nombre de circulaires déjà distribuées sur le thème de la grande réforme. Quelles circulaires ? Je n'en ai pas la moindre idée.

– Prends quelques jours de congé, proposa Wallander.

Björk repoussa avec irritation un papier posé sur son bureau.

– Je me reposerai quand je serai à la retraite. Si je

suis encore en vie à ce moment-là. D'un autre côté, ce serait idiot de mourir à mon poste. Bon, ces vacances. Tu comptes partir quelque part ?

– J'ai pensé à une semaine de ski dans les Alpes. Ce n'est peut-être pas plus mal de partir maintenant, en sachant qu'on manque toujours de personnel autour de la Saint-Jean. Je pourrai travailler à ce moment-là et prendre mes vacances d'été à la fin du mois de juillet.

– Tu as réussi à trouver une place dans un charter ? Je croyais que tout était complet à cette époque.

– Non.

Björk haussa les sourcils.

– Ça me paraît très improvisé…

– Je pars en voiture. Je n'aime pas les charters.

– Personne ne les aime.

Björk adopta sans transition la mine officielle qu'il prenait lorsqu'il souhaitait rappeler à son interlocuteur qui était le patron.

– De quoi t'occupes-tu en ce moment ?

– Pas grand-chose, pour une fois. L'agression de Svarte est sans doute l'affaire la plus urgente. Mais quelqu'un peut s'en charger à ma place.

– Quand veux-tu partir ? Aujourd'hui ?

– Jeudi, ça ira.

– Combien de temps ?

– J'ai calculé qu'il me restait dix jours à prendre.

Björk hocha la tête et prit note.

– Je pense que c'est une sage décision. Tu n'as pas l'air dans ton assiette.

– C'est le moins qu'on puisse dire.

Wallander consacra le reste de la journée à avancer le dossier de Svarte. Il passa une quantité de coups de fil et trouva même le temps de répondre à un courrier de la banque à propos d'une confusion sur son compte courant. Tout en travaillant, il restait dans l'expectative. Il ouvrit l'annuaire de Stockholm et trouva plusieurs personnes répondant au nom de Lippman. Mais aucune trace de « Lippman Fleurs » dans les pages jaunes.

Peu après dix-sept heures, il rangea son bureau et prit sa voiture. Il fit le détour par un magasin de meubles qui venait d'ouvrir et regarda un fauteuil en cuir qui lui aurait bien plu, pour l'appartement. Mais le prix l'effraya. Dans une supérette de Hamngatan, il acheta des pommes de terre et un morceau de lard. La jeune caissière lui sourit ; il se rappela qu'il avait consacré une journée, un an plus tôt, à rechercher un type qui avait cambriolé le magasin. Rentré chez lui, il se prépara à dîner et s'assit devant la télévision.

Le téléphone sonna peu après vingt et une heures.

Une voix d'homme lui enjoignit dans un suédois hésitant de se rendre à la pizzeria située en face de l'hôtel Continental. Wallander en eut soudain assez de toutes ces cachotteries, et lui demanda de dire son nom.

– J'ai toutes les raisons de me méfier. Je veux savoir ce qui m'attend.

– Mon nom est Joseph Lippman. Je vous ai écrit.

– Qui êtes-vous ? insista Wallander.

– Je dirige une petite entreprise.

– Vous êtes fleuriste ?

– On peut peut-être appeler ça comme ça.

– Que me voulez-vous ?

– Je crois m'être expliqué assez clairement dans la lettre.

Wallander décida de raccrocher, puisqu'il n'obtenait aucune réponse. Il en avait par-dessus la tête de ces gens invisibles qui s'entêtaient à exiger son intérêt et sa collaboration. Ce Lippman était peut-être employé par les commandants lettons. Qu'est-ce qui contredisait cette hypothèse ?

Il prit à pied par Regementsgatan vers le centre-ville. Il était vingt et une heures trente lorsqu'il entra dans la pizzeria. Une dizaine de tables étaient occupées, mais aucune par un homme seul qui aurait pu être Lippman. Il se rappela une ancienne remarque de Rydberg. *Avant un rendez-vous, il y a toujours une décision à prendre : faut-il arriver le premier ou le dernier ?* Il l'avait oublié ; d'un autre côté, il ignorait si cela avait une importance dans ce cas précis. Il s'assit dans un coin, commanda une bière et attendit.

Joseph Lippman arriva à vingt-deux heures moins trois minutes, alors que Wallander en était à se demander si on n'avait pas voulu l'éloigner de son appartement. Lorsque la porte s'ouvrit, il eut la certitude que cet homme ne pouvait être que Lippman. Âgé d'une soixantaine d'années, vêtu d'un pardessus trop grand pour lui, il avançait avec précaution entre les tables comme s'il craignait à tout instant de marcher sur une mine. Parvenu à destination, il sourit à Wallander, ôta son pardessus et s'assit après avoir jeté un regard furtif à la table voisine, où deux hommes échangeaient des commentaires ulcérés sur un tiers absent, qui semblait se distinguer par une incompétence sans bornes.

Wallander pensa que Joseph Lippman était juif. Les joues bleutées, les yeux noirs, les lunettes rondes… tout cela participait de l'image qu'il se faisait d'une physionomie juive. Mais que savait-il en réalité d'une telle « physionomie » ? Rien du tout.

La serveuse s'approcha. Lippman commanda un thé. Sa politesse était extrême ; Wallander devina un passé marqué par les humiliations.

Puis il prit la parole, d'une voix si basse que Wallander dut se pencher pour l'entendre.

– Je vous suis reconnaissant d'être venu, dit-il.

– Vous ne m'avez pas laissé le choix. D'abord la lettre, puis ce coup de fil. Peut-être pourriez-vous commencer par me dire qui vous êtes ?

Lippman eut un geste de dénégation.

– Qui je suis, cela n'a aucune importance. L'important c'est vous, monsieur Wallander.

– Stop. Je n'ai pas l'intention de vous écouter si vous n'êtes même pas capable de me faire confiance et me dire qui vous êtes.

La serveuse revint avec le thé, et la réponse de Lippman resta en suspens.

– Mon rôle est celui de l'organisateur et du messager, dit-il lorsque la serveuse se fut éloignée. Qui veut connaître le nom du messager ? Ce n'est pas important. Nous nous rencontrons ici ce soir ; ensuite je disparaîtrai, et nous ne nous reverrons sans doute pas. Ce n'est pas avant tout une affaire de confiance, mais une décision d'ordre pratique. La sécurité est toujours une question d'ordre pratique. De même que la confiance, d'ailleurs, à mon avis.

– Dans ce cas, nous pouvons conclure cette conversation tout de suite.

– J'ai un message pour vous de la part de Baiba Liepa.

Wallander se détendit. Il considéra l'homme assis en face de lui, qui se tenait curieusement affaissé, comme si sa santé était précaire au point qu'il risquait de s'écrouler d'un instant à l'autre.

– Je ne veux rien entendre avant de savoir qui vous êtes. C'est aussi simple que cela.

Lippman ôta ses lunettes et versa avec précaution du lait dans son thé.

– Notre prudence est surtout destinée à vous protéger, monsieur Wallander. En ces temps troublés, il vaut mieux en savoir le moins possible.

– Nous sommes en Suède. Pas à Riga.

Silence.

– Vous avez peut-être raison, dit enfin Lippman. Je suis peut-être un vieil homme incapable de discerner les changements réels.

– Les fleurs, dit Wallander pour l'encourager. C'est une activité qui a beaucoup changé, non ?

Lippman tournait lentement sa cuillère dans sa tasse.

– Je suis arrivé en Suède à la fin de l'hiver 1941, répondit-il enfin. J'étais un jeune homme hanté par le rêve de devenir artiste. Un grand artiste. L'aube se levait lorsque nous avons aperçu la côte de l'île de Gotland. Nous avions réussi ! Le bateau prenait l'eau, plusieurs de mes compagnons étaient gravement malades, nous souffrions tous de malnutrition, de tuberculose… Mais je me souviens de cette aube glaciale du début du mois de mars, et de la décision que j'avais prise alors. Un jour, je ferais une toile, je peindrais la côte suédoise, et ce serait une image de la liberté. Sombre, froide, quelques rochers noirs émergeant du brouillard. La porte du paradis pouvait donc ressembler à cela… Mais je n'ai jamais peint ce tableau. Je suis devenu jardinier. Je gagne ma vie en conseillant des entreprises suédoises sur le choix de plantes d'ornement. Je constate que les gens des nouvelles entreprises informatiques ont un besoin insatiable de cacher leurs machines parmi les plantes vertes. Je ne peindrai jamais la porte du paradis ; je devrai me contenter de l'avoir vue. Je sais aussi que le paradis a de nombreuses portes, tout comme l'enfer. On doit apprendre à les distinguer. Sinon on est perdu.

– Était-ce le cas du major Liepa ?

Lippman ne réagit pas à la mention de ce nom.

– Le major Liepa savait à quoi ressemblaient les portes, dit-il lentement. Mais ce n'est pas cela qui l'a tué. Il est mort pour avoir vu *qui en franchissait le seuil*. Ces gens-là redoutent la lumière, qui permet à des hommes tels que le major Liepa de les voir et de les reconnaître.

Wallander eut l'impression que Lippman était profondément croyant. Il s'exprimait comme un prêtre face à une congrégation invisible.

– J'ai vécu toute ma vie en exil, poursuivit-il. Au début, jusqu'au milieu des années cinquante, je croyais sans doute encore pouvoir retourner un jour chez moi. Puis ce furent les longues années soixante et soixante-dix. J'avais abandonné tout espoir. Seuls les très vieux Lettons de la diaspora – les très vieux, les très jeunes ou les très fous – croyaient encore à un tournant spectaculaire, à un bouleversement du monde qui nous permettrait enfin de rentrer chez nous. Moi, de mon côté, j'attendais seulement l'épilogue d'une tragédie qu'on pouvait d'ores et déjà considérer comme consommée. Mais soudain, il y a eu du nouveau. D'étranges rapports ont commencé à nous parvenir de notre vieux pays, des rapports tremblant d'optimisme. Nous avons vu l'énorme Union soviétique frissonner, comme si la fièvre latente se déclarait enfin. Était-ce possible ? Ce que nous n'osions plus espérer allait-il malgré tout se produire, contre toute attente ? A l'heure qu'il est, nous n'en savons rien encore. La liberté peut fort bien nous être ravie une fois de plus. L'Union soviétique est affaiblie, mais c'est peut-être une faiblesse provisoire. Notre temps est compté. Le major Liepa le savait. C'est ce qui le poussait à agir.

– Qui est ce « nous » ?

– Tous les Lettons de Suède appartiennent à une organisation ou à une autre. Nous nous sommes toujours regroupés de cette manière, comme un substitut de patrie, si vous voulez. Par le biais de ces associations, nous avons aidé les gens à ne pas oublier leur culture. Nous avons construit des réseaux d'entraide, créé des fondations… Nous avons aussi reçu des appels au secours, et tenté d'y répondre. Nous avons combattu sans relâche pour ne pas être oubliés et pour remplacer, d'une certaine façon, les villes et les villages perdus.

La porte vitrée s'ouvrit, et un homme seul entra dans la pizzeria. Lippman réagit aussitôt. Wallander se retourna et reconnut Elmberg, le gérant d'une station-service de la ville.

– Aucun danger, dit-il. Cet homme-là n'a jamais fait de mal à une mouche. Je crois aussi pouvoir affirmer que l'existence de l'État letton est le cadet de ses soucis.

– Baiba Liepa a lancé un appel au secours, coupa Lippman. Elle vous demande de venir. Elle a besoin de votre aide.

De la poche intérieure de sa veste, il tira une enveloppe.

– De la part de Baiba Liepa, dit-il. Pour vous.

L'enveloppe n'était pas scellée. Wallander en retira avec précaution une mince feuille de papier.

Le message était court, griffonné au crayon noir. Il eut l'impression qu'elle l'avait rédigé dans la plus grande hâte.

Il y a bien une sentinelle. Seule, je ne peux pas la trouver. Faites confiance aux messagers comme vous avez fait confiance à mon mari. Baiba.

Il reposa la lettre.

– Nous pouvons vous fournir toute l'assistance nécessaire pour retourner à Riga, dit Lippman.

– Vous ne pouvez quand même pas me rendre invisible !

– Pourquoi voudriez-vous devenir invisible ?

– Pour retourner à Riga, je dois changer de peau. Comment comptez-vous vous y prendre ? Comment pouvez-vous garantir ma sécurité ?

– Vous devez nous faire confiance, monsieur Wallander. Mais nous n'avons pas beaucoup de temps.

Wallander perçut l'inquiétude de Joseph Lippman. Il tenta de se convaincre de l'irréalité de la situation. En vain. Puis il songea que c'était *cela*, la réalité du monde. Baiba Liepa avait envoyé l'un des milliers de signaux de détresse qui s'entrecroisent à chaque seconde au-dessus des continents. Celui-ci lui était destiné, à lui personnellement. Il devait y répondre.

– Je suis en congé à partir de jeudi, dit-il. Officiellement pour partir skier dans les Alpes. Je peux m'absenter dix jours.

Lippman repoussa sa tasse. Son expression hésitante et mélancolique avait disparu, remplacée par une totale détermination.

– Excellente idée, dit-il. Quoi de plus naturel pour un policier suédois que de tenter sa chance sur les pistes du Sud ? Quel sera votre itinéraire ?

– Le ferry jusqu'à Sassnitz. Puis en voiture, en passant par l'ex-RDA.

– Quel est le nom de votre hôtel ?

– Aucune idée. Je ne suis jamais allé dans les Alpes.

– Mais vous savez skier ?

– Oui.

Lippman s'abîma dans ses pensées. Wallander fit signe à la serveuse et commanda un deuxième café. Lippman désirait-il encore du thé ? Pas de réponse.

Enfin il ôta ses lunettes et les essuya avec soin sur la manche de sa veste.

– C'est une excellente idée de vous rendre dans les Alpes, répéta-t-il. Mais j'ai besoin d'un peu de temps pour les préparatifs. Quelqu'un vous appellera demain soir pour vous dire quel ferry vous devrez prendre au départ de Trelleborg. Surtout, n'oubliez pas de mettre vos skis sur le toit. Faites vos bagages comme si vous alliez vraiment dans les Alpes.

– Comment comptez-vous me faire entrer en Lettonie ?

– Toutes les informations nécessaires vous seront communiquées à bord du ferry. Vous devez nous faire confiance.

– Je ne vous garantis pas que j'accepterai vos idées.

– Dans notre monde, monsieur Wallander, il n'existe

pas de garanties. Je peux seulement vous promettre que nous allons nous surpasser. Peut-être est-il temps de payer et de partir ?

Ils se séparèrent devant la pizzeria. Le vent s'était levé et soufflait par rafales intermittentes. Joseph Lippman s'éloigna en direction de la gare. Wallander prit le chemin de Mariagatan. La ville était déserte. Il pensait à ce qu'avait écrit Baiba Liepa.

Les chiens sont déjà à ses trousses. Elle a peur. Les commandants veulent le testament. La traque a commencé.

Il comprit brusquement qu'il n'y avait pas de temps à perdre.

Plus de place pour la peur ou la réflexion. Il devait répondre à son appel au secours.

Le lendemain, il prépara ses bagages. Le téléphone sonna peu après dix-neuf heures. Une voix de femme l'informa qu'il avait une place réservée sur le ferry qui quittait Trelleborg à cinq heures trente du matin. A la surprise de Wallander, elle se présenta comme une représentante de la société « Lippman Voyages ».

A minuit, il alla se coucher.

Juste avant de s'endormir, il pensa que c'était de la folie.

Il s'apprêtait à s'engager de son plein gré dans une aventure délirante vouée à l'échec. En même temps, le message de détresse de Baiba Liepa était réel, pas seulement un mauvais rêve. Il ne pouvait le laisser sans réponse.

Tôt le lendemain matin, il prit la route de Trelleborg et monta à bord du ferry à destination de Sassnitz. Le collègue qui contrôlait les passeports lui sourit.

– Où vas-tu ?
– Les Alpes.
– Veinard !

— Je n'aurais pas eu la force de continuer un jour de
plus.

— Là, tu as quelques jours pour oublier que tu es flic.

— Oui.

Ça, c'était un mensonge pur et simple. Il savait qu'il
s'embarquait pour sa mission la plus difficile à ce jour.
Une mission qui n'existait même pas.

Dès que le ferry eut quitté le quai, il monta sur le
pont. Frissonnant dans l'aube grise, il vit la mer s'ouvrir à mesure que le bateau s'éloignait du port.

Lentement, la côte suédoise disparut.

Il était descendu manger un sandwich dans la caféte-
ria lorsqu'un homme qui dit s'appeler Preuss l'aborda.
Il avait une cinquantaine d'années, le teint couperosé et
le regard fuyant.

— Allons faire un tour sur le pont, proposa-t-il en
allemand.

Le brouillard était dense sur la Baltique le jour où
Wallander reprit la route de Riga.

15

La frontière était invisible.

Pourtant elle était là, à l'intérieur de lui. Une pelote de barbelés logée sous la cage thoracique.

Wallander avait peur. Après coup, il pensa à ses derniers pas sur la terre lituanienne comme à une errance paralysante vers un lieu où il aurait pu s'écrier avec les mots de Dante : Abandonne tout espoir ! D'ici nul ne revient, du moins aucun policier suédois vivant.

La nuit était limpide. Preuss, qui l'avait suivi depuis l'instant où il lui avait adressé la parole dans la cafétéria du ferry, ne paraissait pas très à l'aise, lui non plus. Wallander devinait dans l'ombre son souffle rapide et irrégulier.

– Il faut attendre, murmurait-il dans son mauvais allemand. *Warten, warten.*

Les premiers jours, ce guide qui ne comprenait pas un mot d'anglais avait exaspéré Wallander. Comment Joseph Lippman avait-il pu penser qu'un policier suédois qui parlait à peine l'anglais maîtriserait la langue allemande à la perfection ? Il avait été à deux doigts d'interrompre l'entreprise qui lui apparaissait de plus en plus comme le triomphe des fantaisistes fous à lier sur sa propre raison. Ces Lettons qui vivaient depuis trop longtemps en exil avaient perdu tout contact avec la réalité. Amers, follement optimistes ou carrément cinglés, ils prétendaient maintenant aider leurs compatriotes, qui entrevoyaient soudain la possibilité d'une renaissance. Comment ce petit homme maigre au teint gâté dénommé Preuss pourrait-il lui insuffler assez de courage et, surtout, un sentiment de sécurité suffisant pour oser mener à bien le pari délirant de revenir en Lettonie sous les traits d'un fantôme ? Que savait-il de Preuss ? Qu'il était peut-être un citoyen letton en exil, qu'il exerçait peut-être la profession de numismate dans la ville allemande de Kiel. Mais à part cela ? Absolument rien.

Quelque chose pourtant l'avait poussé de l'avant, au volant de sa voiture, Preuss perpétuellement endormi sur le siège du passager, une carte routière dépliée sur ses genoux, ouvrant parfois un œil pour lui distribuer des instructions. Le premier jour ils avaient traversé l'ex-RDA et atteint la frontière polonaise en fin d'après-midi. A cinq kilomètres de la frontière, Wallander avait laissé sa voiture dans la grange à moitié effondrée d'une ferme mal entretenue. L'homme qui les avait reçus comprenait l'anglais. Il était lui aussi un Letton de la diaspora, et il avait promis que la voiture serait bien gardée jusqu'au retour de Wallander. Puis ils avaient attendu. A la nuit tombée, Preuss et lui s'étaient enfoncés dans une épaisse forêt de sapins et ils avaient franchi la première ligne de démarcation invisible sur la route de Riga. Dans une bourgade insignifiante et poussiéreuse dont Wallander oublia aussitôt le nom, un homme enrhumé répondant au nom de Janick les attendait au volant d'un camion mangé par la rouille. Ce fut le début d'un long voyage chaotique à travers la prairie polonaise. Wallander, qui avait attrapé le rhume du chauffeur, se languissait d'un repas chaud et d'un bain ; mais nulle part on ne lui proposa autre chose que des côtes de porc froides et des lits de camp inconfortables dans des maisons sans chauffage disséminées à travers la campagne. Ils avançaient très lentement, ne se déplaçant que de nuit et juste avant le lever du jour. Le reste du temps n'était qu'une longue attente muette. Il tentait de comprendre ce luxe de pré-cautions dont s'entourait Preuss. Quelle menace pou-vaient-ils bien encourir tant qu'ils étaient en Pologne ? Mais il n'obtint aucune explication. La première nuit, il aperçut au loin les lumières de Varsovie, la nuit suivante Janick écrasa un cerf. Wallander essayait en vain de comprendre comment était structuré ce réseau, quelle était sa fonction – à part celle d'escorter des policiers suédois en état de confusion mentale aiguë qui désiraient pénétrer illégalement en Lettonie. Mais Preuss ne com-prenait pas ses questions, et Janick, entre deux quintes de toux, fredonnait une rengaine anglaise datant de la Seconde Guerre mondiale. Parvenu à la frontière litua-nienne, Wallander avait commencé à haïr *We'll Meet Again* et pour le reste, en ce qui le concernait, il aurait pu aussi bien se trouver au fin fond de la Russie. Ou pour-quoi pas en Tchécoslovaquie ou en Bulgarie ? Il avait perdu tout sens de l'orientation, il savait à peine dans quelle direction se trouvait la Suède, et la folie de l'en-treprise, à chaque nouveau kilomètre englouti par ce camion fonçant vers l'inconnu, lui paraissait de plus en plus consternante. Ils traversèrent la Lituanie à bord d'une succession de cars, tous privés d'amortisseurs. Enfin, quatre jours après le début du voyage, ils se retrouvèrent en vue de la frontière lettone, au fond d'une forêt qui sentait la résine.

– *Warten*, répéta Preuss.

Wallander, docile, s'assit sur une souche et attendit. Il avait froid et mal au cœur.

J'arrive à Riga malade et morveux, pensa-t-il avec désespoir. De toutes les bêtises que j'ai faites dans ma vie, celle-ci est la pire et ne mérite aucun respect, rien qu'un énorme éclat de rire. Qu'est-ce que je vois ? Sur une souche de la forêt lituanienne, un policier suédois au tournant de l'âge mûr, qui vient de perdre le peu de cervelle qui lui restait.

Mais il n'y avait pas de retour possible. Il ne parviendrait jamais par lui-même à revenir sur ses pas. Il était entièrement livré à ce maudit Preuss que ce fou de Lippman lui avait imposé comme guide, il n'avait aucun choix, sinon celui de poursuivre cette fuite en avant, à rebours de toute raison, vers Riga.

Sur le ferry, à peu près au moment où la côte suédoise disparaissait symboliquement de son champ de vision, Preuss lui avait enjoint de l'accompagner dehors, dans le vent glacé. Là, sur le pont, il avait tiré de sa poche des instructions écrites de Joseph Lippman ainsi qu'une identité toute neuve que Wallander était censé endosser à compter de cet instant. *Exit* M. Eckers. Cette fois, il serait *Herr Gottfried Hegel*, voyageur de commerce allemand spécialisé dans les partitions et les livres d'art. Preuss lui avait remis le plus naturellement du monde un passeport allemand portant sa photo tamponnée en bonne et due forme. Cette photo avait été prise par Linda quelques années auparavant. Comment Joseph Lippman se l'était-il procurée ? Cette énigme lui était presque insupportable. Désormais, il était donc *M. Hegel*. A force de babillage obstiné, Preuss finit par lui faire comprendre qu'il était censé lui remettre son passeport suédois jusqu'à nouvel ordre. Wallander s'exécuta en pensant que c'était de la folie.

Il s'était donc écoulé quatre jours depuis qu'il avait assumé sa nouvelle identité. Preuss était accroupi sur un monticule de racines enchevêtrées ; Wallander devinait son visage dans l'ombre et crut comprendre qu'il montait la garde, le regard tourné vers l'Est. Il était minuit passé de quelques minutes. Wallander pensa qu'il allait attraper une pneumonie s'il ne quittait pas bientôt cette souche.

Soudain, Preuss se mit à gesticuler. Ils avaient suspendu une lampe à pétrole à une branche pour y voir clair. Wallander se leva et, plissant les yeux dans la direction qu'indiquait Preuss il perçut un faible clignotement, comme si quelqu'un approchait sur un vélo à la dynamo vacillante. Preuss sauta de son perchoir et éteignit la lampe.

– *Gehen*, siffla-t-il. *Schnell nun. Gehen !*

Wallander le suivit. Les branches lui fouettaient le visage. Ça y est, pensa-t-il. Je franchis la dernière limite. Mais le fil barbelé, je l'ai dans le ventre.

Ils parvinrent à une laie qui s'ouvrait comme un sentier dans la forêt. Preuss fit signe à Wallander d'attendre tandis qu'il prêtait l'oreille. Puis ils traversèrent la coupe et s'enfoncèrent à l'abri dense des arbres. Dix minutes plus tard ils atteignirent un chemin boueux où les attendait une voiture. Wallander vit le rougeoiement d'une cigarette. Quelqu'un s'approcha, tenant une lampe de poche équipée d'un réflecteur, et il reconnut Inese.

Il se rappellerait longtemps la joie et le soulagement qu'il éprouva en la voyant. Enfin quelqu'un qui ne lui était pas complètement étranger… Dans la faible lueur de la lampe, elle lui sourit ; il ne trouva rien à dire. Preuss tendit sa main osseuse et disparut dans les ombres avant même que Wallander ait pu lui dire au revoir.

– Nous avons une longue route en perspective, dit Inese. Il faut partir.

Ils atteignirent Riga à l'aube. Entre-temps, ils s'étaient arrêtés deux ou trois fois pour qu'Inese prenne un peu de repos. Puis un pneu arrière avait crevé, et Wallander avait peiné à changer la roue. Il lui avait proposé de prendre le volant, mais elle avait secoué la tête sans explication.

D'emblée, il avait compris qu'il s'était passé quelque chose. Inese avait le visage dur, crispé. Cela ne tenait pas seulement à la fatigue et à l'effort de conduire sur ces routes sinueuses. Aurait-elle eu la force de répondre à ses questions ? Dans le doute, Wallander garda le silence. Il avait cependant appris que Baiba Liepa l'attendait, et qu'Upitis était encore en prison ; ses aveux avaient été relayés par la presse. Mais à quoi tenait la peur d'Inese ? Il n'en savait rien.

– Cette fois, je m'appelle Gottfried Hegel, dit-il après deux heures de route, alors qu'ils s'étaient arrêtés pour remplir le réservoir à l'aide d'un bidon d'essence rangé sur la banquette arrière.

– Je sais. Ce n'est pas un très beau nom.

– Dites-moi ce que je fais ici, Inese. En quoi pensez-vous que je peux vous aider ?

Pas de réponse. Elle lui demanda s'il avait faim, et lui tendit une bouteille de bière et un sac en papier contenant deux sandwiches à la saucisse. Le voyage continua. A un moment donné il s'assoupit, mais se réveilla peu après en sursaut, de crainte qu'elle ne s'endorme à son tour.

Ils atteignirent les faubourgs de Riga peu avant l'aube. Wallander se rappela qu'on était le 4 mars, jour anniversaire de sa sœur. Dans une tentative pour s'approprier sa nouvelle identité, il résolut que Gottfried Hegel avait beaucoup de frères et de sœurs, dont la plus jeune s'appelait Kristina. Il se représenta Mme Hegel, son épouse, sous les traits d'une femme hommasse à la moustache naissante, et leur domicile à Schwabingen comme une maison en briques rouges flanquée d'un jardin méticuleusement entretenu et sans âme. La biographie dont l'avait équipé Joseph Lippman, en complément du passeport, était des plus sommaires. Un responsable d'interrogatoire expérimenté mettrait une minute tout au plus à anéantir Gottfried Hegel et à exiger de connaître sa véritable identité.

– Où allons-nous ?

– On y est presque.

– Comment puis-je vous aider en quoi que ce soit si

on ne me dit rien ? Que me cachez-vous ? Que s'est-il passé ?

– Je suis fatiguée. Mais nous sommes heureux de vous voir de retour. Baiba est heureuse. Elle va pleurer en vous voyant.

– Pourquoi ne répondez-vous pas à mes questions ? Que s'est-il passé ? Je vois bien que vous avez peur.

– La situation est plus difficile depuis quelques semaines. Mais il vaut mieux que Baiba vous en parle elle-même. J'ignore beaucoup de choses.

Ils traversèrent une banlieue interminable, dans un brouillard flottant où les usines se découpaient comme des animaux préhistoriques immobiles dans la lumière jaune des rares lampadaires. Les rues étaient désertes. Wallander pensa que c'était précisément ainsi qu'il s'était toujours représenté les pays de l'Est – paradis autoproclamés du socialisme triomphant.

Inese freina devant un entrepôt. Elle coupa le contact et indiqua d'un geste la porte métallique.

– Allez-y. Frappez, on vous ouvrira. Je dois partir.

– Est-ce que nous nous reverrons ?

– Je ne sais pas. C'est Baiba qui décide.

– Vous êtes ma maîtresse, ne l'oubliez pas.

Elle eut un sourire furtif.

– J'étais peut-être la maîtresse de M. Eckers, mais je ne sais pas si M. Hegel me plaît autant. Je suis une fille honorable qui ne change pas d'amant pour un oui ou pour un non.

Wallander descendit de voiture ; elle démarra aussitôt. Un court instant, il envisagea de chercher un arrêt de bus et de rejoindre le centre de Riga. Il devait bien y avoir une ambassade ou un consulat de Suède capable de l'aider à rentrer chez lui. Comment réagiraient les fonctionnaires au récit véridique d'un compatriote policier de la Couronne ? Il n'osait même pas l'imaginer. Il pouvait juste espérer que la confusion mentale aiguë faisait partie des problèmes que lesdits fonctionnaires avaient l'habitude de régler dare-dare

Mais il était trop tard. Il n'avait plus le choix, il fallait aller jusqu'au bout. Il traversa l'étendue de gravier qui crissait à chaque pas et frappa à la porte.

Un barbu lui ouvrit. Wallander ne l'avait jamais vu. Puis il s'aperçut que l'homme louchait ; après avoir jeté un coup d'œil par-dessus l'épaule de Wallander pour vérifier qu'il n'était pas suivi, il sourit, l'entraîna par le bras et referma la porte.

A sa surprise, Wallander découvrit que l'entrepôt était rempli de jouets. Comme s'il venait de pénétrer dans une catacombe où les visages des poupées le regardaient en grimaçant, telles des têtes de mort maléfiques. Il eut le temps de penser que c'était un rêve incompréhensible, qu'il se trouvait en réalité dans sa chambre à coucher de Mariagatan. Il fallait juste respirer avec calme et attendre la délivrance du réveil. Mais ce refuge n'existait plus. Trois autres hommes sortirent de l'ombre, ainsi qu'une femme. Le seul que reconnut Wallander était le chauffeur muet qui avait assisté dans l'ombre à son entretien avec Upitis dans une cabane de chasse cachée au milieu des sapins.

— Monsieur Wallander, dit l'homme qui avait ouvert la porte. Nous vous sommes très reconnaissants d'être venu.

— Je suis venu parce que Baiba Liepa me l'a demandé. Je n'ai pas d'autre motif. C'est elle que je veux voir.

— Ce n'est pas possible pour l'instant, intervint la femme, qui parlait un anglais impeccable. Baiba est surveillée jour et nuit. Mais nous pensons avoir trouvé un moyen de vous réunir.

L'homme approcha une chaise de cuisine. Wallander s'assit. Quelqu'un lui tendit une tasse de thé qu'il accepta. La lumière était rare dans l'entrepôt et Wallander avait du mal à distinguer les visages. L'homme qui louchait semblait être le chef ou le porte-parole du comité d'accueil. Il s'accroupit devant Wallander et prit la parole.

– Notre situation est très difficile. Nous sommes tous surveillés en permanence. La police sait que le major Liepa peut avoir caché des documents compromettants.

– Baiba Liepa a-t-elle retrouvé les papiers de son mari ?

– Pas encore.

– Sait-elle où ils se trouvent ?

– Non. Mais elle est convaincue que vous pouvez l'aider.

– Comment ?

– Vous êtes notre ami, monsieur Wallander. Vous êtes un policier habitué à résoudre des énigmes.

Ils sont fous, pensa Wallander. Ils vivent dans un monde parallèle qui leur a fait perdre tout sens des proportions. Il se fit l'effet d'un fétu de paille, auquel ces gens s'accrochaient comme à un ultime recours, un fétu de paille investi d'un pouvoir quasi mythique. Soudain il crut comprendre ce que l'oppression et la peur pouvaient engendrer chez des êtres humains. En particulier la foi en des sauveurs inconnus prêts à voler à leur secours… Le major Liepa, lui, n'était pas ainsi. Il ne se fiait qu'à lui-même et aux quelques amis fidèles dont il s'entourait. Pour lui, la réalité était l'alpha et l'oméga des injustices dont souffrait la nation lettone. Il était peut-être croyant, mais il n'avait pas laissé sa foi s'obscurcir du recours à un dieu. Maintenant que le major n'était plus là, ces gens se retrouvaient privés de point fixe, et alors, c'était au policier suédois Kurt Wallander d'entrer dans l'arène et de revêtir l'habit vide.

– Je dois rencontrer Baiba Liepa le plus vite possible, répéta- t-il. C'est mon seul impératif.

– Vous la verrez avant ce soir, répondit l'homme qui louchait.

Wallander sentit qu'il était épuisé. Plus que tout, il aurait voulu prendre un bain et se glisser entre des draps frais pour dormir. Il ne se fiait pas à sa jugeote lorsqu'il était trop fatigué, il avait peur de commettre des erreurs qui se révéleraient aussitôt fatales.

L'homme qui louchait n'avait pas bougé de sa position accroupie. Soudain, Wallander vit qu'il avait un revolver glissé dans la ceinture du pantalon.

– Que va-t-il se passer lorsqu'on aura retrouvé les papiers du major ?

– Nous devrons les rendre publics. Mais d'abord, vous devrez les sortir du pays et les faire publier chez vous. Ce sera un événement majeur, un événement historique. Le monde comprendra enfin ce qui s'est passé, et qui se passe encore, dans notre pays martyrisé.

Wallander éprouva un violent besoin de protester, de remettre ces gens désorientés dans le chemin du major Liepa. Mais son cerveau épuisé ne trouva pas le mot anglais pour « sauveur »; il ne trouva rien d'autre qu'un étonnement infini d'être là, dans un entrepôt de jouets à Riga, sans la moindre idée de ce qu'il allait pouvoir faire pour en sortir.

Puis tout alla très vite.

La porte de l'entrepôt s'ouvrit à la volée. Wallander se leva et vit Inese qui courait entre les étagères en criant. Puis il y eut une énorme explosion. Instinctivement, il se jeta par terre et roula derrière une étagère remplie de têtes de poupées.

Ça tirait de partout. En voyant l'homme qui louchait lever son revolver et le décharger sur une cible invisible, il comprit enfin que l'entrepôt était encerclé. Il s'enfonça dans l'ombre. Quelque part au milieu de la fumée et de la confusion une étagère d'arlequins était tombée. Il se faufila derrière et tâtonna jusqu'à rencontrer un mur. Pas d'issue. Le bruit des tirs était insoutenable. Soudain il entendit un hurlement, et vit qu'Inese était tombée sur la chaise où il s'était tenu un instant plus tôt. Elle avait le visage en sang. Il crut voir que la balle était entrée par un œil. L'homme qui louchait se couvrit la tête avec le bras. Il était touché, mais impossible de savoir s'il était mort, comme Inese, ou seulement blessé. Wallander devait absolument trouver une sortie. Mais il était acculé. Au même instant, il vit les premiers hommes en uniforme se ruer dans l'entrepôt au pas de charge avec leurs mitraillettes. Sans réfléchir, il fit basculer l'étagère la plus proche. Une pluie de poupées russes déferla sur sa tête et il se laissa ensevelir, s'attendant à être découvert d'un instant à l'autre. Il serait abattu, son faux passeport ne l'aiderait en rien. Inese était morte, l'entrepôt était cerné et les fous rêveurs n'avaient pas eu la moindre chance de riposter à l'assaut.

Le feu cessa aussi brutalement qu'il avait commencé. Dans le silence assourdissant, Wallander tenta de rester tout à fait immobile et de s'empêcher de respirer. Il entendit des voix, des soldats ou des policiers parlaient entre eux, et soudain il reconnut sans l'ombre d'un doute celle du sergent Zids. Il entrevoyait leurs uniformes dans les interstices du tas de poupées. Tous les amis du major semblaient avoir été tués ; on les emportait sur des civières de toile grise. Puis le sergent Zids sortit de l'ombre et donna l'ordre à ses hommes de fouiller l'entrepôt. Wallander ferma les yeux. Tout serait bientôt fini. Il pensa à Linda. Apprendrait-elle jamais ce qui était arrivé à son père, mystérieusement disparu au cours de ses vacances dans les Alpes ? Ou sa disparition resterait-elle une énigme célèbre dans les annales de la police suédoise ?

Mais personne n'éparpilla les jouets à coups de pied.

Le bruit des bottes s'estompa peu à peu, la voix exaspérée du sergent cessa de houspiller ses hommes. Après un moment il ne resta que le silence et une odeur amère de poudre brûlée. Combien de temps resta-t-il ainsi ? Impossible à dire. Le froid qui montait du sol en ciment finit par le faire grelotter si fort que les poupées se mirent à tinter comme des hochets. Il se redressa lentement. Il n'avait plus aucune sensation dans le pied droit. Peut-être gelé ? Le sol était maculé de sang. Partout des impacts de balles. Il s'obligea à inspirer plusieurs fois de suite profondément pour ne pas vomir.

Ils savent que je suis ici. C'est moi que le sergent Zids recherchait. Mais peut-être croient-ils qu'ils ont frappé trop tôt ? Que je n'étais pas encore arrivé ?

Il s'obligea à réfléchir, malgré la vision obsédante d'Inese affaissée sur sa chaise. Il devait à tout prix quitter cette morgue, et d'abord admettre qu'il était absolument seul désormais. Il n'y avait qu'une chose à faire : dénicher le consulat de Suède et obtenir de l'aide. Il avait si peur qu'il en tremblait de la tête aux pieds. Son cœur battait à se rompre, il s'attendait à mourir d'une crise cardiaque d'un instant à l'autre. Soudain, il eut les larmes aux yeux. L'image d'Inese le bouleversait, et il ne désirait qu'une chose : s'éloigner de cet enfer. Par la suite, il n'aurait su dire combien de temps il resta ainsi avant de retrouver le contrôle de ses actes.

La porte était fermée. L'entrepôt était surveillé, cela ne faisait aucun doute. Tant que durerait la lumière du jour, il ne pourrait s'échapper. Derrière une étagère renversée il devina un vasistas recouvert d'une pellicule crasseuse. Avec précaution, il se fraya un chemin entre les jouets cassés qui jonchaient le sol et jeta un regard au-dehors. Il les vit tout de suite : deux jeeps stationnées côte à côte, face à l'entrepôt. Quatre soldats surveillaient le bâtiment, prêts à tirer. Wallander quitta son poste d'observation et se mit à inspecter le vaste local.

Il devait y avoir de l'eau quelque part, puisqu'on lui avait donné du thé. Tout en cherchant le robinet, il réfléchit fébrilement à sa situation. Il était un homme traqué, et les chasseurs s'étaient manifestés avec une brutalité inconcevable. L'idée d'établir par lui-même un contact avec Baiba Liepa était délirante ; cela revenait à mettre en scène sa propre mise à mort. Il n'avait plus de doute à présent : les commandants – l'un des deux, du moins – étaient prêts à tout pour empêcher la mise au jour des découvertes du major, en Lettonie ou à l'étranger. Inese, la timide Inese, avait été abattue de sang-froid comme un chien indésirable. Peut-être était-ce son propre chauffeur, l'aimable sergent Zids, qui avait tiré en visant son œil.

La peur qu'il ressentait était enrobée de haine. Une haine violente. S'il avait tenu une arme entre ses mains en cet instant, il n'aurait pas hésité à s'en servir. Pour la première fois de sa vie, il sentit qu'il serait capable de tuer un autre être humain sans le prétexte de la légitime défense.

La vie a son temps, la mort a le sien. La formule de conjuration qu'il s'était inventée autrefois à Malmö après qu'un alcoolique de Pildammsparken lui eut enfoncé un couteau dans la poitrine, tout près du cœur – cette formule prenait à présent un sens élargi.

Il finit par trouver un WC sale où gouttait un robinet. Il se rinça le visage et étancha sa soif. Puis il gagna un coin protégé de l'entrepôt, dévissa l'ampoule nue qui l'éclairait et s'assit dans la pénombre pour attendre la nuit qui finirait bien par venir.

Afin de garder tant bien que mal la peur sous contrôle, il concentra sa pensée sur un possible plan d'évasion. D'une manière ou d'une autre, il lui fallait rejoindre le centre de Riga et trouver le consulat de Suède. Il devait s'attendre à ce que chaque policier de la ville connût désormais son signalement. Sans la protection des autorités suédoises, il serait perdu. Il lui paraissait exclu de passer inaperçu au-delà de quelques heures. De plus, le consulat devait être surveillé.

Les commandants croient que je suis en possession du secret du major. Sinon ils n'auraient pas agi de la sorte. Je parle au pluriel parce que j'ignore encore lequel des deux est à l'origine de tout ceci.

Il finit par s'assoupir, et sursauta quelques heures plus tard en entendant une voiture freiner devant l'entrepôt. Il retourna deux ou trois fois à son poste d'observation. Les soldats étaient encore là, et leur vigilance paraissait intacte. Wallander endura la suite de sa longue journée dans un état de nausée permanente. L'ampleur du mal le submergeait. Il s'obligea à explorer l'ensemble de l'entrepôt à la recherche d'une issue – l'entrée principale étant exclue à cause de la présence des soldats. Enfin il découvrit un soupirail placé au ras du sol qui devait faire office de ventilateur. Il appuya son oreille contre le mur de briques froides pour tenter de discerner la présence d'éventuels soldats de ce côté, mais c'était impossible. A supposer qu'il parvienne à sortir, que ferait-il ? Il n'en savait absolument rien. Il tenta de se reposer le plus possible, mais le sommeil se refusait à lui. Le corps affaissé d'Inese et son visage ensanglanté ne lui laissaient aucun répit.

La nuit tomba. Il commençait à faire très froid dans l'entrepôt.

Peu avant dix-neuf heures, il résolut de jouer le tout pour le tout. Avec d'infinies précautions, il commença à manœuvrer le battant rouillé du soupirail. D'un instant à l'autre, ce serait fini. Un projecteur s'allumerait, des voix excitées hurleraient des ordres et un déluge de feu s'abattrait sur le mur de briques. Enfin il parvint à desceller le vantail et le souleva lentement. De la zone industrielle voisine, une vague lumière jaune tombait sur l'étendue de gravier entourant l'entrepôt. Aucun soldat en vue. A une dizaine de mètres, quelques camions rouillés. Il se concentra sur cet objectif : parvenir sain et sauf jusque-là. Il inspira profondément, se redressa et courut le plus vite qu'il put. Parvenu au premier camion, il trébucha sur un pneu déchiré et heurta le pare-chocs. Douleur fulgurante au genou. Il crut que le bruit attirerait immédiatement les soldats en faction de l'autre côté. Mais rien n'arriva. En baissant la tête, il vit que du sang coulait le long de sa jambe. La douleur était intense.

Et maintenant ? Il tenta de se représenter un consulat de Suède, ou peut-être une ambassade – il ignorait le niveau de reconnaissance dont bénéficiait la Lettonie. Puis il comprit qu'il ne pouvait pas renoncer ainsi. C'était Baiba Liepa qu'il devait rejoindre, pas un quelconque consulat. Ce n'était pas le moment d'allumer une fusée de détresse privée… Maintenant qu'il s'était extrait de la malédiction qui pesait sur l'entrepôt, il retrouvait la force de penser autrement. C'était pour Baiba Liepa qu'il était venu, c'était elle qu'il devait rejoindre, même si ce devait être sa dernière initiative dans cette vie.

Il s'éloigna de l'entrepôt. Se faufilant parmi les ombres, il découvrit une clôture qui longeait le périmètre d'une usine. Il la suivit. Après quelque temps, il se retrouva dans une rue mal éclairée. Il ignorait toujours où il était. Mais une rumeur lui parvenait, comme d'une route à grande circulation, et il résolut de marcher dans cette direction. Parfois, il croisait un passant. En pensée, il remercia Joseph Lippman, qui avait malgré tout eu la prévoyance d'exiger qu'il enfile les vêtements apportés par Preuss dans une vieille valise. Il marcha plus d'une demi-heure, en se cachant à deux reprises au passage d'une voiture de police et en se demandant sans cesse ce qu'il devait faire. Enfin, il entrevit l'issue. Il n'avait qu'une seule personne vers qui se tourner. Le risque était énorme, mais il n'avait pas le choix. Cela impliquait aussi qu'il devait trouver une cachette jusqu'au matin. Où ? Il faisait froid, et il devait à tout prix trouver de quoi manger pour supporter la nuit qui l'attendait.

Soudain il comprit qu'il n'aurait pas la force de marcher jusqu'à Riga. Son genou le faisait souffrir et il était étourdi de fatigue. Il ne lui restait plus qu'une solution. Voler une voiture. Cette idée l'effraya, mais c'était sa seule chance de s'en sortir. Il venait de dépasser, à l'écart de toute habitation, une Lada qui paraissait curieusement abandonnée. Il revint sur ses pas en essayant de se rappeler les méthodes des voleurs de voitures suédois. Mais que savait-il des Lada ? Peut-être n'étaient-elles pas accessibles aux méthodes suédoises ?

La voiture était grise, avec un pare-chocs tout cabossé. Wallander s'immobilisa dans l'ombre pour évaluer la situation. Il n'y avait aux alentours que des usines fermées. Il approcha d'une clôture à moitié défoncée près du quai de chargement d'un entrepôt en ruine. De ses doigts engourdis, il réussit à arracher un bout de fil de fer long de trente centimètres. Il recourba l'une des extrémités et retourna vers la voiture.

Ce fut plus simple que prévu. Il inséra le fil entre la vitre et le joint, fit jouer le taquet, ouvrit la portière, se glissa à l'intérieur et se mit à farfouiller dans la pelote de câbles en maudissant l'absence d'un briquet. La sueur coulait sous sa chemise et il tremblait de froid. Par désespoir, il finit par arracher la pelote entière, dénuda deux fils et les mit en contact, sans voir qu'une vitesse était enclenchée. La voiture fit un bond. Il malmena le levier pour revenir au point mort et rétablit le contact. Le moteur démarra. Il chercha le frein à main, ne le trouva nulle part, enfonça tous les boutons du tableau de bord pour obtenir de la lumière et enclencha une vitesse au hasard.

C'est un cauchemar. Je suis un policier suédois, pas un fou affublé d'un faux passeport allemand qui vole des voitures dans la capitale lettone. Il choisit la direction qu'il avait suivie à pied, tout en essayant de comprendre l'emplacement des différentes vitesses et en se demandant pourquoi cette voiture puait le poisson.

Il finit par rejoindre la route dont le bruit lui était parvenu de loin. Au moment de s'y engager, il faillit caler, mais parvint à faire repartir le moteur *in extremis*. Il apercevait maintenant les lumières de Riga. Sa décision était prise. Il allait tenter de retrouver le chemin du quartier de l'hôtel Latvia, et s'arrêter dans l'un des petits restaurants qu'il avait repérés lors de sa première visite. A nouveau, il remercia en pensée Joseph Lippman, qui lui avait fait remettre par l'intermédiaire de Preuss une liasse de billets de banque lettons. Il ignorait quelle somme cela pouvait représenter, mais avec un peu de chance, cela suffirait pour un repas. Il traversa le fleuve et tourna à gauche sur le quai. La circulation n'était pas particulièrement dense, mais il se retrouva soudain coincé derrière un tramway et fut aussitôt agressé par les coups de klaxon enragés d'un taxi contraint de piler derrière lui.

La nervosité prit le dessus. La seule façon qu'il trouva d'échapper au tramway fut de tourner dans une rue dont il découvrit trop tard qu'elle était à sens unique. Un bus approchait en sens inverse, la rue était beaucoup trop étroite et il eut beau malmener le levier de vitesses, il ne trouva pas la marche arrière. Il était sur le point de laisser tomber, d'abandonner le véhicule en pleine rue et de prendre la fuite, lorsque tout à coup la manœuvre réussit. Il s'engagea dans l'une des rues parallèles à celle de l'hôtel Latvia et laissa la voiture sur un emplacement autorisé. Il était trempé de sueur. Une fois de plus, il pensa qu'il allait attraper une pneumonie s'il n'avait pas très vite accès à un bain chaud et à des vêtements secs.

L'horloge de l'église indiquait vingt heures quarante-cinq. Il traversa la rue et entra dans une taverne dont il avait gardé le souvenir. Il eut de la chance ; sitôt entré dans le local enfumé, il découvrit une table libre. Les hommes qui discutaient, penchés sur leurs bières, ne parurent pas faire attention à lui. Aucun individu en uniforme ne l'aborda. Le moment était venu d'inaugurer la vie de *Gottfried Hegel*, voyageur de commerce spécialisé dans les partitions et les livres d'art. Au cours des repas partagés avec Preuss en Allemagne, il avait relevé que « menu » se disait *Speisekarte* en allemand. Ce fut ce qu'il demanda. Le menu lui-même était rédigé dans un letton incompréhensible. Il indiqua une ligne au hasard. On lui servit un plat de bœuf en sauce et une bière. Pendant quelques instants, le vide se fit dans son esprit.

Après avoir mangé, il se sentit un peu mieux. Il commanda un café et constata que son cerveau fonctionnait à nouveau. Soudain il comprit où il passerait la nuit. Il se servirait tout bonnement de ce qu'il savait de ce pays : tout avait un prix. Lors de sa première visite, il avait remarqué dans le quartier quelques pensions de famille et deux ou trois hôtels miteux. Il présenterait son passeport allemand et il mettrait quelques billets de cent couronnes sur le comptoir ; en échange, on ne lui poserait pas de questions. Bien entendu, les commandants avaient pu adresser des recommandations à l'ensemble des hôteliers de Riga. Mais c'était un risque à prendre et, d'après son estimation, son faux passeport le protégerait au moins jusqu'à ce que les fiches soient rassemblées au matin. Avec un peu de chance, il tomberait sur un réceptionniste qui n'était pas fou de joie à l'idée de rendre service à la police.

Il but son café en pensant aux deux commandants. Et au sergent Zids, qui avait peut-être assassiné Inese de ses propres mains. Quelque part dans cette nuit effrayante, Baiba Liepa l'attendait. *Baiba sera très heureuse.* L'une des dernières phrases d'Inese…

Il regarda l'horloge au-dessus du comptoir. Vingt-deux heures trente. Il régla l'addition et constata qu'il lui restait largement de quoi payer une chambre d'hôtel.

Il quitta la taverne, longea quelques pâtés de maisons et repéra une enseigne : Hôtel Hermès. La porte était ouverte. Il monta un escalier de bois grinçant. Une tenture s'écarta et une vieille femme voûtée apparut, plissant les yeux derrière d'épaisses lunettes. Il lui adressa un sourire qui se voulait aimable, prononça le mot *Zimmer*, et posa son passeport sur le comptoir. La vieille femme hocha la tête, lui répondit en letton et lui donna une fiche à remplir. Comme elle n'avait pas même ouvert le passeport, il résolut brusquement de changer de tactique et de s'inscrire sous un autre nom. Dans sa hâte, il ne trouva rien de mieux que Preuss. Il s'inventa un prénom : Martin ; un âge : trente-sept ans ; et un domicile : Hambourg. La femme, tout sourires, lui remit une clef et indiqua le couloir qui s'ouvrait derrière lui. Elle ne peut pas jouer la comédie, pensa-t-il. Si les commandants ne sont pas enragés au point d'ordonner une razzia dans tous les hôtels de Riga cette nuit, je peux dormir tranquille jusqu'à demain matin. Bien entendu, ils finiront par découvrir que Martin Preuss n'était autre que Kurt Wallander, mais alors, je serai déjà loin.

Il ouvrit la porte de la chambre, constata avec joie qu'il y avait une baignoire et, miracle, de l'eau chaude. Il se déshabilla et se glissa dans le bain. La chaleur inonda son corps et il ferma les yeux. Lorsqu'il se réveilla, l'eau avait refroidi. Il se sécha et se glissa dans le lit. Un tramway passa dans un grand bruit de ferraille. Les yeux ouverts dans l'obscurité, il sentit la peur revenir.

Il devait se tenir à ce qu'il avait décidé. S'il ne pouvait plus se fier à son propre jugement, il était perdu. Les chiens le rattraperaient tout de suite.

Il savait ce qu'il devait faire.

Dès le matin, il partirait à la recherche de la seule personne dans Riga qui pourrait l'aider à prendre contact avec Baiba Liepa.

Il ignorait son nom.

Mais ses lèvres, il s'en souvenait, étaient beaucoup trop rouges.

16

Inese resurgit peu avant l'aube. Elle venait vers lui. Les commandants patientaient quelque part à l'arrière-plan, où elle ne pouvait les voir. Il essayait de l'avertir du danger, mais elle ne l'entendait pas. En comprenant qu'il ne pourrait pas l'aider, il fut jeté hors du rêve et ouvrit les yeux dans sa chambre de l'hôtel Hermès.

La montre posée sur la table de chevet indiquait six heures passées de quatre minutes. Immobile dans le lit, il revécut avec une acuité effarante les événements de la veille. Maintenant qu'il avait pris un peu de repos, l'atroce massacre paraissait irréel, impossible à comprendre – hors de portée pour son entendement. La mort d'Inese le remplissait de désespoir ; le fait qu'il n'ait rien pu faire pour la sauver, elle pas plus que l'homme qui louchait, ni les autres, qui l'avaient accueilli et dont il n'avait même pas eu le temps de connaître le nom – comment allait-il pouvoir vivre avec cela ?

L'angoisse le mit debout. A six heures trente, il descendit à la réception. La vieille femme au sourire plein de gentillesse et aux longues phrases incompréhensibles accepta son argent. Il fit un rapide calcul. Il avait encore de quoi passer quelques nuits à l'hôtel, au besoin.

Le petit matin était froid. Il ferma sa veste et résolut de manger avant de mettre son plan à exécution. Après vingt minutes d'errance, il trouva un bar ouvert, commanda du café et des tartines et s'assit à une table d'où il ne pouvait être vu de la porte. A sept heures et demie, il sentit qu'il n'avait plus la force de repousser l'échéance. C'était à quitte ou double maintenant. Il était complètement fou d'être revenu en Lettonie.

Une demi-heure plus tard il était devant l'hôtel Latvia, à l'endroit où le sergent Zids avait eu l'habitude de l'attendre avec la voiture. Il hésita. Peut-être était-il trop tôt ? Puis il entra, jeta un regard vers la réception où quelques clients matinaux payaient leur note, dépassa les banquettes où les ombres avaient consacré tant d'heures à lire le journal. Soudain il l'aperçut. Elle ouvrait boutique, derrière sa table, disposant avec soin un éventail de journaux. Et si elle ne me reconnaît pas ? Peut-être n'est-elle qu'une intermédiaire qui exécute des ordres dont elle ignore l'enjeu ?

Au même instant elle leva les yeux vers l'endroit où il se tenait, tout près d'un pilier. A son regard, il comprit qu'elle l'avait reconnu, et qu'elle n'était pas effrayée de le revoir. Il s'avança et dit à haute voix en anglais qu'il désirait acheter des cartes postales. Pour lui donner le temps de se ressaisir, il continua sur sa lancée. Aurait-elle par hasard des cartes de l'*ancienne* Riga ? Il n'y avait personne à proximité. Lorsqu'il lui sembla avoir assez parlé, il se pencha comme pour lui demander des précisions sur un détail de la carte postale qu'il tenait à la main.

– Vous vous souvenez du concert d'orgue ? Je veux revoir Baiba Liepa. Vous êtes la seule personne qui puisse m'aider. Je sais qu'elle est surveillée, mais c'est très important. Je ne sais pas si vous êtes au courant de ce qui s'est passé hier. Montrez-moi une brochure, faites semblant de m'expliquer, et répondez-moi.

La lèvre inférieure de la femme se mit à trembler. Il vit ses yeux se remplir de larmes. Ils ne pouvaient pas prendre le risque d'attirer l'attention. Il enchaîna très vite : il souhaitait acheter des cartes postales de toute la Lettonie, pas seulement de Riga. Un ami à lui avait signalé qu'on trouvait *toujours* un excellent choix de cartes postales à l'hôtel Latvia.

Elle parut retrouver son sang-froid. Il lui dit qu'il comprenait qu'elle était au courant. Mais était-elle informée de son retour en Lettonie ? Elle secoua la tête.

– Je n'ai nulle part où aller, poursuivit-il. J'ai besoin de me cacher en attendant de revoir Baiba.

Il ne connaissait même pas son nom. Tout ce qu'il savait d'elle, c'est que son rouge à lèvres était trop intense. Avait-il le droit de lui imposer sa présence ? Ne devait-il pas renoncer et partir à la recherche du consulat de Suède ? Où se situait la limite du raisonnable dans un pays où des innocents étaient tués sans discrimination ?

– Je ne sais pas si je peux vous aider à revoir Baiba, dit-elle à voix basse. Je ne sais pas si c'est encore possible. Mais je peux vous cacher chez moi. Je suis quelqu'un de trop insignifiant pour que la police s'intéresse à moi. Revenez dans une heure, je vous rejoindrai à l'arrêt de bus de l'autre côté de la rue. Partez maintenant.

Il se redressa, la remercia comme le client satisfait qu'il était censé incarner, rangea une brochure dans sa poche et quitta l'hôtel. Pendant l'heure qui suivit, il se fondit dans la foule des clients d'un grand magasin, et s'acheta un bonnet dans l'espoir douteux de modifier sa physionomie. Quand l'heure fut écoulée, il se posta à l'arrêt de bus. Il la vit sortir de l'hôtel. Elle s'approcha et se plaça près de lui, feignant de ne pas le connaître. Le bus arriva après quelques minutes. Il monta à sa suite et s'assit quelques rangs derrière elle. Le bus fit le tour du centre pendant une demi-heure avant de continuer vers la banlieue. Wallander tentait de se repérer, mais le seul endroit qu'il reconnut fut l'immense parc

Kirov. Le véhicule traversa une zone d'habitation interminable et sinistre. Lorsqu'elle se leva pour descendre, il sursauta et faillit manquer l'arrêt. Ils traversèrent un terrain de jeux où quelques enfants escaladaient un échafaudage rouillé. Wallander marcha sur un chat mort dont le corps enflé traînait par terre, et la suivit dans un passage couvert où leurs pas résonnaient. Ils débouchèrent dans une cour où le vent froid les frappa au visage. Elle se retourna vers lui.

– C'est tout petit chez moi. Mon père vit avec nous. Il est très âgé. Je vais simplement lui dire que vous êtes un ami que je dépanne pour un jour ou deux. Notre pays est plein de gens sans domicile, c'est normal de nous entraider. Mes deux filles vont revenir de l'école dans l'après-midi. Je leur laisserai un mot disant que vous êtes mon ami et qu'elles doivent vous préparer du thé. C'est tout ce que je peux vous offrir. Après je devrai retourner à l'hôtel.

L'appartement se composait de deux petites pièces, d'une cuisine qui ressemblait davantage à une kitchenette aménagée dans une penderie et d'une minuscule salle de bains. Un vieil homme se reposait sur un lit.

– Je ne connais même pas votre nom, dit Wallander en prenant le cintre qu'elle lui tendait.

– Vera. Vous, c'est Wallander.

Elle l'avait dit comme si « Wallander » était son prénom, et il eut la pensée fugitive que lui-même ne saurait bientôt plus de quel nom il devait se servir. Le vieil homme se redressa et voulut se lever, en s'aidant de sa canne, pour souhaiter la bienvenue à l'étranger. Wallander protesta, ce n'était pas nécessaire, il ne voulait déranger personne. Vera disposa du pain et des victuailles dans la petite cuisine et il protesta à nouveau, il avait demandé une cachette, pas une table servie. Il se sentait honteux de l'importuner ainsi, honteux aussi à la pensée de son appartement de Mariagatan qui

261

était trois fois plus grand que l'espace dont elle disposait pour loger toute sa famille. Elle lui montra la deuxième pièce, où un grand lit occupait presque toute la place.

– Fermez la porte si vous voulez être tranquille. Vous pourrez vous reposer ici. Je vais essayer de rentrer le plus tôt possible.

– Je ne veux pas que vous preniez de risques.

– Ce qui est nécessaire doit être fait. Je suis heureuse que vous vous soyez adressé à moi.

Puis elle partit. Wallander s'assit lourdement sur le lit.

Il était parvenu jusqu'ici.

Il ne restait plus qu'à attendre Baiba Liepa.

Vera revint peu avant dix-sept heures. Wallander avait alors pris le thé avec ses deux filles, Sabine qui avait douze ans et sa sœur Ieva, qui en avait quatorze. Il avait appris quelques mots de letton et fredonné de son mieux une ritournelle suédoise qui les avait fait pouffer de rire, et le père de Vera avait chanté une vieille ballade de soldat de sa voix éraillée. Pendant de brefs instants, Wallander avait presque oublié la raison de sa présence, l'œil d'Inese et le massacre. Il avait découvert qu'il existait une vie ordinaire, loin des commandants ; c'était cette vie-là que le major Liepa avait voulu protéger en endossant sa dangereuse mission. C'était pour eux, pour Sabine et Ieva et leur grand-père, que des gens se retrouvaient en cachette dans des cabanes de chasse et des entrepôts déserts.

Quand Vera eut fini d'embrasser ses filles, elle s'enferma avec Wallander dans la chambre. Ils s'étaient assis sur le grand lit, et la situation parut brusquement la gêner. Il lui effleura le bras pour la rassurer, mais son geste fut mal interprété ; elle se rétracta, et il comprit qu'il ne servirait à rien de s'expliquer. Il lui demanda simplement si elle avait réussi à prendre contact avec Baiba Liepa.

– Baiba pleure, dit-elle. Elle pleure ses amis, Inese en particulier. Elle les avait mis en garde, elle savait que la surveillance s'était intensifiée, elle les avait suppliés de faire attention. Pourtant ce qu'elle redoutait est arrivé. Baiba pleure, mais elle est aussi pleine de colère, comme moi. Elle veut vous voir ce soir, Wallander, et nous avons un plan pour cela. Mais avant que je vous en parle, il faut manger. Si nous ne nous alimentons pas, c'est comme si nous avions déjà abandonné tout espoir.

Ils s'entassèrent autour d'une table pliante fixée au mur de la pièce où le père avait son lit. Wallander pensa qu'ils vivaient comme dans une caravane. Pour que chacun trouve sa place, il fallait se soumettre à une organisation minutieuse, et cela le laissa songeur : comment était-il possible de supporter une telle promiscuité pendant toute une vie ? Il repensa à la soirée passée dans la villa du commandant Putnis. C'était pour protéger ses privilèges que l'un des commandants avait ordonné la traque sans répit de gens tels que le major et Inese. Il voyait maintenant le gouffre qui les séparait. Chaque contact entre ces deux mondes était éclaboussé de sang.

Ils mangèrent la soupe aux légumes que Vera avait préparée sur le minuscule réchaud. Les deux filles avaient mis le couvert, apporté la bière et le pain noir. Malgré la tension extrême qui émanait d'elle, Vera s'occupait de sa famille comme si de rien n'était. A nouveau il pensa qu'il n'avait pas le droit de lui faire prendre ce risque insensé. Comment pourrait-il jamais continuer à vivre avec lui-même s'il arrivait quelque chose à Vera ?

Quand ils eurent fini de manger, les filles débarrassèrent et lavèrent la vaisselle pendant que le père retournait se reposer sur son lit.

– Comment s'appelle votre père ? demanda Wallander.

– Il a un nom étrange. Il s'appelle Antons. Il a soixante-seize ans et des problèmes de vessie. Il a travaillé toute sa vie comme contremaître dans une imprimerie. On dit que les vieux typographes sont parfois victimes d'une sorte d'empoisonnement au plomb qui les rend distraits, comme absents. Parfois il est complètement ailleurs. C'est peut-être la maladie.

Ils étaient à nouveau assis sur le lit de sa chambre à coucher et elle avait tiré la tenture devant la porte. Les filles chuchotaient et rigolaient dans l'autre pièce, et il comprit que tout se jouait maintenant.

– Vous rappelez-vous l'église où vous avez retrouvé Baiba pendant le concert ?

Il hocha la tête.

– Sauriez-vous la retrouver ?

– Pas à partir d'ici.

– Mais de l'hôtel Latvia ? Du centre ?

– Oui.

– Je ne peux pas vous raccompagner en ville, c'est trop dangereux. Mais je ne pense pas qu'on soupçonne votre présence chez moi. Vous allez prendre le bus tout seul. Ne descendez pas à l'arrêt de l'hôtel. Choisissez-en un autre, avant ou après. Allez à l'église et attendez. Vous souvenez-vous de l'issue par où vous avez quitté l'église la première fois ?

Wallander fit oui de la tête. Il pensait s'en souvenir, mais il n'en était pas certain.

– Entrez par là quand vous serez sûr que personne ne vous voit. Attendez là. Baiba viendra si elle le peut.

– Comment l'avez-vous contactée ?

– Je lui ai téléphoné.

Wallander écarquilla les yeux.

– Mais son téléphone doit être sur écoute !

– Bien sûr. J'ai dit que le livre qu'elle avait commandé était arrivé. Autrement dit, elle devait se rendre dans une certaine librairie et demander un volume, où j'avais glissé un mot disant que vous étiez chez moi. Quelques heures plus tard, je suis allée dans un magasin où une voisine de Baiba a l'habitude de se ravitailler. Là-bas, il y avait une lettre de Baiba disant qu'elle essaierait de venir à l'église ce soir.

– Mais si elle échoue ?

– Alors je ne pourrai plus vous aider. Vous ne pourrez pas revenir ici.

Wallander hocha lentement la tête. Il avait compris. En cas d'échec, il n'aurait plus d'autre choix que tenter de sortir du pays.

– Savez-vous où se trouve l'ambassade de Suède ?

Elle réfléchit.

– Je ne sais pas si la Suède a une ambassade.

– Un consulat ?

– Je ne sais pas…

– Écrivez-moi les mots lettons pour « ambassade de Suède » et « consulat de Suède ». Je dois pouvoir trouver un annuaire dans un restaurant. Écrivez-moi aussi le mot « annuaire ».

Elle déchira une feuille dans le cahier d'une des filles et lui expliqua la prononciation.

Deux heures plus tard, il prenait congé de Vera et de sa famille. Elle lui avait donné une vieille chemise de son père et une écharpe pour modifier un peu son apparence. Il ne savait pas s'il les reverrait. Lorsqu'il fut dehors, il s'aperçut qu'ils lui manquaient déjà.

Le chat mort était toujours là, sur le chemin de l'arrêt de bus, comme un mauvais présage. Vera lui avait donné de la monnaie pour payer le ticket.

Une fois dans le bus, il eut la sensation qu'on l'avait déjà repéré. Là, en début de soirée, il n'y avait pas beaucoup de voyageurs, et il s'était assis tout au fond pour surveiller les allées et venues. De temps à autre il jetait un regard par la vitre arrière crasseuse. Aucune voiture suspecte ne semblait suivre le bus.

Pourtant son instinct l'avertissait qu'ils avaient retrouvé sa trace. Il avait une quinzaine de minutes pour prendre une décision. Où allait-il descendre ? Comment les semer ? Soudain il eut une idée, tellement folle qu'elle avait peut-être une chance de réussir. Selon toute vraisemblance, ses poursuivants espéraient qu'il les mènerait à Baiba Liepa. Ils attendaient le moment où le testament du major serait à leur portée. Alors seulement, ils attaqueraient.

Il enfreignit les instructions de Vera et descendit devant l'hôtel Latvia. Sans se retourner, il entra et demanda à la réception s'il y avait une chambre pour une ou deux nuits. Il s'exprimait en anglais, à haute voix, et lorsque le réceptionniste lui confirma qu'il y avait bien une chambre, il lui remit son passeport allemand et s'inscrivit sous le nom de Gottfried Hegel. Ses bagages arriveraient plus tard, dit-il. Toujours à voix haute – pas trop cependant, pour ne pas avoir l'air de semer délibérément des fausses pistes – il ajouta qu'il voulait être réveillé peu avant minuit parce qu'il attendait un coup de téléphone important. Dans le meilleur des cas, cela lui laissait quatre heures d'avance. Comme il n'avait pas de valise, il prit lui-même la clef et se dirigea vers l'ascenseur. La chambre se trouvait au quatrième étage. C'était maintenant ou jamais. Il devait agir sans hésitation. Il tenta de se rappeler la disposition des escaliers par rapport au couloir. En sortant de l'ascenseur au quatrième, il prit d'emblée la bonne direction et descendit l'escalier plongé dans le noir. Avec un peu de chance, ils n'avaient pas eu le temps de mettre tout l'hôtel sous surveillance. Parvenu au sous-sol, il chercha la porte qui donnait sur la rue derrière l'hôtel. Pourvu qu'elle ne soit pas fermée à clef... Il eut de la chance : la clef était dans la serrure. Il se retrouva dans la rue, s'immobilisa un instant. Tout était désert et silencieux. Il se mit à courir, changea plusieurs fois de rue ; puis il se cacha sous un porche pour reprendre son souffle et vérifier s'il était suivi. Il imagina Baiba au même instant, dans un autre quartier de la ville, essayant elle aussi de se libérer des ombres mauvaises. Elle réussirait sûrement, puisqu'elle avait eu le meilleur des professeurs : le major Liepa.

Il parvint à l'église peu avant vingt et une heures trente. Aucune lumière ne filtrait par les vitraux. Il dénicha une arrière-cour et attendit. Les bruits d'une dispute lui parvenaient. Un flot désespérant de paroles véhémentes, un bruit de chute, un cri. Puis un silence assourdissant. Il remua pour ne pas prendre froid, tenta de se rappeler quel jour on était. De rares voitures passaient dans la rue. A chaque instant il s'attendait à entendre une voiture freiner et à être aveuglé par le faisceau d'une torche, là, au milieu des poubelles.

La sensation d'avoir été repéré lui revint. Il pensa que ses manœuvres de diversion étaient vaines. Avait-il commis une erreur en se fiant à la femme aux lèvres rouges ? Peut-être l'attendaient-ils tranquillement dans le cimetière... Son seul recours était de chercher refuge auprès du consulat de Suède. Mais cela, il ne le pouvait pas.

Les cloches sonnèrent dix fois. Il quitta l'arrière-cour, scruta les ombres de la rue et rejoignit très vite le petit portail en fer qui s'ouvrit en grinçant. Un réverbère éclairait les tombes les plus proches. Il s'immobilisa, tous les sens en alerte. Rien. Très vite, il remonta l'allée vers la petite porte qu'il avait franchie un soir dans l'autre sens, en compagnie de Baiba Liepa. A nouveau, il eut la sensation d'être épié, que les ombres étaient là, quelque part, devant lui. Mais que pouvait-il faire ? Il s'approcha du mur et attendit.

Baiba Liepa se matérialisa sans bruit à ses côtés, comme si elle s'était détachée de la nuit elle-même. Il sursauta en découvrant sa présence. Elle murmura quelque chose qu'il ne comprit pas et l'entraîna par la porte entrebâillée. Il comprit qu'elle l'avait attendu à l'intérieur de l'église. Elle referma la porte avec la grande clef. L'obscurité était compacte. Elle se dirigea vers l'autel en le tenant par la main, le guidant comme un aveugle. Comment pouvait-elle s'orienter avec autant d'assurance dans le noir ? Derrière la sacristie se trouvait une sorte de resserre dépourvue de fenêtres. Une lampe à pétrole était posée sur une table. C'était là qu'elle l'avait attendu. Son bonnet de fourrure était posé sur une chaise et il découvrit avec surprise et émotion qu'elle avait placé près de la lampe une photographie du major. Il y avait aussi une bouteille Thermos, quelques pommes et un morceau de pain. Comme si elle l'avait invité à une dernière communion… Il se demanda de combien de temps ils disposaient avant l'irruption des commandants, et aussi quel lien elle entretenait avec l'église, si elle avait un dieu, contrairement au major – soudain il s'aperçut qu'il en savait aussi peu sur elle que sur son défunt mari.

Une fois la porte refermée, elle ouvrit les bras et le serra contre elle. Il entendit qu'elle pleurait. Ses mains étaient comme des griffes d'acier dans son dos, à la mesure de sa rage et de son chagrin.

– Ils ont tué Inese, murmura-t-elle. Ils les ont tous tués. J'ai cru que vous étiez mort vous aussi. Quand Vera m'a contactée, j'ai cru que tout était fini.

– C'était atroce. Il ne faut pas y penser maintenant.

Elle s'écarta de lui.

– Il faut toujours y penser. Toujours. Si on oublie, on oublie qu'on est des êtres humains.

– Je ne parlais pas d'oublier. Là, tout de suite, nous devons aller de l'avant. Le chagrin nous paralyse.

Elle se laissa glisser sur une chaise. Elle était exsangue. Ravagée par l'épuisement et la douleur. Combien de temps aurait-elle la force de tenir ?

La nuit qu'ils passèrent dans l'église fut un point de non-retour dans la vie de Kurt Wallander. Il eut la sensation d'avoir pénétré au cœur de sa propre existence. Jusque-là il y avait rarement réfléchi. Tout au plus lui était-il arrivé dans les moments sombres – face à des enfants tués dans des accidents ou à des gens suicidés – de tressaillir en reconnaissant l'incroyable brièveté de la vie au regard de la mort. Le temps de la vie était infime, le temps de la mort infini. Mais il avait une grande faculté de secouer ce genre de pensée ; la vie était pour l'essentiel, à ses yeux, un ensemble de problèmes matériels, et il doutait fort de pouvoir enrichir son existence en l'organisant selon des recettes philosophiques. Il ne se préoccupait pas davantage du contexte historique que lui avait assigné le hasard. En gros, on naissait quand on naissait et on mourait quand on mourait ; il n'avait pas poussé beaucoup plus loin sa réflexion sur les limites de l'existence. Mais cette nuit passée avec Baiba Liepa dans le froid de l'église l'obligea pour la première fois à fouiller en lui-même. Il comprit que le monde ne ressemblait pas du tout à la Suède, et que ses propres soucis étaient dérisoires comparés à la cruauté noire qui marquait la vie de Baiba Liepa. Pour la première fois, il eut la sensation de *comprendre* le massacre et la mort d'Inese. L'irréel devint réel. Les commandants étaient réels. Le sergent Zids avait tiré avec une arme réelle des balles réelles capables de déchirer un cœur et de faire surgir en une fraction de seconde un univers de désolation. Il comprit la torture que cela représentait de vivre sans cesse dans la peur. *Le temps de la peur. C'est le mien, et je ne le comprends que maintenant, alors que j'entre déjà dans l'âge mûr.*

Ils étaient ici en sécurité, l'assura-t-elle – si ce mot avait encore un sens. Le prêtre était un proche ami de Karlis, il n'avait pas hésité à fournir une cachette à Baiba lorsqu'elle avait fait appel à lui. Wallander lui parla de son sentiment instinctif. Les ombres l'avaient repéré et attendaient juste le bon moment pour frapper.

– Pourquoi attendraient-ils ? Ces gens-là ne se donnent pas la peine d'attendre lorsqu'il s'agit de punir ceux qui menacent leur existence.

Elle avait peut-être raison. Mais Wallander n'y croyait pas. L'essentiel, pour les commandants, devait être le testament du major. C'était cela, pour eux, la vraie menace – pas une veuve flanquée d'un policier suédois crédule lancé dans une vendetta secrète, solitaire et délirante.

Une autre idée venait de le frapper – si déconcertante qu'il préféra n'en rien dire à Baiba jusqu'à nouvel ordre. Il existait peut-être une troisième explication au fait que les ombres ne les aient pas encore arrêtés et livrés à leur chef. Au cours de cette longue nuit dans l'église, cette idée lui parut de plus en plus plausible. Mais il ne dit rien, avant tout pour ne pas l'exposer à une source de stress supplémentaire.

Peu à peu, il comprit que le désespoir de Baiba ne tenait pas seulement à la mort de ses amis, mais à son incapacité à comprendre où Karlis avait pu cacher son testament. Elle avait envisagé toutes les possibilités, tenté de se mettre à la place de son mari, de raisonner comme lui. En vain. Elle avait arraché des carreaux dans la salle de bains, éventré des meubles sans rien trouver d'autre que de la poussière et des squelettes de souris.

Wallander tenta de l'aider. Ils étaient assis face à face, de part et d'autre de la table, elle leur versait du thé ; le halo de la lampe transformait la nudité du lieu en une bulle d'intimité et de chaleur. S'il avait osé, Wallander l'aurait prise dans ses bras pour partager sa douleur. Il voulait la ramener avec lui en Suède. Mais elle n'accepterait jamais. Surtout pas maintenant, après la mort de ses amis. Elle préférerait mourir plutôt que renoncer.

En même temps, il méditait sur la troisième explication, qui pouvait rendre compte de la discrétion des ombres. Si cette hypothèse était correcte, ils n'avaient pas seulement affaire à un ennemi, mais aussi à un *ennemi de cet ennemi*. Le condor et le vanneau... *Je ne sais toujours pas à quel commandant correspond quel plumage. Mais si ça se trouve, le vanneau connaît très bien le condor et s'emploie à protéger les victimes désignées de celui-ci.*

Cette nuit dans l'église fut comme un voyage vers un continent inconnu, où il fallait à tout prix retrouver un objet dont ils ignoraient la nature. Un paquet enveloppé de papier kraft ? Une valise ? Le major était un homme sage qui savait qu'une cachette manquait de valeur si elle était trop bien choisie. Mais pour pouvoir se repérer dans l'univers du major, il devait en savoir plus sur Baiba. Il posa des questions qu'il aurait préféré ne pas poser, mais elle l'y encouragea, l'exhortant à ne pas la ménager.

Avec son aide, il cerna la vie des époux Liepa dans ses détails les plus intimes. Par instants, il lui semblait pressentir la solution. Mais il s'avérait à chaque fois que Baiba avait déjà exploré cette possibilité.

Trois heures et demie du matin. Il se sentait sur le point de renoncer. Le visage de Baiba était gris de fatigue.

– *Mais encore ?* demanda-t-il, autant pour lui-même que pour elle.

Une cachette doit se trouver *quelque part*, un endroit de l'espace. Un endroit sûr, capable de résister au feu, au vol, aux intempéries. Que reste-t-il ? Il s'obligea à poursuivre.

– Y a-t-il une cave dans votre immeuble ?

Elle secoua la tête.

– Nous avons déjà évoqué le grenier, la maison de vacances de votre sœur, celle de votre beau-père à Ventspils. Réfléchissez, Baiba. Il doit y avoir autre chose.

– Non. Il n'y a pas d'autre endroit.

– Ce n'est pas nécessairement à l'intérieur. Vous m'avez dit que vous alliez parfois sur la côte. Aviez-vous l'habitude de vous asseoir sur un rocher particulier ? Où dressiez-vous votre tente ?

– Je vous l'ai déjà dit. Karlis n'aurait jamais caché quelque chose là-bas.

– Dressiez-vous toujours la tente au même endroit ? Huit années d'affilée ? Ne vous est-il pas arrivé de choisir un autre lieu ?

– Nous aimions tous les deux le plaisir des retrouvailles.

Wallander la ramenait sans cesse vers le passé. Selon lui, le major n'aurait jamais choisi une cachette aléatoire. Elle devait exister dans leur histoire commune.

Il recommença depuis le début. Il n'y avait presque plus de pétrole dans la lampe, mais Baiba dénicha un cierge et fit tomber quelques gouttes de cire sur un bout de papier. Il crut qu'elle allait s'évanouir d'épuisement. Quand avait-elle dormi pour la dernière fois ? Il tenta de l'encourager en prenant un ton optimiste qui ne correspondait en rien à son sentiment réel. Il revint une fois de plus à la piste de l'appartement. Avait-elle pu omettre quelque chose ? Toute maison est constituée d'innombrables *cavités*...

Il l'entraîna à sa suite, de pièce en pièce. A la fin, elle était si exténuée qu'elle se mit à crier.

– Elle n'existe pas, cette cachette ! Nous avions un seul appartement et c'est là que nous vivions, sauf pendant les vacances d'été. La journée, j'étais à l'université et Karlis au QG de la police. Il n'y a pas de testament. Karlis devait se croire immortel.

Wallander comprit alors que sa colère était aussi dirigée contre son mari. Ce cri, cette plainte, lui rappela une scène survenue l'année précédente, lorsqu'un réfugié somalien avait été brutalement assassiné en Suède et que Martinsson tentait de calmer sa veuve, folle de désespoir.

Je vis au temps des veuves. Au temps des veuves et de la peur…

Soudain il tressaillit.

– Qu'y a-t-il ? murmura Baiba.

– Attendez. Laissez-moi réfléchir.

Était-ce possible ? Il testa son idée selon différents points de vue. Elle était absurde, complètement tirée par les cheveux, mais…

– Je vais vous poser une question, dit-il lentement. Et je veux que vous réagissiez tout de suite, sans réfléchir. Sinon vous risquez de répondre à côté.

Elle le dévisageait à la lueur vacillante de la flamme, avec une attention, une tension extrêmes.

– Karlis a-t-il pu choisir le lieu invraisemblable entre tous ? *Le quartier général de la police ?*

Un éclair sembla traverser le regard de Baiba.

– Oui, dit-elle très vite. C'est possible.

– Pourquoi ?

– Karlis était comme ça. Ça collerait avec sa personnalité.

– Où ?

– Je ne sais pas.

– Nous pouvons exclure son propre bureau. Vous a-t-il jamais parlé du bâtiment proprement dit ?

– Il le trouvait horrible. Comme une prison. *C'était* une prison.

– Réfléchissez, Baiba. Lui est-il arrivé de parler d'un endroit précis, qui aurait eu un sens particulier pour lui, qu'il haïssait plus que les autres, ou qu'il aimait, au contraire ?

– Les salles d'interrogatoire le rendaient malade.

– On ne peut rien cacher dans une salle d'interrogatoire.

– Il détestait le bureau des commandants.

– Impossible, là aussi.

Elle réfléchissait intensément, les yeux fermés. Lorsqu'elle les rouvrit, elle avait la réponse.

- Karlis parlait souvent d'un endroit qu'il appelait la chambre du Mal. C'était là, disait-il, qu'on cachait toutes les injustices, toutes les exactions commises dans ce pays. C'est là qu'il a dû enfouir ses documents. Au cœur de la mémoire de tous ceux qui ont souffert, qui souffrent encore. Il a dû cacher ses papiers dans les archives de la police.

Wallander ne la quittait pas des yeux. Toute sa fatigue avait disparu.

– Oui, dit-il. C'est sûrement ça. Une cachette à l'intérieur d'une cachette. Le jeu des coffrets chinois. Mais comment a-t-il marqué son testament pour que vous soyez seule à le reconnaître ?

Soudain elle fondit en larmes et se mit à sangloter et à rire en même temps.

– Bien sûr ! Je sais comment il a raisonné. Au début de notre histoire, il me faisait des tours de magie avec des cartes. Dans sa jeunesse, il rêvait de devenir magicien, en plus d'ornithologue. Je lui ai demandé de me dévoiler ses trucs. Il a refusé. C'est devenu une sorte de jeu entre nous. Il m'en a montré un seul, le plus simple. On partage les cartes en deux paquets, les noires d'un côté, les rouges de l'autre. Puis on demande à quelqu'un de tirer une carte, de la mémoriser et de la remettre dans le tas. On s'arrange pour présenter les deux moitiés du jeu de telle sorte qu'une carte rouge se retrouve parmi les noires, ou *vice versa*. Il disait souvent que j'étais sa lumière dans un monde noir. Alors nous cherchions toujours la fleur rouge cachée parmi les bleues ou les jaunes, la maison verte au milieu des maisons blanches. C'était un jeu, un secret entre nous. Il a dû procéder comme ça en cachant son testament. Je suppose que les archives sont pleines de dossiers de différentes couleurs. Quelque part, il y en a un qui se distingue de ses voisins, par la couleur ou peut-être par la taille. C'est là qu'il faut chercher.

– Mais les archives sont sûrement gigantesques.

– Parfois, quand il partait en voyage, il laissait un jeu sur mon oreiller, avec une carte rouge glissée parmi les noires. Il existe forcément un dossier qui me concerne. C'est là qu'il a dû glisser sa carte secrète.

Il était cinq heures et demie. Wallander se pencha et lui effleura le bras.

– Je voudrais que tu reviennes avec moi en Suède, dit-il en suédois.

Elle le regarda, interdite.

– J'ai dit qu'il fallait nous reposer Nous devons être partis avant l'aube. Je ne sais pas où j'irai, et je n'ai aucune idée de la manière dont nous allons réussir le tour de magie de nous introduire dans les archives de la police. Donc nous devons nous reposer.

Il y avait une couverture dans l'armoire, roulée sous une vieille mitre. Baiba l'étendit sur le sol. Tout naturellement, ils se blottirent l'un contre l'autre pour conserver la chaleur.

– Dormez, dit-il. Je vous réveillerai quand il sera temps.

Pas de réponse.

Elle dormait déjà.

17

Ils quittèrent l'église peu avant sept heures.

Il dut soutenir Baiba, anesthésiée par la fatigue. Il faisait encore nuit. Pendant qu'elle dormait près de lui sur le sol, il avait tenté d'inventer quelque chose. C'était à lui de le faire ; Baiba ne pouvait plus l'aider. Elle avait brûlé tous ses vaisseaux, elle était désormais aussi exposée que lui. A compter de maintenant, il était son sauveur. Or il n'avait aucun plan à lui proposer. Ses ressources d'imagination étaient épuisées.

Mais l'idée de la *troisième explication* l'aiguillonnait. Il prenait un grand risque en s'y fiant. Il pouvait se tromper. Dans ce cas, ils n'échapperaient pas aux assassins du major. Mais à sept heures, au moment de quitter l'église, il sentit qu'il n'avait plus guère le choix.

Il faisait froid dehors. Baiba pesait sur son bras. Wallander perçut un bruit infime dans le noir, comme si quelqu'un avait changé de position et fait crisser involontairement le gravier gelé. *Ça y est. Ils vont lâcher les chiens.* Mais rien n'arriva. Le silence revint, aussi compact qu'auparavant. Une fois dans la rue, il eut la certitude que les poursuivants n'étaient pas loin. Il devina un mouvement dans l'ombre, crut entendre le portail grincer derrière eux. Les chiens ne sont pas très adroits. Ou alors, ils veulent nous faire sentir leur présence.

Le froid avait ranimé Baiba. Ils s'arrêtèrent au coin de la rue. Il fallait prendre une décision.

– Connaissez-vous quelqu'un à qui je pourrais emprunter une voiture ?

Elle réfléchit ; puis elle fit non de la tête.

Il s'aperçut que la peur le rendait impatient. Pourquoi tout était-il si compliqué dans ce pays ? Comment pourrait-il l'aider alors que rien n'était normal, conforme à ce dont il avait l'habitude ?

Soudain il se rappela la voiture qu'il avait empruntée la veille. L'espoir de la retrouver était infime, mais il n'y avait plus rien à perdre. Il fit entrer Baiba dans un café ouvert en pensant que cela sèmerait peut-être la confusion dans la meute. Les chiens allaient devoir se séparer, alors qu'ils craignaient sans doute qu'ils aient déjà le testament en leur possession. Cette idée fortuite l'encouragea. Elle impliquait une possibilité qu'il n'avait pas encore envisagée : proposer aux chiens de faux appâts. Il marchait vite. En premier lieu, il fallait vérifier si la voiture était encore là.

Il la découvrit à l'endroit où il l'avait laissée. Sans réfléchir, il s'installa derrière le volant, perçut à nouveau l'étrange odeur de poisson, connecta les fils, en n'oubliant pas cette fois de vérifier que le levier de vitesses était au point mort. Il s'arrêta devant le café et laissa le moteur tourner pendant qu'il allait chercher Baiba. Elle buvait un thé à une table. Il s'aperçut qu'il avait faim. Mais la faim attendrait.

Elle avait déjà payé. Ils rejoignirent la voiture.

– Comment vous l'êtes-vous procurée ?

– Une autre fois. Dites-moi comment je dois faire pour quitter Riga.

– Où allons-nous ?

– Je ne sais pas. On commence par visiter la campagne.

La circulation était intense et Wallander maudit la faiblesse du moteur. Enfin, ils dépassèrent les derniers faubourgs et se retrouvèrent sur une plaine couverte de champs et de fermes clairsemées.

– Où conduit cette route ?

– En Estonie. Elle aboutit à Tallinn.

– On ne va pas aller jusque-là.

La jauge du réservoir d'essence oscillait dangereusement ; il s'arrêta à une station-service. Un vieil homme borgne fit le plein. Au moment de payer, Wallander s'aperçut qu'il n'avait plus assez d'argent. Baiba compléta la somme et ils repartirent. Pendant l'arrêt, Wallander avait observé la route. Une voiture noire était passée – il n'avait pas identifié la marque – et, peu de temps après, une autre voiture noire. En quittant l'aire de stationnement, il avait vu dans le rétroviseur une voiture à l'arrêt sur le bas-côté. Trois véhicules, autrement dit. Peut-être davantage.

Ils arrivèrent dans une bourgade dont Wallander ne perçut pas le nom. Sur une place, un groupe de gens faisait cercle autour d'un étal de poissons. Il coupa le contact.

Il devait absolument se reposer, s'il voulait que son cerveau continue à fonctionner. En apercevant une enseigne d'hôtel, il se décida très vite.

– Je dois dormir. Combien d'argent avez-vous ? Assez pour une chambre ?

Elle hocha la tête. Ils traversèrent la place. Baiba s'adressa en letton à la réceptionniste, qui rougit et renonça à leur faire remplir une fiche.

– Que lui avez-vous dit ? demanda Wallander lorsqu'ils furent dans la chambre qui donnait sur une arrière-cour.

– La vérité. Nous ne sommes pas mariés et nous ne restons que quelques heures.

– Elle a rougi, ou je me trompe ?

– Moi aussi j'aurais rougi à sa place.

La tension se dissipa l'espace d'un instant. Baiba rougit et Wallander éclata de rire. Puis il redevint sérieux.

– Je ne sais pas si vous comprenez. C'est l'entreprise la plus folle de ma carrière. Et j'ai au moins aussi peur que vous. Contrairement à votre mari, j'ai travaillé toute ma vie dans une ville qui n'est pas beaucoup plus grande que celle où nous sommes maintenant. Je n'ai aucune expérience de tueurs de ce calibre. Je passe l'essentiel de mon temps à chasser des cambrioleurs ivres morts et des vaches échappées de leur enclos.

Elle le rejoignit sur le bord du lit.

– Karlis m'a dit que vous étiez un bon policier. Il a parlé d'une erreur de négligence. Mais à part ça, il n'avait que du respect pour vous.

Wallander se remémora à contrecœur la disparition du canot. Il changea de sujet.

– Nos pays sont tellement différents. Le major aurait sûrement été capable de travailler en Suède. Mais moi, je ne pourrais jamais être policier en Lettonie.

– Vous l'êtes maintenant.

– Non. Je suis ici parce que vous me l'avez demandé. Et peut-être aussi parce que Karlis était l'homme qu'il était. En fait, je ne sais pas ce que je fais en Lettonie. Je ne suis sûr que d'une chose. Je voudrais que vous m'accompagniez en Suède. Quand tout ceci sera terminé.

Elle parut surprise.

– Pourquoi ?

Il comprit qu'il ne pourrait pas lui expliquer. Ses propres sentiments étaient trop confus, trop contradictoires.

– Rien. Oubliez ce que j'ai dit. Maintenant il faut que je dorme, si je veux pouvoir continuer à réfléchir. Vous aussi, vous avez besoin de repos. Le mieux serait peut-être que vous demandiez à la réceptionniste de frapper à la porte dans trois heures.

– Elle va rougir à nouveau, dit Baiba en se levant.

Wallander se roula en boule sous la couverture. Il était presque assoupi lorsque Baiba revint.

Il ouvrit les yeux trois heures plus tard avec la sensation de n'avoir dormi que quelques minutes. Les coups frappés à la porte n'avaient pas réveillé Baiba. Il s'obligea à prendre une douche froide pour chasser la fatigue de son corps. Une fois habillé, il pensa qu'il valait mieux la laisser dormir le temps qu'il prenne une décision. Sur un bout de papier-toilette, il griffonna un message : *Attendez-moi, je n'en ai pas pour longtemps.*

La fille de la réception lui adressa un sourire hésitant et, lui sembla-t-il, vaguement lascif. Il s'avéra qu'elle comprenait quelques mots d'anglais. Il lui demanda où il pouvait manger, et elle indiqua la porte d'un minuscule restaurant. Il s'assit de manière à pouvoir observer les allées et venues au-dehors. L'étal de poissons était encore entouré de gens emmitouflés contre le froid. La Lada était à l'endroit où il l'avait laissée.

De l'autre côté de la place, il reconnut l'une des voitures noires de la station-service. Il eut une pensée pour les chiens ; il espérait qu'ils avaient froid, dans leurs bagnoles.

La réceptionniste, qui tenait aussi le rôle de serveuse, apparut avec une cafetière et des tartines. Il mangea, tout en continuant à observer la place. Un plan commençait à prendre forme dans son esprit. Un plan complètement dément.

La nourriture l'avait un peu ragaillardi. Il retourna à la chambre, où Baiba s'était entre-temps réveillée. Il s'assit sur le bord du lit et lui fit part de son idée.

– Karlis devait avoir un confident parmi ses collègues.

– Nous ne fréquentons pas de policiers. Nous avions d'autres amis.

– Il devait bien lui arriver de prendre un café avec quelqu'un. Pas nécessairement un ami. Simplement quelqu'un qui n'était pas son ennemi.

Il lui laissa le temps de réfléchir. Tout son projet dépendait de la réponse qu'elle lui ferait maintenant. L'existence de quelqu'un, dans la police, dont le major ne se défiait pas absolument.

– Il parlait parfois de Mikelis… Un jeune sergent qui n'était pas comme les autres. Mais je ne sais rien de lui.

– Vous devez bien vous souvenir de quelque chose. Pourquoi Karlis parlait-il de lui ?

Elle avait empilé les oreillers contre le mur pour s'y adosser. Il vit qu'elle faisait un réel effort.

– Karlis disait souvent que l'indifférence de ses collègues l'effrayait. La froideur de leur réaction face à toute cette souffrance… Mikelis était l'exception. Si je me souviens bien, Karlis et lui avaient procédé à une arrestation ensemble. Un homme pauvre, père d'une famille nombreuse. Après coup, Mikelis avait dit à Karlis qu'il trouvait cela épouvantable.

– Quand cela s'est-il passé ?

– Assez récemment.

– Essayez d'être plus précise. Il y a un an ? Davantage ?

– Moins. Moins d'un an.

– Mikelis devait travailler à la brigade criminelle s'il effectuait des missions avec Karlis.

– Je ne sais pas.

– Si, forcément. Vous allez appeler Mikelis et lui dire que vous devez le voir.

Elle le regarda avec effroi.

– Il va me faire arrêter.

– Vous ne lui direz pas que vous êtes Baiba Liepa. Vous direz simplement que vous détenez une information qui peut servir sa carrière, mais que vous tenez à rester anonyme.

– Ce n'est pas facile de duper un policier, chez nous.

– Vous devrez être convaincante. Il faudra insister.

– Mais que dois-je lui dire ?

– Je ne sais pas. Aidez-moi. Quelle est la plus grande tentation pour un policier letton ?

– L'argent.

– Des devises ?

– Beaucoup de gens dans ce pays seraient prêts à vendre leur mère pour des dollars américains.

– Alors dites-lui que vous connaissez des gens qui ont des dollars.

– Il va me demander d'où vient l'argent.

Wallander réfléchissait fébrilement. Soudain il se rappela un incident récent survenu en Suède.

– Vous allez appeler Mikelis et lui dire ceci : vous connaissez deux Lettons qui ont attaqué un bureau de change à la gare centrale de Stockholm. La police suédoise ne les a jamais retrouvés. Ils sont maintenant en Lettonie et ils ont l'argent avec eux – une forte somme, en dollars essentiellement.

– Il voudra savoir qui je suis et comment je suis informée de l'affaire.

– Donnez l'impression que vous étiez la maîtresse de l'un d'entre eux. Il vous a quittée pour une autre, vous voulez vous venger, mais vous avez peur de lui et vous n'osez pas dire votre nom.

– Je ne sais pas mentir.

– Alors il faut apprendre. Maintenant ou jamais. Ce Mikelis est notre seule chance de pénétrer dans les archives. J'ai un plan, qui vaut ce qu'il vaut. Tant que vous ne proposez rien, je suis bien obligé d'inventer quelque chose.

Il se leva.

– On retourne à Riga. Je vous expliquerai dans la voiture.

– Vous voulez que Mikelis retrouve les papiers de Karlis ?

– Pas Mikelis. Moi. Mais Mikelis va me faire entrer dans la forteresse.

Ils étaient retournés à Riga. Baiba avait téléphoné d'un bureau de poste et réussi à mentir.

Ils se rendirent dans le marché couvert de la ville. Baiba lui ordonna d'attendre dans la halle aux poissons, qui ressemblait à un hangar. Il la vit disparaître dans la foule en pensant qu'il ne la reverrait pas. Mais elle parvint à retrouver Mikelis dans un autre hangar et à lui parler tout en se promenant entre les étals de viande. Elle lui apprit qu'il n'y avait pas de braqueurs, ni de dollars américains. Pendant le trajet du retour vers Riga, Wallander lui avait donné ses instructions : ne pas hésiter, aller droit au but, raconter toute l'histoire. Ils n'avaient plus le choix.

– Soit il vous fait arrêter, soit il accepte notre proposition. Si vous hésitez, il risque de soupçonner un piège, peut-être orchestré par un supérieur qui doute de sa loyauté. Vous devez pouvoir prouver que vous êtes la veuve de Karlis, même s'il ne connaît pas votre visage. Vous devez faire et dire ce que je vous ai demandé, à la lettre.

Une heure plus tard, Baiba était de retour dans la halle où l'attendait Wallander.

Son visage exprimait la joie et le soulagement. Wallander se rappela une fois de plus à quel point elle était belle.

A voix basse, elle lui raconta que Mikelis avait très peur. Il savait qu'il jouait sa carrière, et peut-être sa vie. En même temps, elle avait deviné du soulagement chez lui.

– Il est des nôtres, dit-elle. Karlis ne s'était pas trompé.

Ils avaient maintenant plusieurs heures à tuer avant que Wallander puisse mettre son plan à exécution. Pour passer le temps, ils marchèrent dans la ville, choisirent deux lieux de rendez-vous successifs et se rendirent ensuite à l'université où elle enseignait. Dans un laboratoire de biologie désert qui puait l'éther, Wallander s'endormit, la tête appuyée contre un présentoir contenant le squelette d'une mouette. Baiba grimpa sur un large appui de fenêtre, se blottit dans l'encoignure et contempla le parc au-dehors. Il n'y avait plus que l'attente – une attente épuisée et muette.

Peu avant vingt heures, ils se séparèrent dans le couloir. Un gardien qui faisait sa ronde se laissa convaincre par Baiba d'éteindre un court moment l'éclairage extérieur devant l'une des portes de service.

Wallander se glissa au-dehors à l'instant où la lumière s'éteignit. Il traversa le parc en courant, dans la direction indiquée par Baiba. Lorsqu'il s'arrêta pour reprendre haleine, il eut la conviction que la meute patientait encore autour de l'université.

Les cloches de l'église sonnaient le dernier coup de neuf heures lorsque Wallander franchit la porte éclairée de l'aile de la forteresse qui était ouverte au public. Baiba lui avait minutieusement décrit la physionomie de Mikelis. La seule chose qui surprit Wallander en le voyant fut son extrême jeunesse. Mikelis était posté derrière un guichet. *Dieu sait comment il a justifié sa présence ici...* Puis il s'élança. Il avança droit vers Mikelis et joua son rôle. D'une voix stridente, il se mit à protester en anglais – lui, un touriste innocent, dévalisé en pleine rue à Riga par des bandits qui avaient pris tout son argent, et non seulement cela, ce qu'il possédait de plus précieux, son passeport !

Au même instant, il comprit son erreur fatale. Il avait complètement oublié de demander à Baiba si Mikelis parlait l'anglais. *Et s'il ne comprend que le letton ? Alors il m'orientera vers quelqu'un d'autre, et tout sera perdu.*

Mais Mikelis parlait l'anglais. Mieux que le major même. Lorsqu'un collègue s'approcha pour prendre en charge le touriste importun, il fut éconduit sans ménagement. Mikelis fit entrer Wallander dans un bureau. Les autres policiers avaient manifesté de la curiosité, mais pas au point de se montrer soupçonneux et de donner l'alerte. La pièce où ils venaient d'entrer était dépouillée et excessivement froide. Mikelis lui fit signe de s'asseoir et le dévisagea avec gravité.

– L'équipe de nuit prend la relève à vingt-deux heures, dit-il. D'ici là on va faire semblant de dresser un procès-verbal. Je vais envoyer une patrouille à la recherche de malfaiteurs dont nous allons improviser le signalement. Nous avons exactement une heure devant nous.

Comme prévu, Mikelis lui expliqua que les archives étaient immenses. Impossible d'explorer ne fût-ce qu'un centième des rayonnages qui remplissaient l'espace creusé à même la roche sous la forteresse. Si Baiba se trompait, si Karlis n'avait pas caché son testament à côté du dossier qui portait son nom, il n'y aurait rien à faire.

Mikelis lui fit un rapide croquis. Il fallait franchir trois portes successives, dont il lui remettrait les clefs. Un policier montait la garde devant la dernière porte. A vingt-deux heures trente pile, Mikelis l'éloignerait sous couvert d'un appel téléphonique. Une heure plus tard – à vingt-trois heures trente précises –, Mikelis descendrait au sous-sol et éloignerait le gardien sous un autre prétexte. Wallander devait quitter les archives à ce moment-là. Ensuite il lui faudrait se débrouiller seul. S'il croisait un policier dans les couloirs et si celui-ci commençait à poser des questions, il faudrait improviser.

Pouvait-il se fier à Mikelis ?

Question absurde. Il n'y avait pas de retour possible.

Il savait ce qu'il avait ordonné à Baiba de répéter au jeune sergent, tandis qu'ils essayaient des chaussures dans un magasin cet après-midi-là. Mais il ignorait ce qu'elle avait pu lui dire d'autre, qui avait finalement convaincu Mikelis de les aider. Où qu'il se tourne, il était un étranger dans le jeu qui se déroulait autour de lui.

Après une demi-heure, Mikelis sortit pour envoyer une patrouille à la recherche des agresseurs du touriste anglais Steven. C'était Wallander qui avait proposé ce nom-là, sans trop savoir pourquoi. Mikelis avait construit trois signalements qui devaient pouvoir s'appliquer à une grande partie de la population de Riga. L'un d'eux n'était pas sans évoquer Mikelis lui-même. L'agression avait eu lieu près de l'Esplanade, mais M. Steven était encore sous le choc et ne se sentait pas la force d'accompagner la patrouille pour indiquer l'endroit avec précision. Mikelis revint, et ils se penchèrent à nouveau sur le croquis. Wallander s'aperçut qu'il passerait par le couloir des commandants, où il avait eu son propre bureau. Frisson involontaire. Qui avait donné l'ordre au sergent Zids de tuer Inese et les autres ? Putnis ou Murniers ?

A l'heure de la relève, Wallander s'aperçut que la nervosité lui avait retourné les tripes. Mais ce n'était pas le moment de demander où étaient les toilettes. Mikelis entrouvrit la porte et lui fit signe qu'il pouvait y aller. Il avait mémorisé le croquis. Il savait qu'il n'avait pas droit à l'erreur. Le temps qu'il retrouve son chemin, le gardien serait à nouveau à son poste devant la dernière porte.

La forteresse était déserte. Il se hâta le long des couloirs, s'attendant à chaque instant à voir une porte s'ouvrir et le canon d'une arme braqué sur lui. Il compta les escaliers, entendit des pas résonner au loin et pensa qu'il se trouvait au cœur d'un labyrinthe où il lui serait extrêmement facile de disparaître. Puis il descendit de nouvelles volées de marches en se demandant à quelle profondeur se situaient en réalité les archives. Il franchit les deux premières portes et regarda sa montre. Le téléphone devait sonner d'ici quelques minutes. Il prêta l'oreille. Rien. S'était-il perdu, tout compte fait ?

Une sonnerie grêle lacéra le silence. Il respira. Un bruit de pas s'éloigna dans le couloir voisin. Quand le calme fut revenu, il s'avança très vite et ouvrit la porte à l'aide des deux dernières clefs que lui avait remises Mikelis.

Il savait où devaient se trouver les interrupteurs. Ses doigts tâtonnèrent le long du mur et la lumière se fit. Mikelis lui avait dit que la porte ne laissait filtrer aucune clarté susceptible d'alerter le gardien.

Il eut la sensation d'avoir échoué dans un gigantesque hangar souterrain. Jamais il n'aurait imaginé que les archives puissent être aussi vastes. Un court instant, il resta comme paralysé à la vue des rayonnages innombrables surchargés de dossiers. *La chambre du Mal.* A quoi songeait le major lorsqu'il est entré ici pour placer la bombe qu'il espérait voir exploser un jour ?

Il regarda sa montre, se reprocha d'avoir perdu du temps en réflexions inutiles. Il avait absolument besoin d'aller aux toilettes.

Il se mit en marche dans la direction indiquée par Mikelis. Celui-ci l'avait mis en garde : rien de plus facile que de s'égarer dans ces allées qui se ressemblaient toutes. Il maudit ses intestins, qui monopolisaient malgré lui son attention, craignant déjà ce qui risquait d'arriver s'il ne trouvait pas rapidement un WC.

Il s'immobilisa et regarda autour de lui. Il s'était trompé de route. Mais était-il allé trop loin ou avait-il changé de direction au mauvais endroit ? Il revint sur ses pas. Soudain il n'eut plus aucune idée de sa position. La panique le submergea. Quarante-deux minutes encore. Mais il aurait déjà dû trouver le bon rayonnage. Il jura à voix basse. Mikelis s'était-il trompé ? Il fallait revenir au point de départ. Il retourna en courant vers l'entrée des archives, trébucha sur une poubelle qui rebondit contre une armoire métallique avec un bruit assourdissant. Le gardien ! Il s'immobilisa, pantelant, mais aucun bruit de clef ne lui parvint. Au même instant, il comprit qu'il ne pourrait pas se retenir davantage. Il baissa son pantalon et s'accroupit au-dessus de la poubelle. Avec une rage mêlée de désespoir, il dut se résoudre à attraper un dossier et à arracher quelques pages – un compte rendu d'interrogatoire ? – pour s'essuyer. Puis il se remit en marche en sachant que désormais il n'avait plus droit à l'erreur. Il conjura intérieurement Rydberg de guider ses pas, compta les sections et les rayonnages. Cette fois, il était sur la bonne voie. Mais il avait perdu de précieuses minutes. Il lui restait à peine une demi-heure, il ne pensait pas pouvoir y arriver en si peu de temps. Mikelis n'avait pu lui expliquer en détail l'organisation des archives. Il devait se débrouiller à tâtons. Il y avait des sections, des sous-sections, peut-être d'autres subdivisions encore, et aucun ordre alphabétique simple pour s'y retrouver. *Tous les* traîtres *sont rassemblés ici. Tous ceux qui ont été surveillés, dénoncés, terrorisés au fil des ans, tous les candidats au poste d'ennemi suprême de l'État… Ils sont trop nombreux. Je ne trouverai jamais le dossier de Baiba.*

Il tenta de percer à jour le système nerveux des archives, de cerner la position où devait logiquement être caché le testament, comme un joker. Mais les minutes passaient et il n'arrivait à rien. Fébrilement il recommença depuis le début, arrachant des dossiers dont la couleur tranchait sur les autres, s'exhortant sans cesse à ne pas perdre son sang-froid.

Plus que dix minutes. Il n'avait toujours pas trouvé le

dossier de Baiba. Il n'avait rien trouvé du tout. Il sentait croître le désespoir d'être parvenu jusque-là et de devoir renoncer alors que le but était si proche. Il n'avait plus le temps de chercher de façon systématique. Il ne pouvait plus que longer les rayonnages une dernière fois en espérant que son instinct l'aiguillerait. Mais il savait bien qu'aucune bibliothèque au monde n'était organisée selon un plan intuitif. Il avait échoué. Le major était un homme sage, beaucoup trop sage pour Kurt Wallander de la petite ville d'Ystad.

Si on envisage ces étagères comme un jeu de cartes… Où est la carte déviante ? Dessus ? Dessous ? Au milieu ? *Où ?*

Il choisit le milieu, effleura de la main une rangée de classeurs marron. Soudain il y en vit un qui était bleu. Il arracha les deux dossiers qui l'entouraient. L'un portait le nom de Léonard Blooms, l'autre celui de Baiba Kalns. Un instant, tout s'immobilisa en lui. Puis il comprit que Kalns devait être le nom de jeune fille de Baiba. Il s'empara du document bleu, qui ne portait ni nom ni cote. Il n'avait pas le temps de l'ouvrir, l'heure était écoulée. Il se hâta vers la sortie, éteignit la lumière et entrebâilla la porte. Personne. Selon le plan de Mikelis, le gardien allait revenir d'un instant à l'autre. Wallander s'engagea dans le couloir. Soudain il entendit le pas du gardien. L'issue était bloquée. Il bifurqua vers un autre couloir et attendit en retenant son souffle. Les pas s'éloignèrent. Impossible de revenir en arrière. Comment allait-il quitter le sous-sol ? Il avança tout droit, finit par trouver un escalier et compta le nombre de marches qu'il avait descendues une heure plus tôt. Parvenu à ce qu'il pensait être le rez-de-chaussée, il ne reconnut rien. Il prit un couloir au hasard.

L'homme qui le surprit venait de fumer une cigarette. Il avait dû entendre le pas de Wallander et écraser le mégot sous sa botte en se demandant qui pouvait bien être de service à cette heure tardive. Lorsque Wallander apparut au bout du couloir, l'homme n'était qu'à quelques mètres. Costaud, une quarantaine d'années, veste d'uniforme déboutonnée – il ne lui fallut qu'une fraction de seconde pour comprendre que ce type en civil, un dossier bleu à la main, n'avait rien à faire là. Il tira son arme et cria quelque chose en letton. Wallander leva les mains, au hasard. L'homme continua de crier tout en s'approchant, l'arme pointée vers la poitrine de Wallander. Il crut comprendre que l'officier lui demandait de se mettre à genoux. Il obéit, les mains toujours levées dans un geste pathétique. Il n'y avait aucune échappatoire.

L'autre ne cessait de crier, son arme braquée sur lui. Wallander sentit monter la terreur à l'idée d'être abattu là, dans ce couloir, et ne trouva rien de mieux que de répondre en anglais.

– *It's a mistake!* répétait-il d'une voix de fausset. *It's a mistake, I am a policeman too!*

Mais pour l'autre, il n'y avait à l'évidence aucun malentendu possible. D'un geste sans équivoque, il lui ordonna de se relever et de garder les mains au-dessus de la tête. Puis il lui enfonça son arme entre les omoplates et l'obligea à avancer.

L'occasion se présenta devant un ascenseur. A ce moment-là, Wallander avait déjà perdu tout espoir. Il était pris, toute résistance était exclue, l'autre n'hésiterait pas une seconde à tirer. Mais en attendant l'ascenseur, l'officier se détourna à demi pour allumer une cigarette. Wallander décida en un éclair de jouer son va-tout. Il jeta le dossier entre les pieds de l'officier, se rua sur lui et frappa de toutes ses forces, en visant la nuque. Il entendit ses phalanges se briser. La douleur le transperça. Mais l'officier s'était écroulé. Son pistolet rebondit contre la pierre. Wallander ignorait si l'homme était mort ou seulement inconscient. Sa main le brûlait.

Il ramassa le classeur, mit le pistolet dans sa poche. Et maintenant ? L'ascenseur ? Surtout pas ! Il jeta un regard par une fenêtre, reconnut la cour de la forteresse et tenta de se repérer. Après quelques instants, il comprit qu'il se trouvait dans l'aile opposée à celle où les deux commandants avaient leur bureau. L'homme se mit à gémir. Wallander savait qu'il n'aurait pas la force de l'assommer une deuxième fois. Il s'engagea dans un couloir qui s'ouvrait sur sa gauche.

A nouveau il eut de la chance. Il déboucha dans un réfectoire, passa dans les cuisines et découvrit une porte de service mal verrouillée. Il se retrouva dans la rue. Sa main commençait à enfler. La douleur était féroce.

Baiba et lui avaient convenu d'un premier rendez-vous à minuit trente. Wallander se posta dans l'ombre du bâtiment – une ancienne église de l'Esplanade transformée en planétarium. Il attendit. Des tilleuls immenses, immobiles et froids l'entouraient. Mais pas de Baiba. La douleur devenait intolérable. A une heure et quart, il comprit qu'il était arrivé quelque chose. Elle ne viendrait pas. Aussitôt le visage défiguré d'Inese lui revint en mémoire. Les chiens et leurs maîtres avaient peut-être fini par découvrir sa fuite de l'université. Qu'avaient-ils fait de Baiba, dans ce cas ? Il n'osait même pas l'imaginer. Il quitta le parc sans savoir où aller. Il longea des rues désertes, aiguillonné par la douleur. Une jeep militaire surgit, et il se réfugia *in extremis* sous un porche. Peu après, une voiture de police tourna sans bruit au coin de la rue où il avançait, rasant les façades. Il dut à nouveau se cacher parmi les ombres. Il avait glissé le dossier bleu sous sa chemise, les bords frottaient contre ses côtes. Où passerait-il la nuit ? La température avait chuté et il tremblait de froid. Son deuxième rendez-vous avec Baiba n'était qu'à dix heures le lendemain matin. Encore sept heures à attendre. Il ne pouvait pas rester dans la rue. Il aurait eu besoin d'aller à l'hôpital, il était persuadé d'avoir plusieurs phalanges brisées, mais il n'osait pas s'y rendre. Pas maintenant qu'il portait le testament du major. Un court instant, il envisagea de chercher asile auprès du consulat de Suède, s'il existait. Mais ce n'était pas possible. Un fonctionnaire de police suédois séjournant de façon illégale dans un pays étranger serait peut-être renvoyé en Suède promptement et sous escorte… Il n'osait pas prendre ce risque.

Dans son désarroi, il résolut de retrouver la Lada qui lui avait rendu de si grands services au cours des dernières quarante-huit heures. Il retourna à l'endroit où il l'avait laissée. L'automobile avait disparu. La douleur lui avait peut-être fait perdre la mémoire ? Non, c'était bien là. Mais la voiture devait déjà se trouver dans un atelier de la police, équarrie comme un animal à l'abattoir. Celui des commandants qui le poursuivait devait déjà savoir que le testament du major ne s'y trouvait pas.

Où allait-il passer la nuit ? L'impuissance le submergea. Il se trouvait au cœur d'un territoire ennemi, livré à une meute dirigée par quelqu'un qui n'hésiterait pas une seconde à le tuer et à jeter son cadavre sur un quai verglacé ou à l'enterrer dans un coin de forêt. Sa nostalgie de la Suède était primitive, tangible. L'origine de son errance dans la nuit lettone – ce canot échoué contenant deux hommes morts – lui semblait de plus en plus floue, comme un épisode lointain dépourvu de réalité.

Il revint sur ses pas, jusqu'à l'hôtel où il avait déjà dormi. Mais la porte était verrouillée et aucune lumière ne s'alluma à l'étage lorsqu'il enfonça le bouton de la sonnette de nuit. La douleur l'étourdissait. Il devait à tout prix trouver un endroit où se réchauffer, sinon sa faculté de jugement l'abandonnerait tout à fait. Il essaya un autre hôtel, puis un troisième, plus délabré et repoussant encore que les deux autres. Cette fois, la porte n'était pas fermée à clef. Il entra. Un homme dormait dans le cagibi de la réception, la tête posée sur la table. Une bouteille à moitié vide traînait à ses pieds. Wallander contourna le comptoir, secoua l'homme et agita le passeport qu'il avait reçu de Preuss. Contre toute attente, on lui remit une clef. Alors il indiqua la bouteille, posa sur le comptoir un billet de cent couronnes et l'emporta.

La chambre était minuscule ; elle puait le moisi et le tabac froid. Il se laissa tomber sur le lit, but quelques gorgées au goulot et sentit la chaleur revenir peu à peu. Ôtant sa veste, il remplit le lavabo d'eau froide et y plongea sa main. La douleur s'estompa un peu. Il comprit qu'il resterait toute la nuit près du lavabo. De temps à autre il buvait une gorgée d'alcool, plein d'angoisse à la pensée de ce qui avait pu arriver à Baiba.

De sa main valide, il tira de sa chemise le dossier bleu et l'ouvrit. Il contenait une cinquantaine de feuillets tapés à la machine, et quelques photocopies de mauvaise qualité. Aucune photographie, contrairement à ce qu'il avait espéré. Le testament du major était rédigé en letton. A partir de la neuvième page, il découvrit que les noms de Murniers et de Putnis revenaient à intervalles réguliers, tantôt dans la même phrase, tantôt séparément. Impossible d'en tirer la moindre conclusion – savoir si les deux commandants étaient visés ou si le doigt accusateur du major ne pointait que l'un des deux. Renonçant à déchiffrer le texte secret, il posa le dossier par terre, ouvrit à nouveau le robinet et posa sa tête sur le rebord du lavabo. Il était quatre heures du matin. Il sentit son corps s'engourdir. Soudain il sursauta ; il avait dormi dix minutes. Ses phalanges le faisaient à nouveau souffrir, l'eau ne le soulageait plus du tout. Il vida la bouteille, enveloppa sa main dans une serviette mouillée et s'allongea sur le lit.

Il n'avait aucune idée de ce qu'il ferait si Baiba ne venait pas au rendez-vous.

Une pensée commençait à éclipser toutes les autres. *Il avait été vaincu.*

Il resta ainsi jusqu'à l'aube sans trouver le sommeil.

18

D'instinct, au réveil, il flaira le danger. Sept heures du matin. Mais la menace n'était pas dans la chambre. Elle était en lui, comme un avertissement : il n'avait pas soulevé *toutes les pierres*.

La douleur s'était un peu atténuée. Il n'eut pas le courage de regarder sa main. Lorsqu'il essaya de remuer les doigts, la douleur revint, aussi aiguë qu'avant. Il sentit qu'il ne tiendrait pas le coup plus de quelques heures sans voir un médecin.

Wallander était épuisé. En sombrant dans le sommeil une heure plus tôt, il s'était cru vaincu. Le pouvoir des commandants était sans limites, sa propre marge de manœuvre dérisoire. Mais là, au réveil, il se sentait surtout vaincu par la fatigue. Il ne se fiait plus à son propre jugement, et ça, il le savait, c'était dû au manque prolongé de sommeil.

Il tenta d'interpréter sa sensation de menace diffuse. Qu'avait-il omis ? Où était l'erreur de raisonnement – ou la pensée qu'il n'avait pas pris la peine de dérouler jusqu'à son terme ? *Qu'est-ce qu'il ne voyait toujours pas ?* Il ne pouvait renier son instinct. Dans l'état semi-comateux où il se trouvait, c'était son unique repère.

Il se redressa avec précaution. Pour la première fois depuis le réveil il regarda sa main. Il s'en détourna avec dégoût, remplit le lavabo d'eau froide, y trempa d'abord son visage, puis sa main blessée. Après quelques minutes, il se leva pour ouvrir la fenêtre. Une forte odeur de chou lui parvint ; un jour humide se levait sur les clochers de Riga. Il resta planté là à observer les gens qui se hâtaient le long des trottoirs, incapable de répondre à sa propre question : *Qu'était-ce donc qu'il ne voyait pas ?*

Puis il quitta la chambre, paya la note, et se laissa engloutir par la ville.

Ce fut en traversant un parc dont il ne se rappelait plus le nom qu'il constata tout à coup que Riga était une ville pleine de chiens. Pas seulement la meute invisible, non. Des chiens réels et ordinaires, que les gens promenaient, avec lesquels ils jouaient. Il s'arrêta pour en contempler deux, un berger allemand et un autre de race indéterminée, qui venaient de se jeter l'un sur l'autre. Leurs propriétaires tentaient de les séparer en leur criant dessus ; soudain, ils se mirent à s'insulter. Le berger allemand appartenait à un homme âgé, l'autre à une femme d'une trentaine d'années. Wallander eut l'impression d'assister à un règlement de comptes par procuration. Les contradictions s'affrontaient dans ce pays comme dans un combat de chiens. Et l'issue n'était jamais connue d'avance.

Il arriva au grand magasin à l'heure de l'ouverture, à neuf heures trente. Le dossier bleu brûlait sous sa chemise. Son instinct lui commandait de s'en débarrasser. Il fallait trouver une cachette provisoire.

Au cours de son errance matinale dans la ville, il avait soigneusement enregistré tous les déplacements, devant et derrière lui, avec la certitude croissante que les ombres l'avaient à nouveau cerné. Elles lui semblaient même plus nombreuses qu'avant. L'orage n'allait pas tarder à éclater… Il écarta cette pensée sinistre. A l'entrée du magasin, il s'arrêta ostensiblement pour lire un panneau d'information tout en observant du coin de l'œil une consigne où des clients déposaient déjà leurs sacs. Le comptoir formait un angle droit. Il se dirigea vers le guichet de change, tendit à l'employé un billet de cent couronnes et récupéra une liasse de billets lettons. Puis il se rendit au premier étage, au rayon des disques. Il choisit deux 33 tours de Verdi ; les pochettes avaient à peu près la même taille que le dossier. Tandis que le caissier glissait les disques dans un sac, il repéra la silhouette la plus proche, qui feignait de s'intéresser au jazz. Il redescendit, s'approcha de la consigne. Il y avait du monde devant le comptoir. Il se mêla aux autres clients. Puis il tira le dossier de sa chemise et le glissa entre les deux disques. Cela alla très vite, malgré le handicap de sa main blessée. On lui remit un jeton, et il quitta le comptoir. Les chiens étaient à leur poste, mais il eut l'impression qu'ils n'avaient pas repéré la manœuvre. Il y avait bien entendu un risque qu'ils demandent à fouiller le sac, à tout hasard ; d'un autre côté, ils l'avaient vu de leurs propres yeux acheter les disques à l'étage.

Il regarda sa montre. Plus que dix minutes avant l'heure convenue du rendez-vous. L'inquiétude était toujours là, mais il se sentait un peu plus tranquille maintenant qu'il s'était débarrassé du dossier bleu. Il se rendit au quatrième étage, rayon ameublement. Le magasin venait à peine d'ouvrir, mais des gens se promenaient déjà parmi les canapés et la literie, d'un air rêveur ou résigné. Wallander se dirigea sans hâte vers l'électroménager. Il ne voulait pas arriver en avance. Il patienta quelques minutes parmi les luminaires. Baiba et lui devaient se retrouver près des réfrigérateurs – qui étaient tous de fabrication soviétique.

Soudain, il la découvrit. Elle examinait une cuisinière, dont il nota malgré lui qu'elle n'avait que trois brûleurs. Il comprit tout de suite qu'il s'était passé quelque chose. L'inquiétude augmenta d'un cran, aiguisant tous ses sens.

Baiba l'aperçut au même instant. Elle lui sourit, mais

ses yeux trahissaient une peur extrême. Wallander s'avança vers elle sans prendre la peine de repérer avec précision les positions qu'avaient prises les ombres. Dans l'immédiat, son attention était focalisée sur un seul point : découvrir ce qui s'était passé. Il se plaça à côté d'elle. Ensemble, ils contemplèrent un réfrigérateur étincelant.

— Qu'est-il arrivé ? Dites-moi juste l'essentiel.

— Rien, répliqua Baiba. Je n'ai pas pu quitter l'université avant, parce qu'ils la surveillaient.

Pourquoi me ment-elle ? Et pourquoi ce mensonge étanche, comme si elle voulait que j'y croie ?

— Vous avez trouvé le dossier ? enchaîna-t-elle.

Il hésita. Fallait-il dire la vérité ? Soudain, il en eut assez de tous les mensonges qui l'encerclaient.

— Oui, dit-il. Mikelis était fiable.

— Donnez-le-moi. Je sais où nous pouvons le cacher.

Wallander comprit alors que ce n'était plus Baiba qui parlait. C'était sa peur, la menace à laquelle elle était exposée. Il répéta sa question d'une voix dure, presque avec colère.

— Que s'est-il passé ?

— Rien.

— Arrêtez de mentir.

Il avait haussé le ton malgré lui.

— C'est bon, dit-il, je vais vous donner le dossier. Qu'arrivera-t-il si je ne vous le donne pas ?

Il vit qu'elle était au bord de l'effondrement. *Ne me lâche pas maintenant*, pensa-t-il avec désespoir. *Tant qu'ils n'ont pas la certitude que j'ai trouvé le testament du major, on a encore une longueur d'avance.*

— Upitis va mourir, murmura-t-elle.

— Qui vous a menacée ?

Silence.

— Il faut me le dire. Ça ne changera rien pour Upitis de toute façon. Alors dites-le-moi.

Elle le regardait avec épouvante. Il lui empoigna le bras et la secoua sans ménagement.

– Qui ? *Qui ?*

– Le sergent Zids.

Il la relâcha. Cette réponse le mettait hors de lui. Ne saurait-il jamais lequel des commandants donnait les ordres ?

Soudain il vit que les ombres s'étaient rapprochées. Elles semblaient avoir pris le parti de croire qu'il détenait les documents. Sans réfléchir, il saisit la main de Baiba et se mit à courir vers les escaliers. *Ce n'est pas Upitis qui mourra le premier. C'est nous, à moins d'un miracle.*

Leur fuite avait semé la confusion dans la meute. Leur chance d'échapper aux chiens était infime, mais ils n'avaient pas le choix. Il poussa Baiba dans l'escalier, bouscula un homme qui ne s'était pas écarté à temps, déboula dans un rayon de prêt-à-porter où vendeurs et clients s'immobilisèrent, stupéfaits. Puis il trébucha et tomba tête la première dans une rangée de costumes. En essayant de s'en dépêtrer, il fit tomber le portant. Il avait amorti la chute avec sa main blessée ; la douleur lui transperça le bras. Un agent de sécurité surgit et voulut l'empoigner, mais Wallander n'avait plus aucun scrupule. De sa main valide, il le frappa au visage. Puis il entraîna Baiba vers le fond du magasin où il espérait trouver un escalier de secours. Les ombres avaient réduit l'écart et les traquaient sans plus se cacher. Wallander secoua une poignée de porte qui refusait de s'ouvrir. Enfin elle céda. Ils se retrouvèrent dans un escalier, mais trop tard. Le bruit des bottes venait d'en bas. Wallander fit volte-face et se mit à grimper les étages quatre à quatre en traînant Baiba derrière lui. L'escalier aboutissait à une porte coupe-feu. Ils se retrouvèrent sur le toit.

Il n'y avait plus d'issue. A partir de ce rectangle de

gravier gris, il ne restait que le grand saut vers l'éternité. Il s'aperçut qu'il tenait Baiba par la main. Ils n'avaient plus qu'à attendre. Celui des commandants qui apparaîtrait dans un instant sur le toit était l'homme qui avait assassiné le major. La porte grise allait enfin leur livrer la réponse. Avait-il raisonné juste ? Cela n'avait désormais plus aucune importance.

Mais quand la porte s'ouvrit, il fut tout de même surpris de constater qu'il s'était trompé. Pour lui, jusqu'à cet instant, le monstre tapi dans l'ombre était Murniers.

Les hommes armés prirent place sur le toit. Putnis s'avança lentement vers eux. Son visage était grave. Wallander sentit les ongles de Baiba s'enfoncer dans sa paume. Il ne peut tout de même pas ordonner à ses hommes de nous abattre ici, pensa-t-il avec désespoir. Ou bien ? Il se rappela Inese. La terreur le submergea. Il s'aperçut qu'il tremblait de tout son corps.

Puis un sourire éclaira le visage de Putnis. Dans un état de confusion totale, Wallander vit que ce n'était pas le sourire d'un fauve, mais d'un homme bienveillant.

– Ne soyez pas si effaré, monsieur Wallander. Vous semblez croire que c'est moi qui suis à l'origine de tout ceci. Mais je dois dire que vous n'êtes pas quelqu'un de facile à protéger…

Le cerveau de Wallander cessa de fonctionner. Il n'y eut plus qu'un grand vide. Puis il pensa qu'il avait eu raison malgré tout. Ce n'était pas Putnis. Et la troisième hypothèse était correcte. *L'ennemi de l'ennemi* avait veillé sur eux. Soudain tout lui parut clair. Son jugement ne l'avait pas trahi. Il tendit sa main gauche pour serrer la main de Putnis, qui sourit.

– Drôle d'endroit pour des retrouvailles. Mais vous êtes un homme plein de surprises. Je n'ai toujours pas compris comment vous avez pu entrer en Lettonie incognito.

– Moi non plus. C'est une longue histoire confuse.

Putnis considérait sa main d'un air soucieux.

– Vous devriez voir un médecin.

Wallander hocha la tête et sourit à Baiba. Elle était encore tendue et semblait ne rien comprendre à ce qui se passait autour d'elle.

– Murniers, dit Wallander. C'était lui ?

– Le major Liepa avait vu juste.

– Mais il reste beaucoup de points obscurs.

– Le commandant Murniers est un homme très intelligent. Les cerveaux brillants ont une curieuse tendance à échoir aux gens brutaux dénués de scrupules.

– C'est sûr ? intervint soudain Baiba. C'est lui qui a tué mon mari ?

– Ce n'est pas le commandant qui lui a brisé le crâne. Je pencherais plutôt pour son fidèle sergent.

– Zids, dit Wallander, qui a aussi tué Inese, dans l'entrepôt.

Putnis acquiesça.

– Le commandant Murniers n'a jamais beaucoup aimé la nation lettone. Même s'il joue son rôle de policier gardant une distance respectable avec le monde politique, il est au fond de lui un partisan fanatique de l'ordre ancien. Pour lui, Dieu aura toujours son trône au Kremlin. C'est cela qui lui a permis de conclure une alliance contestable avec différents réseaux criminels sans être inquiété. Quand le major Liepa a commencé à s'intéresser à lui, Murniers a tenté de semer des pistes qui me désigneraient comme coupable. Je dois dire qu'il m'a fallu longtemps pour deviner ce qui se tramait. Ensuite j'ai estimé qu'il valait mieux feindre l'ignorance.

– Je ne comprends toujours pas, dit Wallander. Le major Liepa a parlé d'un complot qui forcerait toute l'Europe à ouvrir les yeux sur ce qui se passait dans ce pays. Alors il devait y avoir autre chose…

Putnis hocha pensivement la tête

– Bien entendu, il y avait autre chose. Qui dépassait de loin les simples trafics d'un officier corrompu prêt à défendre ses privilèges avec toute la brutalité requise. Le major Liepa l'avait compris. C'était un complot diabolique.

Wallander tenait toujours la main de Baiba. Il sentit qu'il avait froid. Les hommes de Putnis s'étaient retirés et attendaient près de la porte coupe-feu.

– Tout était merveilleusement calculé, poursuivit Putnis. Murniers avait un plan, dont il n'a eu aucun mal à convaincre à la fois le Kremlin et les cercles russes dirigeants, en Lettonie. Il avait vu la possibilité de faire d'une pierre deux coups.

– Se servir de la nouvelle Europe privée de murs pour organiser un trafic de drogue lucratif. Et utiliser ce trafic pour discréditer le mouvement nationaliste letton. C'est bien cela ?

Putnis hocha la tête.

– J'ai compris d'emblée que vous étiez un policier habile, commissaire Wallander. Très analytique, très patient. C'était exactement le calcul de Murniers. Le trafic serait mis sur le compte des dissidents. En Suède avant tout. L'opinion à leur égard changerait de façon spectaculaire. Qui souhaite soutenir un mouvement qui remercie ses bienfaiteurs en les inondant de saletés ? Le moins qu'on puisse dire, c'est que Murniers avait imaginé une arme à la fois dangereuse et performante, capable de décapiter une fois pour toutes la résistance dans ce pays.

Wallander regarda Baiba.

– Vous comprenez ?

Elle hocha lentement la tête. Puis elle se tourna vers Putnis.

– Où est le sergent Zids ?

– Dès que j'aurai réuni les preuves nécessaires, Murniers sera arrêté, ainsi que le sergent. Murniers est sûre-

302

ment très inquiet à l'heure qu'il est. Il n'a sans doute pas saisi que nous observions sans cesse ceux de ses hommes qui vous surveillaient. On peut bien entendu me reprocher de vous avoir exposé à des dangers excessifs. A mes yeux, c'était le seul moyen de vous permettre de retrouver les papiers du major.

— Quand j'ai quitté l'université hier, dit Baiba, Zids m'attendait. Il m'a dit que si je ne lui remettais pas les documents, Upitis mourrait.

— Upitis est innocent, bien entendu. Murniers avait pris en otages les enfants de sa sœur en menaçant de les tuer si Upitis n'endossait pas le meurtre du major. Il n'y a aucune limite à ce que peut faire Murniers. Son arrestation sera une libération pour tout le pays. Il va sans dire qu'il sera condamné à mort. Le sergent Zids aussi. L'enquête du major sera rendue publique. Il faut révéler l'existence du complot, pas seulement au cours d'un procès. Le peuple entier doit en être informé. Je pense qu'il suscitera un grand intérêt, y compris hors de nos frontières.

Wallander sentit le soulagement se répandre dans tout son corps. C'était fini.

— La seule chose qui reste à faire maintenant, dit Putnis avec un sourire, c'est de prendre connaissance des papiers du major. Vous pourrez enfin rentrer chez vous, commissaire Wallander. Nous vous sommes extrêmement reconnaissants de votre aide.

Wallander prit dans sa poche le jeton en plastique.

— C'est un dossier bleu. Il se trouve dans un sac à la consigne du magasin, entre deux disques de Verdi. J'aimerais bien récupérer les disques.

Putnis éclata de rire.

— Vous êtes très habile, monsieur Wallander. Décidément, vous ne commettez aucune erreur.

Était-ce l'intonation de Putnis ? Wallander ne réussit jamais à déterminer d'où lui vint soudain l'atroce soupçon. Mais à l'instant où le jeton disparut dans une poche de l'uniforme gris, il sentit avec une acuité dévastatrice qu'il venait de commettre la pire des erreurs. Il savait sans savoir, son intuition opéra comme un court-circuit. Soudain, il eut la bouche complètement sèche.

Putnis continua de sourire tout en tirant le pistolet de son étui. Ses hommes se déployèrent sur le toit, leurs mitraillettes pointées vers Wallander et Baiba. Elle parut ne pas comprendre. Wallander avait la gorge nouée, d'humiliation et de terreur. La porte coupe-feu s'ouvrit ; le sergent Zids apparut sur le toit. Dans sa confusion, Wallander pensa que Zids avait attendu en coulisse le moment de faire son entrée. La représentation était terminée. Plus la peine de se cacher. Voilà ce que signifiait l'arrivée du sergent.

– Une seule erreur, reprit Putnis d'une voix neutre. Tout ce que je viens de dire est entièrement vrai. Sauf qu'il faut remplacer le nom de Murniers par le mien. Vous aviez donc raison et tort à la fois, commissaire Wallander. Si vous étiez marxiste comme moi, vous sauriez qu'on doit parfois mettre le monde sur la tête afin de le remettre à l'endroit.

Il recula d'un pas.

– Vous comprendrez, j'espère, qu'il ne m'est pas possible de vous laisser retourner en Suède. Du moins, vous serez près du ciel au moment de partir.

– Pas Baiba, supplia-t-il. Pas Baiba !

– Hélas, dit Putnis.

Il leva son arme. Wallander comprit qu'il avait l'intention de commencer par elle. Il ne pouvait rien faire.

Soudain Putnis fit volte-face. La porte venait de s'ouvrir. Des policiers en armes firent irruption sur le toit. Wallander reconnut le commandant Murniers. Putnis leva son arme vers lui. Murniers n'hésita pas une seconde. Il tira trois balles, coup sur coup. Putnis s'effondra, foudroyé. Wallander se jeta sur Baiba pour la protéger. Les hommes de Murniers et ceux de Putnis avaient pris position derrière les cheminées et les bouches d'aération et ils se retrouvaient au cœur de la fusillade. Il tenta d'entraîner Baiba, au ras du sol, derrière le corps inerte de Putnis. Soudain il aperçut le sergent Zids accroupi derrière une cheminée. Il suivit son regard. Zids regardait Baiba. En un éclair Wallander comprit qu'il avait l'intention de la prendre en otage – ou de les prendre tous deux – pour sauver sa peau. Les hommes de Murniers étaient supérieurs en nombre ; plusieurs soldats de Putnis étaient déjà tombés. Wallander aperçut le pistolet de Putnis, mais le sergent Zids se jeta sur lui avant qu'il ait pu le ramasser. Wallander lui balança son poing dans la figure, oubliant que sa main droite était inutilisable. Il hurla de douleur. Zids fut déstabilisé, mais se ressaisit très vite, et ce fut avec une expression de haine qu'il leva son arme pour abattre le policier suédois qui leur avait causé tant de soucis, à son chef et à lui-même. Wallander ferma les yeux. Le coup partit.

Lorsqu'il rouvrit les yeux, il vit Baiba agenouillée, serrant entre ses mains l'arme de Putnis. La balle avait atteint le sergent entre les deux yeux. Baiba pleurait, mais il sembla à Wallander que c'était de rage et de soulagement – au lieu de la peur et du doute qu'elle avait si longtemps supportés.

La fusillade cessa de façon aussi abrupte qu'elle avait commencé. Deux des soldats de Putnis étaient blessés ; les autres étaient morts. Murniers se pencha sur l'un de ses hommes qui s'était pris une rafale de mitraillette en pleine poitrine. Puis il les rejoignit.

– Je suis infiniment désolé, dit-il. J'étais obligé d'entendre ce qu'avait à dire Putnis.

– Ce qu'il avait à dire se trouve sûrement consigné dans les papiers du major.

– Comment pouvais-je être sûr que ces papiers existaient, et que vous les aviez trouvés ?

– En me posant la question.

Murniers secoua la tête.

– Si j'avais pris contact avec l'un d'entre vous, je me serais retrouvé en guerre ouverte avec Putnis. Il aurait fui à l'étranger et nous ne l'aurions jamais arrêté. Je n'avais pas d'autre choix que de surveiller ceux qui vous surveillaient.

Wallander était trop épuisé pour en entendre davantage. Sa main le faisait terriblement souffrir. Il prit le bras de Baiba et se leva.

Puis il s'évanouit.

Au réveil, il se trouvait sur une table d'examen. Sa main était plâtrée et la douleur s'était enfin dissipée. Le commandant Murniers se tenait sur le seuil et fumait une cigarette. Il sourit.

– Vous sentez-vous mieux ? Nos médecins sont très habiles. Mais votre main n'était pas belle à voir. Si vous voulez, vous pourrez rapporter les radios en Suède.

– Que s'est-il passé ?

– Vous vous êtes évanoui. Je crois que j'en aurais fait autant à votre place.

– Où est Baiba Liepa ?

– Chez elle. Elle était très calme quand je l'ai laissée là-bas il y a quelques heures.

Wallander avait la bouche sèche. Il se redressa avec précaution.

– Du café. Ce serait possible ?

Murniers éclata de rire.

– Je n'ai jamais rencontré quelqu'un qui buvait autant de café que vous. Bien sûr, on va vous en chercher. Si vous vous sentez mieux, je suggère que nous allions au quartier général pour conclure cette affaire. Ensuite... Baiba Liepa et vous avez beaucoup de choses à vous dire, je suppose. Un médecin de la police vous fera une piqûre d'antalgiques si les douleurs reprennent. D'après le chirurgien qui vous a plâtré, ce pourrait bien être le cas.

Ils quittèrent l'hôpital dans la voiture de Murniers. La nuit tombait. En franchissant le portail de la forteresse, Wallander espéra que cette fois serait vraiment la dernière. Avant de se rendre dans son bureau, le commandant Murniers récupéra le dossier bleu qui se trouvait dans un coffre-fort surveillé par un policier armé.

– C'est peut-être une sage précaution, commenta Wallander.

– Sage ? Indispensable, vous voulez dire. La disparition de Putnis ne suffit pas à résoudre tous les problèmes. Nous vivons encore dans le même monde, commissaire Wallander. On ne s'en débarrasse pas en tirant trois balles dans le cœur d'un officier de police.

Wallander médita ces paroles en suivant Murniers dans l'escalier. Un homme les attendait devant le bureau du commandant, un plateau dans les mains. Wallander se rappela sa première visite dans cette pièce sombre – un souvenir infiniment lointain. Pourrait-il jamais vraiment appréhender ce qui s'était passé depuis lors ?

Murniers fit apparaître une bouteille et remplit deux verres.

– On n'a pas forcément envie de trinquer alors que tant de gens sont morts. Mais je pense que nous le méritons. Vous en particulier, commissaire Wallander.

– Je n'ai commis que des erreurs. J'ai raisonné de travers, j'ai compris beaucoup trop tard de quelle façon les choses s'emboîtaient.

– Au contraire. Je suis très impressionné par votre contribution. Et par votre courage.

– Je ne suis pas quelqu'un de courageux. Je m'étonne d'être encore en vie.

Ils vidèrent leurs verres et s'assirent de part et d'autre de la table tapissée de feutre vert. Le testament du major était posé entre eux.

– Je n'ai qu'une question, je crois, dit Wallander. Upitis ?

– Il n'y avait aucune limite à l'ingéniosité du commandant Putnis. Il avait besoin d'un bouc émissaire, et d'une bonne raison de vous renvoyer chez vous. Votre compétence lui a immédiatement déplu. Plus exactement, elle lui a fait peur. Il a ordonné l'enlèvement de deux petits enfants, commissaire Wallander. Leur mère était la sœur d'Upitis. S'il refusait de signer les aveux, les enfants seraient exécutés. Quel choix lui restait-il ? Je me demande souvent ce que j'aurais fait dans une telle situation. Mais je tarde à vous dire l'essentiel. Upitis a été libéré. Et nous avons retrouvé les enfants.

Wallander resta un long moment silencieux.

– Tout a commencé par un canot échoué sur la côte suédoise, dit-il enfin.

– Le commandant Putnis et ses complices venaient de lancer leur vaste opération, en direction de la Suède entre autres. Putnis avait placé dans votre pays un certain nombre d'agents, qui avaient infiltré plusieurs associations de réfugiés lettons et s'apprêtaient à planter de la drogue chez eux de façon à discréditer le mouvement nationaliste dans son ensemble. Mais il est arrivé quelque chose à bord de l'un des bateaux, peu après le départ de Ventspils ; apparemment, deux hommes projetaient une mutinerie dans l'idée de s'emparer du chargement d'amphétamines pour leur propre compte. Ils ont été découverts, abattus et jetés dans un canot. Dans la confusion, on a oublié qu'il y avait de la marchandise à l'intérieur. D'après ce que j'ai compris, ils ont recherché le canot pendant vingt-quatre heures sans succès. Aujourd'hui, nous pouvons nous estimer heureux qu'il ait dérivé jusqu'en Suède. Sans cela, le commandant Putnis aurait probablement réussi son coup. Ce sont bien entendu aussi ses agents qui ont eu la présence d'esprit de récupérer le canot dans votre commissariat, puisque personne ne semblait en avoir découvert le contenu.

— Il a dû se passer autre chose, dit Wallander. Pourquoi Putnis a-t-il décidé de tuer le major Liepa immédiatement après son retour ?

— Ses nerfs étaient en mauvais état. Il ignorait ce dont le major s'était occupé en Suède. Il ne pouvait prendre le risque de le laisser vivre à moins de pouvoir contrôler tous ses faits et gestes, ainsi que les personnes avec lesquelles il était en contact. Le commandant Putnis a pris peur, tout simplement. Le sergent Zids a reçu l'ordre de le tuer. Ce qu'il a fait.

Il y eut un long silence. Le commandant paraissait fatigué et soucieux.

— Que va-t-il se passer maintenant ?

— Je vais examiner les papiers du major à la loupe, dit Murniers. Ensuite on verra.

— Mais il faut les publier !

Devant le silence de Murniers, Wallander comprit que ce n'était pas du tout une évidence à ses yeux. Les intérêts du commandant ne coïncidaient pas nécessairement avec ceux de Baiba Liepa et de ses amis. Pour lui, c'était peut-être assez que Putnis ait été démasqué. Il pouvait avoir un avis très personnel sur l'opportunité de répandre cette histoire, d'un point de vue politique. La pensée que le testament du major Liepa puisse être relégué aux archives mit Wallander hors de lui.

— Je voudrais une copie du rapport d'enquête du major, dit-il.

— J'ignorais que vous compreniez le letton.

— On ne peut pas tout savoir.

Murniers le dévisagea longuement en silence. Wallander soutint son regard. Surtout, ne pas détourner les yeux. Maintenant qu'il se mesurait pour la dernière fois à Murniers, il *devait* avoir le dessus. Il le devait au petit major myope.

Soudain, Murniers sembla avoir pris sa décision. Il

appuya sur le bouton caché sous la table. Un homme entra, prit le dossier et ressortit. Vingt minutes plus tard, Wallander avait à sa disposition la copie dont l'existence ne serait jamais enregistrée officiellement et pour laquelle Murniers déclinerait toujours toute responsabilité ; une copie que le policier suédois Wallander s'était appropriée sans autorisation, en violation flagrante de toutes les pratiques en vigueur entre pays amis, et qu'il avait ensuite remise à des gens qui n'avaient aucun droit de regard sur ces documents secrets. Par cette initiative, le policier suédois Wallander avait fait preuve d'un manque de jugement consternant, digne de tous les blâmes.

La vérité s'écrirait ainsi. A supposer qu'elle s'écrive un jour, ce qui était peu probable. Wallander pensa qu'il ne saurait jamais pourquoi Murniers avait acquiescé à sa demande. Était-ce par respect pour le major ? Par souci pour le pays ? Ou lui semblait-il simplement que Wallander avait mérité ce cadeau d'adieu ?

La conversation s'épuisait. Il n'y avait plus grand-chose à ajouter.

– Le passeport sous lequel vous voyagez pour l'instant est d'une valeur extrêmement douteuse, conclut Murniers. Mais je ferai en sorte que vous puissiez retourner en Suède sans encombre. Quand voulez-vous partir ?

– Peut-être pas demain. Mais après-demain.

Le commandant Murniers le raccompagna dans la cour où attendait une voiture. Wallander se rappela soudain sa Peugeot remisée dans une grange en Allemagne, près de la frontière polonaise.

– Je me demande comment je vais rapatrier ma voiture, dit-il tout haut.

– Pardon ?

Wallander comprit qu'il ne connaîtrait jamais la nature du lien unissant le commandant et ceux qui se considé-

raient comme les garants d'un avenir meilleur en Lettonie. Cette pierre-là, il en avait à peine gratté la surface ;
il savait qu'il ne la retournerait jamais. Murniers n'avait
à l'évidence aucune idée de la façon dont Wallander était
entré en Lettonie.

– Je n'ai rien dit, marmonna-t-il.

*Maudit Lippman. Ces organisations d'exilés lettons
disposent-elles de fonds secrets pour dédommager
les policiers suédois des voitures qu'ils ne reverront
jamais ?*

Il se sentait agressé sans savoir pourquoi. Il mit ça sur
le compte de la fatigue. Tant qu'il ne serait pas reposé,
il ne pourrait pas se fier à sa propre jugeote.

Ils se séparèrent devant la voiture qui devait le
conduire chez Baiba Liepa.

– Je vous accompagnerai à l'aéroport, dit Murniers.
Vous aurez deux billets d'avion, le premier pour Helsinki, le deuxième pour Stockholm. A ma connaissance, il n'y a pas de contrôle aux frontières entre les
pays scandinaves. Personne ne saura que vous êtes allé
à Riga.

La voiture quitta la cour de la forteresse. La vitre de
séparation, derrière la nuque du chauffeur, était fermée.
Wallander pensait aux dernières paroles de Murniers.
Personne ne saurait qu'il était allé à Riga. Soudain il
comprit que lui-même ne pourrait jamais en parler, pas
même à son père. Ce voyage resterait un secret, ne
serait-ce qu'en raison de son invraisemblance.

Il se laissa aller contre la banquette et ferma les yeux.
Maintenant, l'important était sa rencontre avec Baiba
Liepa. Ce qui arriverait lors de son retour en Suède… il
aurait bien le temps d'y penser après.

Il passa deux nuits et un jour dans l'appartement
de Baiba Liepa. Pendant tout ce temps il ne cessa
d'attendre ce qu'il imaginait, faute de mieux, comme

le pathétique *bon moment*, mais celui-ci ne se présenta jamais. Il ne dit pas un mot des sentiments contradictoires qu'il éprouvait. Le moment où il fut le plus près d'elle intervint le deuxième soir, alors qu'ils regardaient ensemble un album de photos, assis sur un canapé. Lorsqu'il était arrivé chez elle, elle l'avait accueilli avec réserve, comme s'il était redevenu un étranger pour elle. Il en fut complètement désorienté. Mais pourquoi ? Qu'avait-il imaginé au juste ? Elle lui prépara un dîner, une sorte de ragoût où une poule coriace constituait le principal ingrédient, et il eut la nette impression que Baiba n'était pas une cuisinière inspirée. *Je ne dois pas oublier que c'est une intellectuelle. Sans doute plus douée pour rêver d'une société meilleure que pour mitonner des petits plats. Les deux types d'êtres humains sont nécessaires – même s'ils ne peuvent pas toujours vivre heureux ensemble.*

Une vague mélancolie s'empara de lui à l'idée qu'il appartenait plutôt à la catégorie des cuisiniers. D'ailleurs, un policier ne peut pas être obsédé par les rêves ; son nez pointe toujours vers la saleté de la terre, non vers un ciel futur. En même temps, il ne pouvait nier le fait qu'il avait commencé d'aimer cette femme. D'où sa mélancolie. Cette mission, la plus étrange et la plus dangereuse de sa vie, s'achevait dans le chagrin. Il ne pouvait strictement rien y faire. Cela l'affectait de façon douloureuse. Lorsqu'elle lui apprit que sa voiture l'attendrait à Stockholm à son retour, il réagit à peine. Il éprouvait soudain une grande pitié pour Kurt Wallander.

Elle lui fit un lit dans le canapé. De la chambre à coucher lui parvenait la respiration tranquille de Baiba. Malgré la fatigue, il ne trouvait pas le sommeil. De temps à autre il se levait, traversait le plancher froid pour contempler la rue où le major avait trouvé la mort.

Les ombres n'étaient plus là ; elles avaient été ensevelies en même temps que Putnis. Restait le grand vide, repoussant et douloureux.

La veille de son départ, ils se rendirent sur la tombe anonyme où Putnis avait fait enterrer Inese et ses amis. Ils pleurèrent ouvertement. Wallander sanglotait comme un enfant abandonné, avec la sensation de comprendre pour la première fois dans quel monde terrifiant il vivait. Baiba avait apporté des fleurs, des roses malingres et gelées, qu'elle déposa sur le monticule de terre.

Wallander lui avait donné la copie du testament du major. Mais elle ne le lut pas en sa présence.

Le matin de son départ, la neige tombait sur Riga.

Murniers vint le chercher en personne. Sur le seuil, Baiba l'embrassa, ils s'agrippèrent l'un à l'autre comme les rescapés d'un naufrage, et il partit.

Wallander monta les dernières marches qui menaient à l'avion.

– Bon voyage ! cria Murniers d'en bas.

Lui aussi est content de me voir partir. Je ne vais pas lui manquer.

L'appareil de l'Aeroflot décrivit une vaste courbe au-dessus de Riga. Puis le pilote mit le cap sur le golfe de Finlande.

Il n'avait pas encore atteint son altitude de croisière que Wallander s'endormit, le menton sur la poitrine.

Ce soir-là – le 19 mars – il atterrit à Stockholm.

Dans le hall des arrivées, une voix annonça au micro qu'il devait se rendre au centre d'information.

Son passeport et ses clefs de voiture l'attendaient dans une enveloppe. La voiture se trouvait derrière la station de taxis. Wallander vit avec stupeur qu'elle venait d'être lavée.

Il faisait chaud dans l'habitacle. Quelqu'un l'avait donc attendu.

Le soir même, il prit la route d'Ystad.

Peu avant l'aube, il entrait dans son appartement de Mariagatan.

Épilogue

Un matin de bonne heure, au début du mois de mai, alors que Wallander était dans son bureau en train de remplir une grille de Loto-foot avec soin et beaucoup d'ennui, Martinsson frappa à la porte. Il faisait froid, le printemps n'avait pas encore débarqué en Scanie, mais la fenêtre de Wallander était ouverte, comme s'il avait besoin de s'aérer l'esprit tout en supputant distraitement les chances des différentes équipes et en écoutant une mésange enthousiaste qui chantait en haut d'un arbre. En apercevant Martinsson, il cacha la grille, se leva et ferma la fenêtre car le policier avait toujours peur de s'enrhumer.

– Je te dérange ?

Depuis son retour de Riga, Wallander traitait ses collègues avec brusquerie. Certains d'entre eux se demandaient en aparté comment une insignifiante fracture de la main au cours d'une semaine de ski dans les Alpes avait pu transformer à ce point son humeur. Mais personne n'osait l'interroger en face et tous pensaient que ce caprice cesserait bientôt de lui-même.

Wallander était conscient du problème. Il n'avait aucune raison de saboter le travail des collègues en étalant partout sa mélancolie. Mais il ne savait comment redevenir l'ancien Wallander, le policier autoritaire mais gentil du district de police d'Ystad. Comme si cet homme-là n'existait plus. Lui manquait-il ? Il n'en était même pas sûr. De façon générale, il ne savait plus que penser de sa vie. Le pseudo-voyage dans les Alpes avait dévoilé le manque de vérité qu'il portait en lui. D'accord, il ne se retranchait pas délibérément derrière des mensonges. Mais il se demandait de plus en plus si son manque de connaissance de la nature réelle du monde qui l'entourait n'était pas en soi une sorte de mensonge, même s'il avait sa source dans l'ignorance, la naïveté, et non dans un déni élaboré de façon consciente.

Chaque fois que quelqu'un entrait dans son bureau, il se sentait comme pris en faute. Mais il n'avait aucune idée de ce qu'il pouvait faire, à part donner le change.

– Tu ne me déranges pas, dit-il avec une amabilité forcée. Assieds-toi.

Martinsson se laissa tomber dans le fauteuil des visiteurs.

– J'ai une drôle d'histoire pour toi, commença-t-il. Deux histoires plutôt. Il semblerait que nous ayons eu la visite de fantômes du passé.

Wallander sentit tout de suite monter l'exaspération. La réalité brutale à laquelle ils étaient confrontés en tant que flics se prêtait mal aux circonvolutions. Mais il ne dit rien.

– Tu te souviens de l'homme qui nous a annoncé au téléphone qu'un canot allait s'échouer sur la côte – celui qu'on n'a jamais réussi à retrouver et qui ne nous a jamais rappelés ?

– Ils étaient deux.

– Oui. Commençons par le premier. Il y a deux semaines, Anette Brolin a failli l'inculper. Il était soupçonné de coups et blessures volontaires, mais comme son casier était vierge, on l'a relâché.

La curiosité de Wallander s'aiguisa.

– Il s'appelle Holmgren, poursuivit Martinsson. Par un pur hasard, j'ai vu le rapport sur le bureau de

Svedberg. Il était désigné comme le propriétaire d'un bateau de pêche répondant au nom de *Byron*. Ça a fait tilt. Et là où c'est devenu encore plus intéressant, c'est quand j'ai vu que la victime était l'un de ses plus proches amis, un certain Jakobson qui travaillait avec lui sur le bateau.

Wallander se rappela la nuit dans le port de Brantevik. Martinsson avait raison : ils recevaient apparemment la visite de fantômes du passé. Il attendit la suite avec impatience.

– Chose étrange, ce Jakobson n'a pas voulu porter plainte. Pourtant il avait été sérieusement malmené, sans raison apparente.

– Comment l'a-t-on su alors ?

– Holmgren s'était jeté sur Jakobson avec une manivelle de winch, dans le port de Brantevik. Quelqu'un les a vus et a prévenu la police. Jakobson est resté trois semaines à l'hôpital. Il était dans un sale état. Mais il refusait toujours de porter plainte. Svedberg n'a jamais réussi à découvrir ce qui se cachait là-dessous. Moi, je me suis demandé si ça pouvait avoir un lien avec notre canot. Tu te souviens que les deux interlocuteurs tenaient absolument à rester anonymes, non seulement par rapport à nous, mais l'un vis-à-vis de l'autre ?

– Je m'en souviens.

– J'ai pensé que ça pourrait être intéressant de discuter avec ce Holmgren. Il habitait d'ailleurs la même rue que toi, Mariagatan.

– Habitait ?

– Eh oui. Quand je suis arrivé chez lui, j'ai découvert qu'il avait déménagé. Très loin. Il était parti au Portugal. Au bureau de l'état civil, il avait laissé des papiers qui le transformaient en émigrant. Il donnait une adresse bizarre dans les Açores. Le bateau, il l'avait revendu à un pêcheur danois pour un prix dérisoire.

Martinsson se tut. Wallander le regardait en silence.

– Tu avoueras que c'est une drôle d'histoire, insista Martinsson. Qu'en penses-tu ? Est-ce qu'on devrait envoyer ces infos à la police de Riga ?

– Non. Je ne pense pas que ce soit nécessaire. Mais je te remercie de m'en avoir parlé.

– Je n'ai pas fini. Écoute la suite. Tu as lu les journaux d'hier soir ?

Wallander avait depuis longtemps cessé d'acheter les journaux, sauf lorsqu'il était impliqué dans une enquête à laquelle la presse accordait une attention inhabituelle. Il fit non de la tête.

– Tu aurais dû. Les garde-côtes de Göteborg ont repêché un canot de sauvetage qui s'est révélé appartenir à un chalutier russe. Ce canot dérivait au large de Vinga, et cela leur a paru suspect parce qu'il n'y avait pas un poil de vent ce jour-là. Le capitaine du chalutier a prétendu qu'ils devaient aller au port pour réparer un dégât au niveau de l'hélice, après une expédition de pêche du côté de Doggers Bankar. Quant au canot, il a dit qu'ils l'avaient perdu sans s'en apercevoir. Par un pur hasard, un chien de la police est passé à proximité. Il est entré en transe. En dépeçant le canot, les douaniers ont découvert plusieurs kilos d'amphétamines d'excellente qualité dont on a rapidement identifié l'origine : un laboratoire polonais. Voilà. C'est peut-être la confirmation qui nous manquait. A savoir que notre canot disparu contenait des choses que nous aurions dû examiner de plus près.

Cette dernière phrase contenait une critique à peine voilée. Mais Martinsson avait raison ; il avait fait preuve d'une négligence impardonnable. Soudain, il fut tenté de se confier à son collègue. De raconter enfin à quelqu'un la véritable histoire de ses vacances dans les Alpes. Mais il ne dit rien. Il lui sembla qu'il n'en avait pas la force.

— Tu as sans doute raison. Mais pourquoi ces hommes ont été tués, sans leur veste en plus, on ne le saura jamais.

— Ne dis pas ça, dit Martinsson en se levant. Qui sait ce que nous réserve l'avenir ? Regarde, nous en savons déjà davantage sur le dénouement de cette histoire.

Wallander hocha la tête. Mais il ne dit rien. Martinsson se retourna sur le seuil.

— Tu sais ce que je crois ? Mon opinion éminemment personnelle ? Holmgren et Jakobson se livraient à un trafic quelconque. Ils ont aperçu le canot par hasard, mais ils avaient de très bonnes raisons de ne pas se frotter à la police.

— Ça n'explique pas l'agression.

— Peut-être étaient-ils convenus de ne pas nous contacter ? Peut-être Holmgren a-t-il cru que Jakobson l'avait trahi ?

— Peut-être. On ne le saura jamais.

Martinsson disparut. Wallander rouvrit la fenêtre. Puis il recommença à remplir sa grille de Loto-foot.

Plus tard dans la journée, il prit sa voiture et se rendit dans un bistro récemment ouvert sur le port. Il commanda un café et commença une lettre à Baiba Liepa. En se relisant une demi-heure plus tard, il déchira la feuille.

Il quitta le bar et sortit sur la jetée.

Les bouts de papier s'éparpillèrent sur l'eau comme des miettes de pain.

Il ne savait pas encore ce qu'il lui dirait, dans sa lettre.

Mais le manque qu'il éprouvait était très fort.

Post-scriptum

Les bouleversements survenus dans les pays baltes ces dernières années sont à l'origine de ce roman. Écrire un livre dont l'action se déroule dans un contexte étranger pour l'écrivain lui-même est en soi une entreprise compliquée. Mais elle le devient encore plus lorsque l'écrivain tente de s'orienter dans un paysage politique et social où *rien n'est encore joué*. Mis à part les interrogations purement matérielles – par exemple savoir si, à telle date, une statue était encore sur son socle ou déjà renversée et disparue ; si une rue qui a changé plusieurs fois de nom s'appelait comme ceci ou comme ça un certain jour de février 1991 –, il se heurte à d'autres difficultés, plus profondes. Entre autres, il doit éviter d'utiliser ce qu'on sait aujourd'hui de l'évolution de ces États. Reconstituer des pensées et des émotions, c'est, certes, la mission d'un écrivain. Mais il peut avoir besoin d'aide. Dans le cas de ce livre, j'ai une grande dette vis-à-vis de beaucoup de gens. Je veux en citer deux ; l'un nommément, l'autre de façon anonyme. Guntis Bergklavs m'a consacré un temps illimité en explications, souvenirs et propositions de toutes sortes. Il m'a beaucoup appris sur les secrets de la capitale lettone. Je remercie aussi l'enquêteur de la brigade criminelle de Riga qui m'a patiemment orienté dans ses méthodes de travail et celles de ses collaborateurs.

Quelques mois après l'achèvement de ce livre au printemps 1991, l'événement décisif du putsch d'août en URSS a accéléré la proclamation d'indépendance des États baltes. La possibilité d'un tel événement constituait l'un des points de départ de ce livre. Mais, pas plus qu'un autre, je ne pouvais prévoir qu'il aurait effectivement lieu, ni de quelle manière il finirait.

Ceci est un roman. Autrement dit, ce qui est décrit et raconté dans ces pages n'est peut-être pas en tout point conforme à la réalité. Mais les choses auraient pu se dérouler exactement de cette façon. La liberté de l'écrivain comporte la possibilité d'équiper un grand magasin d'une consigne qui n'existe peut-être pas. Ou d'inventer de toutes pièces un rayon ameublement. Si c'est nécessaire. Et ça l'est parfois.

Henning Mankell, avril 1992

Meurtriers sans visage
Bourgois, 1994, 2001
et Seuil, « Points », n° P 1122

La Société secrète
Flammarion, 1998
Castor Poche n° 656

Le Secret du feu
Flammarion, 1998
Castor Poche n° 628

Le Guerrier solitaire
Prix Mystère de la critique 2000
Seuil, 1999
et « Points », n° P 792

La Cinquième Femme
Seuil, 2000
et « Points », n° P 877

Le chat qui aimait la pluie
Flammarion, 2000
Castor Poche n° 518

Les Morts de la St Jean
Seuil, 2001
et « Points », n° P 971

La Muraille invisible
Seuil Policiers, 2002
et « Points », n° P 1081

Comédia Infantil
Seuil, 2003

L'Assassin sans scrupules
théâtre
L'Arche, 2003

IMPRESSION : S. N. FIRMIN-DIDOT AU MESNIL-SUR L'ESTRÉE
DÉPÔT LÉGAL : FÉVRIER 2004. N° 63893 (66788)
IMPRIMÉ EN FRANCE

Collection Points